あまねく神竜《しんりゅう》住まう国

荻原規子

Noriko 作 Ogiwara

あまねく神《しん》竜《りゅう》住まう国

目次

四方《しほう》の霊験所《れいげんしょ》は
伊豆《いず》の走湯《はしりゆ》　信濃《しなの》の戸隠《とがくし》　駿河《するが》の富士の山
伯耆《ほうき》の大山《だいせん》　丹後《たんご》の成相《なりあい》とか
土佐《とさ》の室戸《むろうと》　讃岐《さぬき》の志度《しど》の道場とこそ聞け

〈梁塵秘抄《りょうじんひしょう》〉

鷲《わし》の棲《す》む深山《みやま》には
なべての鳥は棲《す》むものか
同じき源氏と申せども
八幡太郎《はちまんたろう》は恐《おそ》ろしや

〈梁塵秘抄《りょうじんひしょう》〉

第一章　流刑《るけい》の地で

一

永暦《えいりゃく》元年（一一六〇年）三月、源　頼朝《みなもとのよりとも》は伊豆《いず》の流刑地《るけいち》へ流された。

数え年で十四歳《さい》だった。

父義朝《よしとも》が蜂起《ほうき》した平治《へいじ》の乱《らん》に、元服《げんぷく》したばかりで参戦した頼朝は、またたくまに父と一族郎党《ろうとう》を失った。激流に巻かれたような急転直下に茫然《ぼうぜん》とするうちに、気がつけば流刑地で身一つだった。

舟《ふね》で護送された直後は、半島東海岸にある葛見荘《くすみのしょう》の郷《さと》の一つ、伊東《いとう》に預《あず》けられた。葛見荘は平　重盛《たいらのしげもり》を寄進領家とする荘園《しょうえん》であり、郷《さと》の領主伊東祐次《いとうすけつぐ》は、平氏郎党として信用が厚かったのだ。

流罪人《るざいにん》の監視《かんし》を言いつかった伊東祐次は、頼朝を自分の居館の片隅《かたすみ》に住まわせた。東伊豆で一番大きな武家の館《やかた》であり、小高い丘《おか》に建てられ、物見櫓《やぐら》があり、周囲には柵《さく》や空堀《からぼり》がめぐらせてあった。

だが、まもなく、預かりもままならなくなった。この祐次《すけつぐ》は、頼朝《よりとも》が来て一年もたたないうちに急病を発し、あっけなく死んでしまったのだ。

まだ四十三の年齢《ねんれい》であり、土地の人々は驚《おどろ》きあわてた。

四十九日の法要をすませ、年を越《こ》すと、伊豆《いず》の一族が館に集まり、表座敷《おもてざしき》で相談を始めた。案件は、源頼朝の扱《あつか》いをどうするかだった。

「伊東《いとう》の叔父上《おじうえ》は、この流罪人《るざいにん》を目立たない形で始末するはずだったのです。清盛公《きよもりこう》が密《ひそ》かに下されたご指示は、そういうものだったのです。それなのに、いつでも簡単にできると高《たか》をくっているうちに、ご当人があの世へ行ってしまわれた」

河津祐親《かわづすけちか》が、鋭《するど》く息を吐《は》いて言った。だが、内容が内容なので、注意して声を潜《ひそ》めている。この人物は遺言《ゆいごん》に従い、南の河津郷《かわづのさと》から伊東の館に移り住み、祐次が遺《のこ》した子を養育することになっていた。四十九日の法要を取り仕切ったのも祐親だ。叔父よりだいぶ年下だが、自分自身の子どもも何人かつれてきていた。

祐親は、さらに言い立てた。

「兵衛佐頼朝《ひょうえのすけ》が図《はか》ったのではないとしても、気味悪く思って当然でしょう。何か禍々《まがまが》しいものを呼びこんだのかもしれない。私は、九歳《さい》の金石丸《かないしまる》を一人前にすると、叔父上の枕元《まくらもと》で誓《ちか》いを立てたのです。不吉《ふきつ》な罪人をこれ以上館に置くわけにはいきません」

出家して葛見入道《くすみのにゅうどう》と呼ばれる、袈裟《けさ》をまとった家次《いえつぐ》がうなずいた。河津祐親の祖父であり、死んだ祐次の父親だった。もと武人だけに湿《しめ》っぽい態度は見せないが、さすがに老いた肩《かた》を落としていた。

「まったくのう。館に入れたのはまちがいだった。虫も殺さぬ顔をした若殿《わかとの》ではあるが、恐らく重い業《ごう》を背負っているにちがいない。忌《い》まわしい呪《のろ》いか祟《たた》りか……災《わざわ》いがこちらに降りかからぬうちに、どうして清盛公の御命令《ごめいれい》に従わなんだのか」

その言葉を聞いた狩野茂光《かのうもちみつ》が、軽く咳払《せきばら》いして口を開いた。

「すまんな、兄者《あにじゃ》。祐次にしばらく様子を見るよう口添《くちぞ》えしたのは、このわしだった。まさか、こんなことになるとは思いもよらなんだ。八幡太郎義家《はちまんたろうよしいえ》の直系、左馬頭義朝《さまのかみよしとも》どのがみずから跡継《あとつ》ぎとしたお子であれば、人品骨柄《じんぴんこつがら》を見てからでもいいと、ついつい言ってしまったのだよ。しかし、兄弟でも鎌倉悪《かまくらあく》源太《げんた》どのとは似ても似つかぬ、ひ弱な若様らしいな」

狩野茂光は、半島中央部を占《し》める狩野荘《かののしょう》狩野郷《かののさと》の領主であり、馬の牧《まき》を所有し、現在の伊豆武士団の頭目《とうもく》でもあった。巨体《きょたい》とあごを覆《おお》った濃《こ》いひげを見るだけでも、いかにも頭目にふさわしい五十がらみの男だ。彼《かれ》らは同じ血族であり、氏《うじ》を呼べば全員が工藤氏《くどうし》になるので、領する土地の名で区別しあっていた。

兄の入道に詫《わ》びながらも、狩野茂光にはあまり反省するそぶりがなかった。伊豆の荒武者《あらむしゃ》を束ねるのは自分だという自負があるのだろう、平気で言葉を続けた。

「兵衛佐頼朝が、殺すに惜《お》しい豪《ごう》の者ならば、言いつけに逆らって生かす値打ちもあるかと考えたのだ。京《みやこ》のお歴々にとっては、京から遠くへ追いやれば消えたも同然だからな。清盛公も重盛公《しげもりこう》も、京内の懸案《けんあん》にかかりきりで、伊豆《いず》の罪人が生きようと死のうと失念しておられるだろうよ」

河津祐親《かわづすけちか》がむっとした顔をした。

「そのような根拠《こんきょ》の薄《うす》い目論見《もくろみ》で、ことを進めてよろしいのですか。清盛公《きよもりこう》がふいにお問い合わせになったら、大叔父上はなんと申し開きなさるのです。葛見荘《くすみのしょう》を預かる私の身にもなっていただきたい」

茂光《もちみつ》は、祐親をあしらうように手のひらを振《ふ》ってみせた。

「殺すに惜しい豪《ごう》の者ならば——と言ったではないか。風流なばかりの若殿《わかとの》さまなど、この伊豆ではなんの役にも立たん。死んだ祐次《すけつぐ》は気に入った様子だったが、わしの興味は引かんな」

「私の興味もです」

祐親はきっぱり告げ、座の一同を見まわした。

「それならば、工藤《くどう》一族の了承《りょうしょう》を得た上で、この内密のお役目を、私が叔父上から引き継《つ》いだと任じてよろしいですか」

しばらく間があったが、末席近くに座った男が遠慮《えんりょ》がちに口を開いた。

「先ほど、葛見入道《くすみのにゅうどう》どのが、忌《い》まわしい呪《のろ》いか祟《たた》りかとおっしゃいました。だれが流罪人を手にかけても、そういう災いが取り憑《つ》く恐《おそ》れはあるのでは。兵衛佐頼朝《ひょうえのすけよりとも》は、今では読経三昧《どきょうざんまい》で暮らしていると聞きます。頭を丸めさせて寺に入れ、余生を勤行《ごんぎょう》で過ごさせれば、だれもが安全に始末がつくのでは」

まだ若く痩《や》せぎすなこの男は、北条四郎時政《ほうじょうしろうときまさ》だった。工藤氏の血筋ではないが、河津祐親の妹を妻にめとったため、ここに顔を出していたのだった。

葛見入道は黙《だま》っている。狩野茂光《かのうもちみつ》が気のない声で言った。

「ああ、その手もあるな。坊主《ぼうず》にして厄介払《やっかいばら》いするか」

時政が発言したのは、義兄の身を案じたからだったが、なぜか反対したのは当の祐親だった。むきになった様子で茂光に言った。

「出家させてことがすむならば、最初から清盛公がご指示なさったはずなのです。土佐《とさ》に流した弟のほうは、すぐに出家させたと聞き及びます。しかし、源氏棟梁《とうりょう》の跡《あと》継ぎ息子ともなれば、将来の憂《うれ》いを絶つべきだとお考えだったのでしょう。それを勝手に出家させては、平氏郎党《ろうとう》としての信も失います」

茂光は顔をしかめ、あごを掻《か》いた。

「なるほどな。表向きは流罪にとどめ、助命を願った池禅尼《いけのぜんに》さまの顔を立てたというのも、いかにもありそうな話ではある。やはり、兵衛佐《ひょうえのすけ》には亡きものになってもらおうか」

「方策は私が考えます。禍根《かこん》がどこにも残らぬよう工夫します」

祐親が言い、一同はしばらく黙った。その後に、葛見入道がようやく方針を決めたらしく、ゆっくり口を開いた。

「伊東《いとう》の館に、これ以上罪人を留め置くことはできぬ。祐次の身に変事が起こったからには、一刻も早く災いを取り除かねばならぬ。だが、兵衛佐頼朝にわれわれが手を下さずとも、亡きものにする手立てならある。この伊豆の山河であれば――大地を鳴動させる伊豆の土地神《とちがみ》であれば、禍々《まがまが》しいものをみずから浄化《じょうか》してくださるからだ」

言葉を切り、葛見入道《くすみのにゅうどう》はふいに北条時政《ほうじょうときまさ》を見やった。

「四郎時政、たしか、おぬしが住んでいる近辺だったな、大蛇《だいじゃ》が出る淵《ふち》があると言われるのは。付近で子どもが大蛇に呑《の》まれた話があったな」

「はい」

時政は少し驚《おどろ》いて居ずまいを正した。彼が領する北条郷《ほうじょうのさと》は、狩野荘《かののしょう》の北に位置する寺宮荘《じぐうのしょう》にあり、三島《みしま》の国府《こくふ》へ出向くには便利な位置だが、耕地に利用できる土地が少なかった。氾濫《はんらん》をくり返す狩野川《かのがわ》下流域にあたり、低地に人が住み着くことができなかったのだ。

入道は小さくうなずきながら言った。

「この葛見荘《くすみのしょう》にも、大蛇が潜《ひそ》む洞窟《どうくつ》があると伝わっているぞ。伊豆《いず》の土地神《とちがみ》はそのようにして、人々も目にする荒神《あらがみ》となって全土で息づいているのだ。だが、ここには港がある。兵衛佐《ひょうえのすけ》は、おぬしの土地に移すのがよいだろう。

北条郷であれば、すぐそばで見張らずともすむ、流罪人《るざいにん》を住まわせるに適当な土地があるはずだ。そして、数年の内に、狩野川の大川主《おおかわぬし》がことを決してくださるだろう」

長老の言いたいことがわかり、北条時政はいくらか安堵《あんど》した。だれもが自分の手を汚《よご》さずにすむ、よい方法に聞こえた。義兄を見やり、これを受けていいかと目で問いかける。

河津祐親《かわづすけちか》は眉《まゆ》を寄せたままだったが、反対意見が見つからない様子だった。時政は心を決め、葛見入道に応じた。

「付近の村とは川筋を隔《へだ》てた、狩野川の中州になった土地があります。蛭《ひる》が小島《こじま》と呼ばれています」

離《はな》れの曹司《ぞうし》にいる頼朝《よりとも》には、母屋《おもや》の表座敷《おもてざしき》で行われる豪族《ごうぞく》の話し合いは、わずかも聞こえてこなかった。

それでも、場の雰囲気《ふんいき》をかなり正確に思い浮かべていた。

(わしがここへ来たから、災厄《さいやく》が起こったと言いあっているんだろうな……)

わびしい気分で考える。領主頓死《とんし》の原因を、来たばかりの罪人になすりつけるのは、あまりにもたやすいことだった。自分があちら側の立場であれば、やはり白い目で見るのではないだろうか。

思えば、死んだ祐次《すけつぐ》という男は、かなり気のいい人物だった。もちろん、頼朝の自由は厳しく制限されていたが、待遇《たいぐう》はほとんど客人で、若い頼朝が所在《しょざい》なさを感じないよう、何くれとなく面倒《めんどう》を見てくれた。しげしげと話を交わしに訪れ、京《みやこ》の話題を楽しみ、双六遊戯《すごろくゆうぎ》の相手までしてくれたのだ。

最後に元気な顔を見たのは、天城山裾野《あまぎさんすその》で行う狩猟《しゅりょう》に出かける朝だった。

「いずれは、兵衛佐《ひょうえのすけ》どのもおつれしましょう。天城の狩《か》りは心が晴れますぞ」

伊東祐次《いとうすけつぐ》は、そんなことまで言ったのだ。その人物が、狩場《かりば》に着かないうちに気分を悪くし、引き返して寝《ね》つき、まもなく死んでしまうとだれが予想しただろう。頼朝であっても残念だと感じたが、この同情も虚《むな》しかった。

（……もう、わしをこのままにしておかないだろう）

館に乗りこんできた河津祐親《かわづすけちか》を見れば、すぐにわかった。なかなか風采《ふうさい》のいい男なのだが、石のような目をしていた。殺意を持つ目は、戦場に出たことがあれば見分けるものだ。

頼朝《よりとも》は、元服《げんぷく》してもまだ幼顔《おさながお》を残しており、体も発育途上《とじょう》の細さだった。同い年でも青年の体格をした男子がいる中、きゃしゃで小さく見えた。その上、伊豆では見かけないような色白の肌《はだ》であり、「ひ弱な若様」と言い落とされるのも無理はなかった。

だが、頼朝が、自分自身を京《みやこ》の若様と見なしたことは一度もない。死んだ祐次《すけつぐ》がそれを喜んだので、期待に合わせただけなのだ。

頼朝の性格には、求められればそのようにする、素直《すなお》と言えば素直、優柔不断《ゆうじゅうふだん》と言えば優柔不断なところがあった。わがまま育ちでは身につかない、他人の意を汲《く》む才覚と、情況《じょうきょう》を色づけせずに見る能力があったのだ。だが、そのせいで自分がないとも言えた。

なじみのない伊豆へ流されても、置かれた立場を鋭く理解しているのは、この性分《しょうぶん》のせいだ。そして、さとったのがまっすぐ死に向かう道筋であっても、今の頼朝にとってはめずらしくもなんともなかった。

（すぐに殺したいのだろうな……預かりの罪人を）

河津祐親を思い浮かべて考える。

憎《にく》しみはわいてこなかった。伊東祐次《いとうすけつぐ》の死を知ると、頼朝までが、自分が災いを呼びこんだという気がしてならなかった。戦乱の中では、頼朝を守っただれもが倒《たお》れていったのだから。

（ここはだれも知らない、だれとも結びつかない土地だと思ったのに。この身の業《ごう》の忌《い》まわしさは、流《る》刑地《けいち》へ流されても消えなかったか……）

粗末《そまつ》な台に広げた経典《きょうてん》に目をやり、唱《とな》えても効力もないと苦々しく考える。読経《どきょう》が父や兄の冥福《めいふく》につながると、唱える頼朝が確信を持っていないのだから、罪滅《つみほろ》ぼしを期待するほうがまちがっているかもしれなかった。

なりゆきを推察していた頼朝《よりとも》だが、夜になれば、嘉丙《かへい》がさらにくわしい情報を聞きこんでやってきた。

「蛭《ひる》が小島《こじま》というそうです。兵衛佐《ひょうえのすけ》どのは、今後はその名の土地へ移されるのだとか」

嘉丙は、頼朝とともに伊豆《いず》へ下ったただ一人の付き人だ。本人は神官と称《しょう》しているが、あまり神官らしいことはしていない。

かつて父義朝《よしとも》が抱《かか》えていた郎党《ろうとう》は、一人として頼朝に同行や助力を名乗り出なかった。名乗り出ては無事にすまない、圧倒的《あっとうてき》な平氏の天下だった。熱田神宮宮司《あつたじんぐうぐうじ》の藤原祐範《ふじわらひろのり》が、亡き母の弟という縁故《えんこ》から、かろうじて付き人一人と道中の荷を手配してくれたのだ。

現れたお伴《とも》は、平氏の郎党が失笑してしまうほど貧相な中年の小男だった。どう見ても護衛の役には立たない。だからこそ、頼朝の随行《ずいこう》を許されたとも言える。

しかし、小男の嘉丙《かへい》にも意外な利点があった。女にもなぐり倒《たお》されそうな貧相さのせいで、それほど警戒《けいかい》されずにどこへでも入りこめたのだ。伊東《いとう》の館に来てからは、炊事場《すいじば》の下働きに加わることを、本人がたいそう好んでいた。

「女たちが言うには、蛭《ひる》が小島《こじま》へ送られるのであれば、ていのいい人身御供《ひとみごくう》だそうでございますよ。西伊豆のそのあたりでは、大蛇《だいじゃ》に喰《く》らわれる者がいると、数年は洪水《こうずい》が出ないと言われるのだとか。これでは兵衛佐《ひょうえのすけ》どのがお気の毒だと、みなが悲しんでおります。わたくしも嘆《なげ》いております」

「大蛇に喰らわれる?」

頼朝《よりとも》が聞き返すと、嘉丙は力をこめた。

「川の中州に住めと言うのであれば、どんなことが起こるか想像がつきますでしょう。そこに流罪人《るざいにん》の小屋を建てると、北条《ほうじょう》のご領主が請《う》けあったそうです。すでにある小屋を移築するので、日数はかからないとも言ったそうです」

「よく、そこまで知っているな」

嘉丙から聞いて、頼朝はいつもあきれるが、下働きの女たちは母屋《おもや》の出来事をなんでも承知しているのだった。男だけの話し合いだろうと、ちゃっかり小耳にはさんできて、しかも炊事場に広めるのがとんでもなく早い。

悲しげな声で嘉丙は言い添《そ》えた。

「これが嘘《うそ》でないなら……まあ、たぶん嘘ではないでしょうが、とうとうわれわれは死地に赴《おもむ》くわけです。ああ、この館を出るのはつらいことです。流刑地《るけいち》といえども、伊豆も捨てたものではないと思い始めておりましたのに」

　嘉丙から顔をそむけ、頼朝は静かに言った。

「死地かもしれないが、移ったほうがましだと思うよ。短い日々であろうと、少しのあいだは他人に気がねのいらない暮らしができそうじゃないか。わしは、今日か明日にでも殺される覚悟《かくご》をしていた。ここにいても、早々に河津祐親《かわづすけちか》に殺されるばかりだ」

「気がねのいらない暮らしかもしれませんが、その代わり、夕餉《ゆうげ》の菜《さい》をこっそりおまけしてくれるような、ありがたい他人もどこにもおりません。ああ、わたくしは、この館でずいぶんもてていたのに……」

　嘉丙がそう言って嘆《なげ》くのは、かなり滑稽《こっけい》だった。細く垂れた口ひげも、前歯二本が目立つ口つきも、ネズミを連想してならない小男なのだ。しかし、そういう男がよいという女人《にょにん》もいるのかもしれないと、頼朝は公平に考えた。

「そなただけでもここに残るか。それでもいいのだぞ。最後までわしとともに来いとは言わないよ」

　嘉丙は怒《おこ》った顔をした。

「とんでもないことでございます。兵衛佐どのお一人では、食べ物の算段《さんだん》もつかず、おそらく洪水を待たずに中州でのたれ死にですぞ。それに、わたくし一人が残っても意味がありません。兵衛佐どのの付き人だからこそ、女にもてて実入りがいいのではありませんか」

「そうなのか？」

「ご存じないのですか。館の大半の女どもは、胸の内では兵衛佐《ひょうえのすけ》どののお味方になっておりますよ。もっとも、だからといって、それでどうなるものでもございませんが」

頼朝《よりとも》の顔を見やってから、嘉丙《かへい》はため息をついた。

「武家の決定は、頭目《とうもく》たちが下しますからな。狩野茂光《かのうもちみつ》は、もしも兵衛佐どのが鎌倉悪源太《かまくらあくげんた》どののような豪《ごう》の者であれば、この館で生かしておいたと口にしたそうです。あのお人は地声が大きいから、よく聞こえたとか」

「そうだろうな」

悪源太義平《よしひら》との比較《ひかく》は、いやというほど言われ続けてきた。だから、改めて憤慨《ふんがい》する気にもなれなかった。

「わしが太郎《たろう》兄上のようだったら、最初からここに流されなかった。太刀《たち》が自分の手にあるうちに闘《たたか》って死に、そなたにのたれ死にを心配されることもなかっただろうに」

「わたくしが蛭《ひる》が小島《こじま》にご同行しても、のたれ死にがないとは限りませんぞ。畑にできる土地があったとしても、当座のつなぎが心配です。祐範《ひろのり》さまに無心して、追加の荷を送っていただかないと。北条《ほうじょう》のご領主にも付け届けをしないと。何事にも付け届けは一番効果がありますからな」

早くも算段《さんだん》を始める嘉丙はしぶといものだった。どうしてそれほど熱心になれるのだろうと、頼朝はぼんやり考えた。

（わしは、もう生きている価値などないと、だれからも烙印《らくいん》を押《お》された者なのに……）

偏《かたよ》らずに情況《じょうきょう》を見通すことも、相手の都合を尊重することもできる頼朝だったが、自分に向けられた好意を理解することだけが、どうしてもつかめないのだった。


何日も過ぎたが、河津祐親《かわづすけちか》に近い身内はまだ伊東《いとう》の館に逗留《とうりゅう》を続けていた。

今では正式に館の主人となった祐親が接待して、葛見入道《くすみのにゅうどう》が率《ひき》い、伊東郷《いとうのさと》に古くからある出で湯《いでゆ》に浸《つ》かっているのだそうだ。

北条時政《ほうじょうときまさ》もその一人だった。

例によって炊事場《すいじば》の女たちから聞きこんで、嘉丙《かへい》が離《はな》れの曹司《ぞうし》へ教えにきた。

「北条郷《ほうじょうのさと》へはすでに使いを出してあり、ご領主どのはこのまま伊東に居続けて、迎《むか》えにくる郎党《ろうとう》を待ってから、兵衛佐《ひょうえのすけ》どのをいっしょにつれていく予定なのだそうです」

（それなら、このまま何事もなく、蛭《ひる》が小島《こじま》に移り住むのだろうか……）

頼朝《よりとも》は考えた。じつは、それすら怪《あや》しいという気がしてならなかった。しかし、河津祐親――今では、伊東祐親《いとうすけちか》と呼ぶべきだが――といえども、一族が連座して決定したものごとを、身内の目の前で覆《くつがえ》すことはできないにちがいない。

そう思えば、狩野茂光《かのうもちみつ》をはじめとする人々が出で湯を楽しんでいることも、頼朝にとってはありがたいことだった。彼らが帰っていく前に、北条《ほうじょう》の地に移ることができればと願った。

けれども、翌朝のことだった。

離れの妻戸《つまど》を開けて入ってきたのは、朝餉《あさげ》を運ぶ小女《こおんな》ではなく、当主の祐親《すけちか》だった。

頼朝《よりとも》は、自分の直感が正しかったことをさとった。望みはついえたのだ。

的中したという思いを隠《かく》して、祐親に驚いてみせる。

「こんな早くに、どうなさいましたか」

食事は朝と夜しか与《あた》えられなかったが、京《みやこ》の貴族でも一日二食の時代だった。そして、冷遇《れいぐう》と言えないほど内容のいいものだった。伊東港の海の幸《さち》は豊かで、背後の山の幸にも恵《めぐ》まれている。領主の館の食事ともなれば、新鮮な食材は京より贅沢《ぜいたく》なくらいだった。

夕餉《ゆうげ》には嘉丙《かへい》が付き添《そ》ったが、朝は頼朝一人きりになる。祐親は、それをふまえてやってきたにちがいなかった。もっとも、嘉丙がそこにいたからといって、何かが防げるものではなかったが。

祐親は、立ったまま頼朝を見すえた。

「長老どののご決定ではあるが、神だのみはやはり手ぬるいと思えてならなくなった。おぬしはここで成敗《せいばい》する」

逆光で表情は見分けられず、声には抑揚《よくよう》がない。頼朝は小さく息をのんだが、座った姿勢を崩《くず》さなかった。なるべく平静を保ってたずねた。

「何ゆえ、成敗と言われるのです。この身はすでに京で成敗を受け、伊豆に流されています」

「伊東《いとう》の叔父上《おじうえ》は、おぬしを斬《き》るよう清盛公《きよもりこう》から命じられていたのだ。なのに、おぬしは巧妙《こうみょう》に取り入り、自分の処刑《しょけい》をためらわさせ、隙《すき》を作らせて殺してしまった。その罪業《ざいごう》、許しがたい」

「何一つ自由にならない身で、どうすれば伊東どのを殺すことができるのです」

「やり口などいくらでも考えられる。おぬしは、汚《きたな》い方法を使って叔父上を毒殺し、自分の延命を図《はか》ったのだ。この私がおぬしの所業《しょぎょう》をあばいたからには、一族の決定に背《そむ》いて成敗することも、みなが納得するだろう。お命をいただく」

言い切った祐親は、脇差《わきざし》に手をかけた。刃《は》の短い刀だった。離れの曹司《ぞうし》は狭《せま》く、長刀をふるってはかえって仕留め損なう。よくよく考えて出向いたことが、それ一つで見て取れた。

とうとうたまらず、頼朝も立ち上がった。防御《ぼうぎょ》になる品は何もなく、活路があるとは思えなかったが、どうころんでも罪を着せられるのであれば、おとなしく黙《だま》っているのも我慢《がまん》できなかったのだ。

「わしが伊東どのを毒殺した？　やり口などいくらでも考えられる？　その言葉で、そなたは自分の悪行をさらしているぞ。つまり、そなたが図って毒殺したからなんだろう。あの朝、わしはそなたを見ているのだから」

祐親はせせら笑った。いきなり声がはね上がった。

「見ていた？　ふざけた話だ。流罪人《るざいにん》が何を見て何を言おうと、ここにいるだれ一人信用するものか。だが、ますます一日たりとも生かしておけないとわかった。ここまでだ」

（悔《くや》しい……）

その一瞬《いっしゅん》、突《つ》き刺《さ》すような悔《くや》しさに襲《おそ》われたのは、頼朝《よりとも》にとっても意外だった。とうの昔に死ぬべき身だと、何度も考えたはずなのだ。それでも、死後に濡《ぬ》れ衣《ぎぬ》を着せられ、いわれのない侮蔑《ぶべつ》を受けると思うと、身をよじるように無念だった。のたれ死にのほうがずっとましだ。

祐親《すけちか》が間合いを測った。隙《すき》のないしぐさであり、万が一にも外さないだろうと見て取れた。だが、そのとき、裏庭から大きな呼び声が聞こえた。

「父上、父上はどちらですか。一大事です、長老さまが」

わずかにためらったのち、祐親は柄《つか》から手を放した。体をななめにして、妻戸《つまど》を大きく開け放つ。

「どうした」

「父上」

駆《か》け寄ってきたのは三郎祐泰《さぶろうすけやす》だった。

祐親の長子だが三郎と呼ばれている。元服《げんぷく》して間もない年だったが、がっしりと大きな体つきで、今から青年に見えた。

「長老さまが、大至急お知らせしろと。表門に、面識のない旅の一行が来て、ご領主に面会したいと願い出ています。荷馬を何頭も引いてきて、あるじはなんと尼御前《あまごぜ》なのです」

「なんだ、その程度で」

祐親は苛立《いらだ》たしげに言った。だが、今から頼朝の始末をやりなおすわけにもいかなかった。舌打ちして後ろ手に戸を閉め、歩み去った。

（命拾いしたか……）

助かったと思ったとたん、どっと全身に汗《あせ》が噴《ふ》き出してきた。

とどろくような心臓の鼓動《こどう》も意識する。頼朝は胸を押《お》さえてみて、体の反応の激しさに驚《おどろ》いた。

どれほど死ぬべきだと思おうと、土壇場《どたんば》に立たされれば、自分の体はこれほど生きたがっているのだ。

それを知ってしまうと、言いようもなく切なかった。

少しすると、何も知らない小女《こおんな》が朝餉《あさげ》の膳《ぜん》を運んできて、掛《か》け金《がね》も掛けずに立ち去っていった。頼朝は、しばらく雑炊《ぞうすい》の椀《わん》や小魚や漬《つ》け物を見つめていたが、結局は箸《はし》を取った。死ななかったからには、胃《い》の腑《ふ》は無心に空っぽを訴《うった》えるのだ。自分の体が少しだけかわいそうになっていた。

頼朝がまだ食べ終わらないうちに、嘉丙《かへい》が戸を開けて飛びこんできた。いつもの朝にはないことだった。

「兵衛佐《ひょうえのすけ》どの、一大事でございます」

「河津《かわづ》の息子もそう言っていたよ。何があったんだ」

「驚いてはなりませんぞ」

息を切らした嘉丙は、深呼吸してから言った。

「兵衛佐どのの乳母《めのと》どのが、伊豆の所在を捜《さが》し当て、京《みやこ》からはるばる会いにやってきたのだそうです。なんとまあ、こんなふるまいをだれが思いついたでしょう。女人《にょにん》の身で大胆《だいたん》な」

頼朝は、すぐに反応できなかった。

「乳母《めのと》。だれだろう」

「ですから、兵衛佐《ひょうえのすけ》どのにお乳をさし上げた女の人ですよ。まさか、お忘れにはならないでしょうに」

「嘉丙《かへい》、わしの乳母は何人もいたんだ。途中《とちゅう》で入れ替《か》わりもしたし、どの乳母かわからないよ」

「武蔵国《むさしのくに》に所領があるので、今回こちらに下向《げこう》なさったそうですよ」

「もしかして……お宇野《うの》だろうか」

懐《なつ》かしいお宇野のふくよかな顔と体つきを思い浮かべた。もちろん、覚えているお宇野は尼《あま》ではなかったが、父義朝《よしとも》とつながりの深かった家は、京《みやこ》で肩身《かたみ》の狭《せま》い思いをしているのだろう。そのための出家かもしれない。

まだ半信半疑の頼朝《よりとも》に、嘉丙は請《う》けあった。

「会わせてもらえばおわかりですよ。兵衛佐どのに会わせていただきたいと、あちらでは強硬《きょうこう》に談判《だんぱん》しているそうですから」

嘉丙《かへい》の言ったとおりになった。午後にならないうちに、頼朝《よりとも》は伊東《いとう》の郎党《ろうとう》に付き添《そ》われて母屋《おもや》へ向かっていた。

館に来てすぐに離《はな》れに入ったので、この日初めて母屋の表座敷《おもてざしき》を目にした。いかにも地方武士が建てたと見える、装飾《そうしょく》の少ない黒っぽい板敷《いたじ》きの広間だ。それでも柱や垂木《たるき》は太く見事で、りっぱな木材が惜《お》しげもなく使われていた。

男たちが十人近く座敷の両端《りょうはし》に並び、来客を見つめている。その中に祐親《すけちか》も加わり、奥《おく》の正面で来訪者と向きあうのは長老の入道だった。どうやら、伊東の館に居残った身内がこぞって検分に出てきているらしい。

「兵衛佐《ひょうえのすけ》どのをおつれしました」

郎党が縁《えん》の廊下《ろうか》から中に声をかけ、後ろに下がった。頼朝は敷居《しきい》をまたぐとき、その場に奇妙《きみょう》な雰囲《ふんい》気《き》を感じたが、どうしてかはわからなかった。

中央に、白布の尼頭巾《あまずきん》で頭部から肩《かた》までを覆《おお》い、墨染《すみぞ》めの衣《ころも》に紫水晶《むらさきずいしょう》の数珠《じゅず》を掛《か》けた人物が座っている。尼僧《にそう》は衣の膝《ひざ》をすべらせて頼朝のほうを向き、両手の指先を床《ゆか》にそろえて頭を下げた。

「宇野《うの》でございます、兵衛佐さま。切《せつ》にお会いしとうございました。息災《そくさい》なお姿をこの目にできたこと、夢のようでございます」

（お宇野じゃない……）

頼朝はあっけに取られた。乳母《めのと》とは似ても似つかない、一度も見たことのない女人《にょにん》だったのだ。狼狽《ろうばい》してせわしく考えた。

（わしは、戦《いくさ》を経験したせいで、目がどうかなってしまったのだろうか。いや、そんなはずはない。こんな女人に一度でも会っていたら、見忘れるのはおかしい）

この尼御前《あまごぜ》は、頼朝の乳母よりずっと背が高そうだった。顔の輪郭《りんかく》はどちらかというと面長《おもなが》で、尼頭《あまず》巾《きん》が額とのど元を覆《おお》っていると、目鼻立ちがいっそう華《はな》やいで見えた。化粧《けしょう》もしていないというのに、これほど鮮《あざ》やかなくちびるは見たことがない。下から見上げられただけでどきりとする、これほど見事な切れ長の目も見たことがない。

つまりは、どんな男もたじたじとなるほど艶《あで》やかな尼御前《あまごぜ》なのだった。

頼朝《よりとも》が何も言えずに立ちつくしていると、自称《じしょう》お宇野《うの》は、墨染めの袖《そで》を品よく顔に当ててすすり泣いた。感極《かんきわ》まったのはいつわりではなさそうで、目元にすっかり赤みがさしたが、そのせいで、潤《うる》んだまなざしはますます胸を騒《さわ》がせるものになった。

「あの、何かの――」

ようやく気を取りなおした頼朝が口を開くと、押し被《かぶ》せるようにお宇野が言った。

「伊豆ではどのようにお暮らしかと、ずっと気をもみ続けておりました。居ても立ってもいられなくなり、兵衛佐《ひょうえのすけ》さまのお役に立つことが何かあればと、わたくしの娘婿《むすめむこ》を伴《ともな》って参上したのでございます」

尼御前の背後に控《ひか》えていた年若い男が、そのとき少し進み出た。

「お初にお目にかかります」

頼朝は、もう一度目をみはらずにはいられなかった。なぜなら、お初にと言うこの男のほうには確かな見覚えがあったのだ。

「そなた……草十郎《そうじゅうろう》ではないか?」

声を殺しておそるおそるたずねる。以前、こつぜんと六波羅《ろくはら》に現れた草十郎の姿が、鮮やかな記憶《きおく》としてよみがえってきた。

頼朝がまだ京《みやこ》で平氏に囚《とら》われていたとき、平氏一門が密集する屋敷町《やしきまち》まで訪ねてきて、伊豆で生きろと告げていった人物だ。死ぬより生きるほうが大変だから、生きることを選ぶのが正しいと言った。そのとき、今すぐではなくとも、きっと伊豆まで会いにいくとも言っていた。

けれども、どう考えても不可能な対面だったので、あとになると夢だったような気がしてしまい、最近はほとんど忘れていたのだ。

浅黒くほっそりした若者は、頼朝がたずねると一瞬《いっしゅん》表情を和《やわ》らげた。口元をゆるめると急に顔立ちがやさしく見える、その特徴《とくちょう》も以前と変わらなかった。頼朝はいよいよ確信を深めたが、相手は何くわぬ顔つきに戻《もど》り、自分の名を名乗った。

「藤九郎盛長《とうくろうもりなが》と申します。以後よろしくお見知りおきを」

二

お宇野《うの》を名乗る尼御前《あまごぜ》は、主君と再会した感激が少し治まると、再び膝《ひざ》をすべらせ、葛見入道《くすみのにゅうどう》に向きなおった。

「今も申し上げましたとおり、つれて参ったのはわたくしの上の娘《むすめ》の婿《むこ》でして。今ではわたくしに兵衛佐《ひょうえのすけ》さまのお世話ができないので、せめて、この藤九郎《とうくろう》をおそばに仕えさせたいと存じます。お許し願えませぬか」

入道はとまどった様子をしており、すぐには応じなかった。

頼朝《よりとも》は、広間に入ってきたときの奇妙《きみょう》な感じが、ようやくのみこめた。老若《ろうにゃく》十人近くの武士が居並ぶというのに、全員が尼僧《にそう》ただ一人に気をのまれているのだ。このお宇野《うの》は、自分が艶《あで》やかさで男たちの度肝《どぎも》を抜《ぬ》いていることになんのためらいもなかった。

「伊豆《いず》の地では、まだ兵衛佐さまに従者《じゅうしゃ》がいないとか。今後このお館から出てお暮らしになるのであれば、いよいよ従者が必要になりますでしょう。伊東《いとう》さまか北条《ほうじょう》さまが、すでにお身内の国人《くにびと》からだれかをお選びだったのでしょうか」

「いや、それは……まだ思案中であった」

入道は答えたが、居心地が悪そうだった。

「ならば、そちらさまにも都合がよろしいではありませんか。わたくしどもも、大げさなことを申すつもりはございません。藤九郎一人にお許しが出れば、それだけでけっこうでございます。もちろん、必要な物品はすべてこちらでまかなわせていただきます。今まで手厚く保護してくださった伊東さまに、そしてこれからお世話になる北条さまにも、心から感謝しております」

尼御前《あまごぜ》の声音《こわね》はなめらかに流れ、上品で優雅《ゆうが》だったが、聞き惚《ほ》れているうちに場の主導権は彼女《かのじょ》のものだった。

　お宇野が娘婿にめくばせをすると、若者は心得て立ち上がり、外にいた男たちを率いて戻ってきた。彼《かれ》らは長びつを携《たずさ》えており、三つほど座敷《ざしき》の端《はし》に運びこまれる。

「みなさまがたに迷惑《めいわく》をおかけした、お詫《わ》びのしるしが必要と思い、持参した心ばかりの品がございます。行き届かぬものではありますが、お納めいただければうれしゅうございます」

　長びつの蓋《ふた》を開けた男たちが、人々の面前にせっせと品物を並べていった。

　錦《にしき》の反物《たんもの》がひと山に、舶来《はくらい》の食器類、絵皿や螺鈿《らでん》細工の手箱《てばこ》といった品々だった。京《みやこ》を知る頼朝でさえこっそり驚《おどろ》いてしまう豪華《ごうか》さだ。このまま貴族の屋敷《やしき》に納めてもおかしくない品ばかりだった。

　地元の武士たちはますます圧倒《あっとう》されて、きらびやかな品を食い入るように見つめた。意見を言う者がなかなか出てこなかったが、ようやく狩野茂光《かのうもちみつ》が口火を切った。

「見るからに、京のお人はお持ちのものが異なるようだ。そして、主君への忠義を尽《つ》くす点では、女人《にょにん》であろうとわれわれの心意気に通じるものがある。われわれとは主家を異《こと》にするところは残念に思うが、従者の一人くらい、兵衛佐どのに添《そ》わせてもかまわないのではないか」

　何人かが続いて口を開いたが、この意見に真っ向から反するものは出てこなかった。お宇野の一人勝ちだった。

　尼御前はその後、東国《とうごく》の寺社《じしゃ》を参拝してまわるつもりだと告げて、意気揚々《いきようよう》と引き上げていった。荷運びの男たちがあるじのあとに続き、伊東の館には娘婿だけ残った。

頼朝《よりとも》は、藤九郎盛長《とうくろうもりなが》とともに離れの曹司《ぞうし》に戻ってきた。ようやく自由に話せるようになったので、ためらいながら聞いてみる。

「どうしてちがう名前を名乗っているんだ。草十郎《そうじゅうろう》なんだろう、そなたは」

「そうですよ」

表情をゆるめて頼朝を見ると、相手は言った。

「ただ、藤九郎盛長という人物は実際にいるんです。あなたの本物の乳母《めのと》どのが、そのうちに本物の娘婿《むすめむこ》をつれて伊豆《いず》へやってくるはずです。けれども、それではちょっと間に合わないので、つなぎにおれたちが来たんです」

頼朝は目をぱちくりさせた。

「何に、ちょっと間に合わないと言うんだ」

「あなたの命運を、確実な未来へつなげるのに」

「このわしに、未来など――」

冗談《じょうだん》を言うのかといぶかって草十郎を見やったが、その顔は真顔《まがお》だった。

「あるんです。でも、まだ、来るべきものとのあいだにとぎれがあるんです。そのことに気づいたのは、おれもまだ最近なんですが」

前に会ったときにも、どこか理解できないところを持っていた草十郎だった。今も変わらないと考えてから、頼朝は質問の矛先《ほこさき》を変えた。

「あの尼御前《あまごぜ》が、本物のお宇野《うの》でないと知っているなら、いったいどういう女人《にょにん》なのか教えてくれないか。さっきから思案しているが、一向に思いつかないんだ」

「あのお人は、青墓《あおはか》の長者《ちょうじゃ》、大炊《おおい》どのです。今では大炊の称号《しょうごう》を次代の長者にゆずって、念願の出家を遂《と》げられましたが」

「青墓の」

頼朝は大声を出しそうになり、近くにいる伊東《いとう》の郎党《ろうとう》が聞きとがめてはと、はやる心を抑《おさ》えた。

「それでは、戦場を落ちた父上がたのみにした女人とは、あのかたのことだったのか」

「そうです。ですから、乳母のにせものではありますが、佐《すけ》どのとなんの関わりも持たないわけではなかったのです。佐どのの身の上を心底案じていた人なのですよ」

「そうだったのか」

うろんな態度を取ってしまって悪いことをしたと、頼朝は考えた。先にそのことがわかっていれば、もう少し親しみを示せたはずなのに、ろくろく口もきかずに終わってしまった。悔《く》やむうちに、さらに思い当たった。

「大炊どのなら、たしか、わしの姉に当たる人を産んでおられたはずだな」

「万寿姫《まんじゅひめ》のことでしょう。大変残念ですが、万寿姫は平治《へいじ》の戦《いくさ》ののちに、みずから命を絶たれました」

「たしかなのか」

「ええ、たしかです。おれも青墓へ行ってきたのでまちがいありません」

草十郎《そうじゅうろう》の声がひどく暗くなったので、頼朝《よりとも》もたじろいだ。姉の件はこれ以上追及《ついきゅう》しないことにする。ただ、父義朝《よしとも》とあの尼御前《あまごぜ》の娘であれば、さぞ美しい人だったろうにと考えた。

やがて、嘉丙《かへい》が離《はな》れへやってきたが、中年の小男は非常に不機嫌《ふきげん》だった。尼御前《あまごぜ》と館の男たちが、頼朝《よりとも》には従者が一人もいないという見解で話をつめたと、炊事場《すいじば》の女たちから伝わったらしい。新参者《しんざんもの》にくってかかる態度は、なわばりを侵害《しんがい》された動物に少し似ていた。

「そのほう、何様のつもりで座っている。外へ出ろ外へ。うさんくさいにも程がある、田舎武士をうまく丸めこんだつもりだろうが、このわたくしの目まではごまかされんぞ。あれほど妖艶《ようえん》な乳母《めのと》が、いったいこの世のどこにいる。その娘婿《むすめむこ》とは聞いてあきれる。兵衛佐《ひょうえのすけ》どの、これほど得体《えたい》の知れない人物を、簡単に信用なさるものではございません」

頼朝は困って草十郎《そうじゅうろう》と目を見交わした。

「不審《ふしん》がるのはわかるが、わしにとってはそなたより前からの知り合いなんだ。この男は坂東武者《ばんどうむしゃ》で、ともに戦《いくさ》を闘《たたか》ったんだよ」

「武士などにはとうてい見えませぬ」

草十郎に指を突《つ》きつけて、嘉丙は言いつのった。

「なぜ、いつわりを言うのだ。そのほうは、田舎武士よりももっとたちが悪く見えるぞ」

草十郎は動じなかった。ものめずらしげに小男をながめてから、頼朝に言った。

「たしかにおれは今、武士じゃありません。この人の見立ては正しいですよ。藤九郎盛長《とうくろうもりなが》を名乗るのは、ここが武蔵国《むさしのくに》に近いので、親族に所在を知られたくない意味合いもあるんです」

小男は、痩《や》せた胸を精いっぱいそらした。

「そうら見ろ。神官たるわたくしの人相見に狂《くる》いはないのだ」

「神官？」

嘉丙の身なりは、一応神官の狩衣《かりぎぬ》だが、着古してすっかり萎《な》えているので、草十郎にはそう見えなかったようだ。頼朝も、思わず言ってしまった。

「嘉丙の名乗りは、ただの方便《ほうべん》なのかと思っていた。そなたが祝詞《のりと》を唱《とな》えるのを聞いたことがないぞ」

「あれこれ忙《いそが》しかったせいでございます。それに、伊豆にはわたくしが拝するにふさわしい尊い社《やしろ》がありませぬ」

早口で抗弁《こうべん》した嘉丙は、なおも力んで草十郎をにらみつけた。

「あの尼御前の娘婿だというのも、まったくの嘘《うそ》っぱちだろう。だいたいそのほうは若すぎる。年はいくつだ」

争うつもりはないらしく、草十郎は穏《おだ》やかに答えた。

「まったくの嘘でもないんですが。おれの年を言うなら、十八です」

「何をたくらんで、わざわざ兵衛佐どのに近づいた」

「刺客《しかく》かと怪《あや》しんでいるなら、心配ご無用ですよ。以前、兵衛佐《ひょうえのすけ》どのにも刺客と思われたことがありましたが、今はわかってくださいます。おれは、佐《すけ》どののお命をお守りしにきたんです。今ある、目に見える危険から」

そう言った草十郎《そうじゅうろう》は、ひと動作で立ち上がっていた。この若者もそれほど背の高いほうではなかったが、嘉丙《かへい》はあっという間に縮み上がった。体を鍛《きた》えた者だけが持つ敏捷《びんしょう》さを見て取ったのだろう。

草十郎は前に出ながら言葉を続けた。

「外へ出ろと言われるなら、出ています。戸の外で番をしながら寝《ね》ることにします。武士ではなくても、用心棒にはずいぶん慣れているし、おれはけんかも強いですよ」

「まあ待て」

嘉丙はあわてて口走った。頼朝《よりとも》もすっかり驚いて草十郎に問いかけた。

「そなた、どうして河津祐親《かわづすけちか》の件を知っていたんだ」

「河津祐親？」

けげんな顔でふり返るところを見れば、草十郎もそこまで知って伊東《いとう》の館へ来たわけではないのだった。頼朝は、祐親に斬《き》られそうになったことを打ち明け、さらには伊豆へ来てから起こった一部始終を語り聞かせることになった。

あらかたの話を聞き終えた草十郎は、考えこみながら言った。

「間に合ってよかった。胸騒《むなさわ》ぎがしていたんですが、あと少し遅《おそ》かったら何もかも終わっていたかもしれないんですね。これからは、おれが朝も夜もおそばを離《はな》れないことにします」

嘉丙は早くも自分の調子を取り戻し、口ひげをなでて言った。

「うむ。一の従者のわたくしがおそばを離れるときは、そのほうがしっかり主君をお守りするがよい」

頼朝は草十郎の顔をながめ、しばらくためらってから言い出した。

「このわしについたりして、本当にかまわないのか。そなたはせっかく戦《いくさ》を生き延びたというのに、他にすることがあったのではないか。わしとともにいては、きっと先が長くないぞ。蛭《ひる》が小島《こじま》に住むようになっても同じだ」

だんだん声が小さくなったが、頼朝は心を励《はげ》まして続けた。

「わしは自分が、まわりの人の寿命《じゅみょう》を吸い取って生き続けている気がしてならない。そうしたいとは思っていないのに、この身の罪業《ざいごう》が深いせいなんだろう。この上、そなたや嘉丙が早くに死んだら、わしはますます災いを呼ぶ自分を確信してしまうだろう」

草十郎は頼朝を見つめ返した。浅黒く涼《すず》しげな顔立ちが、やさしく見えていた。

「負《お》い目を感じる必要などありません。あなたが業《ごう》が深いと感じるのは、おれの責任ですから、業が深いのはむしろこのおれのほうなんです。ここへやってきたのは、過去の自分の行いを全《まっと》うするためで、犠牲《ぎせい》になるつもりなどないのでご安心を。ただ、おれたち――おれと糸世《いとせ》の取る道は、あまりにもあたと結びついてしまったんです。これも、今から思えば避《さ》けられないことでした」

頼朝はまばたきながら草十郎の言葉に聞き入ったが、さらっと出てきた名前には聞き覚えがなかった。

「糸世《いとせ》というのは、だれのことだ」

「ええと……おれの嫁《よめ》です」

「嫁」

頼朝《よりとも》と嘉丙《かへい》が同時に叫《さけ》ぶと、草十郎《そうじゅうろう》は肩《かた》をすくめて居心地悪そうにした。

「糸世は大炊《おおい》どのの養女なので、おれを娘婿と呼ぶのはまちがいじゃないんです。ただ、いまだに所帯も持てない夫婦なので、あまり婿と認めてもらっていません」

嘉丙が断定した。

「当然だ。そのほう、どこのだれが見ても甲斐性《かいしょう》などなさそうではないか」

頼朝はそこまで言わなかったが、本音は同じだった。草十郎は、妻を持つ男に見えなかった。年齢《ねんれい》からはおかしくないのだが、独特の静けさと天地の何ものにも属さない雰囲気《ふんいき》に、そぐわないと思えてならない。

「驚いた。草十郎が妻をめとったとは。それではなおさら、その人のそばにいないとまずいのではないか。わしに従って本当にいいのか」

「佐《すけ》どののもとへ行けと、糸世が言ってくれたんです。糸世は、ひょっとするとおれ以上に、このことの意味がわかっています」

「その人は、今どこにいるんだ」

「この近くまで来てはいるんです。たぶん、三島神社《みしまじんじゃ》あたりで尼御前《あまごぜ》と合流するんでしょう」

草十郎が控《ひか》えめに言おうと努力しているのがわかったが、語る声には隠《かく》し切れないうれしさがあった。

「ここへつれてくるには、少し無理がありましたが、無事に蛭《ひる》が小島《こじま》へ移ることができれば、佐どのにも会っていただく機会ができるかもしれません。糸世は、佐どのにことのほか会いたがっていたんです」

その口ぶりはまるで、蛭が小島でよいことが待っているかのようだった。頼朝はうっかりその気になりかけて、あわてて自分をいましめた。

「そなたは、まだ知らないんだ。人身御供《ひとみごくう》のようなものと言われているんだぞ。そこへ移っても、いつ命を失うことになるかわからないのに」

「賭《か》けになることはわかってます」

草十郎はあっさり言った。

「でも、おれも糸世も、賭けにはけっこう強いほうの人間なんです。打つ手がないと見えることにも、抜《ぬ》け道ができることはありますし、おれたちはみんな、生き延びる努力をしていけないことは何もありません」

「このわしでもか」

「あなただからこそです」

なぜ、草十郎がためらいなくそこまで言うのか、頼朝には不思議でならなかった。もう武士ではなく、忠義立ての必要もないのだからなおさらだ。

けれども頼朝《よりとも》は、固く閉ざされた扉《とびら》を揺《ゆ》さぶる何かをその声から感じ取った。草十郎《そうじゅうろう》の出現と、根《こん》拠《きょ》があろうとなかろうと草十郎が期待を持って見つめるその先の光景に、二度と明けないと思った闇《やみ》に射しこむ光を見る思いがしたのだった。

西伊豆から、騎馬《きば》を連ねた六名ほどの郎党《ろうとう》が伊東に到着《とうちゃく》し、北条時政《ほうじょうときまさ》はただちに出発を決めた。

乳母《めのと》の訪問という椿事《ちんじ》が持ち上がったせいで、兵衛佐頼朝《ひょうえのすけよりとも》の移送にも微妙《びみょう》な空気が生まれたが、罪人を葛見荘《くすみのしょう》から追い出すという、葛見入道の決意は変わらなかった。そして時政は、長老から豪族《ごうぞく》たちの面前で指名された機会を逃《のが》さず、首尾《しゅび》よくこなしてのちの覚えをよくするつもりだった。

時政の一族は、開墾《かいこん》地主の中でも後発だったために立場が弱く、北条郷《ほうじょうのさと》に抱《かか》える郎党も数が少なかった。二十代なかばで領主をつとめる時政には、いろいろと苦労が多かった。少しでもいい目を見たければ、伊豆では工藤《くどう》一族に取り入るしかないのだ。

（だが、祐親《すけちか》どのは何か急に態度が変わったな……）

義兄とは仲がよく、気軽に話を交わしていたというのに、今度の滞在中《たいざいちゅう》はまるで話しかけてこなかった。もっとも、伊東の館の新しい主人として祐親が忙《いそが》しいのは当然だった。これほど大きな館がってわいたように自分のものになるとは、うらやましい限りだ。あやかりたいものだと時政は考えた。

れてこられ、馬に乗り、一行がいよいよ出発するというときになっても、祐親は表に顔を見せなかった。流罪人《るざいにん》の移送程度のことを、あるじが正式に見送る必要はないのだ。葛見入道も出てこない。まばらに人が集まっているが、物見高さで見送る者たちばかりだった。

これにはかなり失望した。尼御前《あまごぜ》が広間に積んでみせた豪華《ごうか》な贈呈品《ぞうていひん》を、北条のためにきちんと取り分けてくれる人は、どうやらいなかったようだ。強く言い出せない格下の身が悲しかったが、流罪人が蛭《ひる》が小島《こじま》に着いたあとならば、報告ついでにそれとなく要求できるかも、と考えた。

（それにしても、あのように裕福《ゆうふく》で美人の乳母《めのと》に育てられるとは、こやつは本当に若殿《わかとの》さまだったんだな。京《みやこ》というのは、まったく想像もつかん場所だな）

時政は、少し見なおす思いで頼朝の馬上姿をながめた。この前着ていた萎《な》えた衣《ころも》ではなく、仕立てのいい直垂《ひたたれ》と袴《はかま》を身につけている。乳母が京から持参した衣装なのだろう。仕《つか》え人《びと》の器量《きりょう》は主人の器量に反映するものであり、栗毛馬《くりげうま》にまたがる頼朝は、前ほどひ弱な役立たずに見えないかもしれなかった。

それでも、八幡太郎義家《はちまんたろうよしいえ》の末裔《まつえい》に見えない手足の細さではあった。うまく成長すれば色男になる目鼻立ちだが、この人物にそれだけの年月は与《あた》えられないだろうと、同情せずに考える。

頼朝の馬の口を、尼御前の娘婿《むすめむこ》だという若い男が取っていた。時政はすでに、この男が無口で目立たず、ひどく静かに歩くことを知っていた。武家の若者たちは、どこでも肩肘《かたひじ》はって自分を強者《つわもの》に見せたがるものだが、空気が抜《ぬ》けたように力みがない。人相は悪くないし、身なりも清潔でこざっぱりとしているのだが、若さに似合わない地味な衣を選んでいた。ずいぶん変わり者だが、蛭が小島へお伴《とも》を買って出るなど、変わり者でなければできない相談ではあった。

頼朝《よりとも》の馬のそばには、着古した狩衣《かりぎぬ》が鼠色《ねずみいろ》になった小男もいたのだが、時政《ときまさ》の視線はこれを見落とした。いつも決まってだれの勘定《かんじょう》にも入らない嘉丙《かへい》だった。

館の表門を出ると、頼朝《よりとも》は大きく息を吸いこんだ。

柵《さく》や壁《かべ》のない場所に出てきたのはひさびさだった。馬の体や革具の匂《にお》いを嗅《か》ぐのも久しぶりだ。遠出をさせてもらえない日々が続くと、これも恋《こい》しかったものの一つだった。

大気は冷たかったが、薄日《うすび》が射しており、雲の多い空も葉を落とした木々も柔《やわ》らかな色合いを見せている。枝先の新芽は大きく膨《ふく》らみ、ほころぶのはもうまもなくだ。今は二月だった。伊東《いとう》に護送されてからもうすぐ一年がたとうとしているのだ。

(ああ、そうか。一度も雪が降らなかった……)

日を数えることに無頓着《むとんちゃく》になっていたとはいえ、年越《としこ》しの実感がなかった理由に気がついた。底冷えの寒さを一度も味わわないうちに、翌年になっていたのだ。これはびっくりすることだった。伊豆は暖かい気候なのだ。

(冬に雪が降らなければ、季節の便りにはなんの歌を詠《よ》むんだろう……)

異なる風土だと、思わず身にしみる気がした。山がちで平地が少ないことは承知していたが、山の見かけもどことなく異なっているようだ。斜面《しゃめん》の常緑樹は椎《しい》や樫《かし》などが優勢で、尖《とが》った針葉樹が少なく見える。

移送の一行は、しばらく海岸沿いの道を北上したので、高台に出ると眼下に相模湾《さがみわん》を見下ろすことができ、馬の背で見晴らす北西に富士山《ふじさん》がながめられた。

伊東の館からも少しは目にした富士山だが、さえぎるもののない場所で見やると、その比類なさに圧倒《あっとう》されそうだった。まわりに高い山並みが何もなく、ひろびろした空に悠然《ゆうぜん》と一峰そびえ立ち、左右均等になだらかな稜線《りょうせん》はなかばまで純白だ。高みの頂《いただき》は、今は雲に霞《かす》んでいるが、澄んだ空のもとではひと筋の煙《けむり》が見えることもある。日本一の景観を持つ霊峰《れいほう》であり、どこにも見かけないものだった。

（ここでは、見る景色も気候も、何もかもがちがう……）

あたりのすべてに、頼朝が生まれた京《みやこ》とはちがう、なんとも言えない異質さがあった。だが、草木にも空の雲にも、おかしなところがあるわけではない。同じ本州の地続きなのだ、風の匂《にお》いがちがうわけでもない。それなのに、根本的にちがうという気がしてならなかった。

（……岩がちがう。岩や土がちがうようだ）

それは、海岸の崖《がけ》をながめて思いついたことだった。もっとも、あまり多くの海岸を見比べたことなどなかったので、はっきりとは言えなかった。

暖かい気候を持ちながらも、この大地のどこかに油断《ゆだん》のならないものがある。気性《きしょう》が荒く、人の手に馴《な》れない、癇症《かんしょう》の馬に似《に》たものを感じさせる。

それでも、わずかずつ解放感がしのび寄ってきた。まだ喜べるほどではないが、伊東の館を出たことで、大きな枷《かせ》が一つはずれたのを感じた。今初めて、伊豆《いず》の土地に接したような気がしたのだ。

こうして気持ちに余裕《よゆう》ができたのも、草十郎《そうじゅうろう》がいるからだった。

北条《ほうじょう》の領主を見れば、色黒で筋《すじ》ばった若い男だ。融通《ゆうずう》のきかない人物らしく、自分の郎党《ろうとう》に囲まれてもにこりともせず、ひどく気負っている様子だった。

若い武士頭《がしら》ほど、むやみに冷酷《れいこく》になることがあり、これはそういう人物に見えた。郎党たちも固い顔つきで護送をつとめている。だれに聞かなくても、不測の事態が起これば罪人を殺せと命じられているのがわかる。

嘉丙《かへい》は低い身長をさらにかがめるようにして、馬の陰《かげ》を選んで歩いていた。

馬の口を取って歩く草十郎も、見かけからは強そうに見えない。頼朝《よりとも》がこれほどたのもしく感じていることが、他の武士にはたぶん不可解だろう。だが、頼朝はすでに、草十郎がいざとなればどれほど勇《ゆう》敢《かん》か知っていた。

(でも、草十郎は、戦《いくさ》のころと少し変わったように見える……)

それは、妻を持つ変化ではないようだった。そうであれば、以前より人間くさく見えるものだろう。草十郎が身にまとった雰囲気《ふんいき》をなんと呼べばいいか、頼朝にもよくわからなかった。

時政《ときまさ》たちは、阿多美郷《あたみのさと》近くまで北へたどってから道を折《お》れ、山を登って西伊豆へ向かった。すぐにうっそうと茂る木々で視界がさえぎられ、小暗《おぐら》い木陰《こかげ》を行く起伏《きふく》の大きな道が続く。

人けのない道だが、彼らにはよく慣れた山越えらしかった。村人を見かけなくなると、北条の郎党たちは、だんだんくつろいだ様子を見せ始めた。ひと安心したのか、私語も出てくる。来るときに見かけた猪《いのしし》が話題になり、仕留めてみやげにしてはどうかと、時政に勧《すす》めるのだった。

「ばか、油断するな。最後まで警戒《けいかい》をおこたらず、護送だけ考えろ」

最初は叱《しか》りつけていた領主も、枯《か》れやぶの向こうをかすめるけものの影《かげ》を見たあとは、思わず気持ちが動いたようだった。矢を射てもよいと許可を出した。

彼らの弓矢は、武装というより日常の食料を獲《と》るものだと、はたから察せるようなふるまいだった。矢筒《やづつ》を背負った男たちは、息を吹《ふ》き返したように元気になった。

それまで密集して進んでいた一行が、かなり散らばった。時政自身はさすがに頼朝のそばを離れなかったが、徒歩《かち》の若い二人が駆《か》けていき、古強者《ふるつわもの》と見える二人も馬を前に出す。

草十郎は、それまでひと言もしゃべらずに頼朝の馬を引いていたが、そのとき、つぶやくように言った。

「油断しすぎだ」

時政が聞きとがめ、たちまち気色《けしき》ばんだ。

「きさま、何かしでかす気なのか」

「おれがじゃない」

彼がそう言うのと、頭上で鳥たちが鋭《するど》い声を上げてはばたくのが同時だった。

何本かの矢が、空《くう》を切る音とともに飛んできた。

草十郎がとっさに腕《うで》を引っぱったので、頼朝は馬から下りるというより落ちた。落ちながら、わずかの差で自分をかすめていった矢風を感じた。流れ矢ではありえなかった。意図して標的にされたのだ。

「佐《すけ》どの、おけがは」

「大丈夫《だいじょうぶ》だ」

あわてて起き上がろうとしたが、怯《おび》えて後足立ちになった馬に踏《ふ》まれそうになった。その馬のくつわを、草十郎《そうじゅうろう》がどうにか押《お》さえてなだめたときには、北条時政《ほうじょうときまさ》が刀を抜《ぬ》き放《はな》ち、彼らの隣《となり》に立っていた。

「これはどういうことだ」

頼朝《よりとも》は動転《どうてん》していたので、心に浮《う》かぶままを口にした。

「伊東《いとう》の手の者だ。待ち伏せしていたんだ」

「ふざけたことを言うな。どうしてその必要がある」

「わしは館で――」

言いかけた言葉を、鋭《するど》く草十郎がさえぎった。

「来る。気をつけて。射損《いそん》じてすませる相手じゃなさそうだ」

時政は、気をのまれて従者の若者を見やった。その口調が思いがけなかった。草十郎はかまわず、同じ気迫《きはく》で嘉丙《かへい》に叫《さけ》んだ。

「逃げ出す気なら、杖《つえ》を置いていけ。言っといたはずだぞ」

嘉丙はこれまで、ばかに長い白木《しらき》の杖をついて歩いていたのだった。早くも背を向けていた小男は飛び上がり、そのまま駆《か》け出しそうになったが、思いなおして杖をさし出しにきた。

上の斜面《しゃめん》では、葉を茂《しげ》らせた木々からいっせいに飛び下りた影《かげ》が見分けられた。猿《さる》のように見えたが、手から弓を捨てたからにはちがっていた。駆け下ってくる男たちは、かすかな光を反射する抜き身の刃《やいば》を手にしている。時政は自分の刀の切っ先を向け、大声でとがめた。

「きさまら、どこの手合いだ。ここを通るのが北条一族と知った上でのふるまいか」

相手は足を止める様子がなかった。打って出ようとする時政を、静かだが有無《うむ》を言わせぬ調子で、白木の杖がさし止めた。

「もしも伊東の手の者なら、斬《き》ってはあとが面倒《めんどう》でしょう。お引きなさい」

「引いてどうする」

時政はすぐに言い返したが、面倒は確かなので一瞬《いっしゅん》ためらった。同時に草十郎が軽々と地面を蹴《け》っていた。

頼朝は目をまるくして、宙を舞《ま》うような草十郎の戦闘《せんとう》を見つめた。杖をどのように操《あやつ》っているのか、見ているのにつかめない。矛《ほこ》や薙刀《なぎなた》なら切っ先を目で追うことができるが、草十郎は木の棒の両端《りょうはし》を活用し、次の動きの見当がつかなかった。一騎当千《いっきとうせん》の強者《つわもの》を、戦《いくさ》で何人も見た頼朝だが、草十郎の戦法はだれにも似ていなかった。

杖を前後に突《つ》くこともあり、払《はら》うこともあり、足元を突いて草十郎自身が蹴《け》り倒《たお》すこともある。動きには引っかけも含《ふく》まれていて、向かった相手は思いがけない箇所《かしょ》に打撃《だげき》をくらってころがるのだった。あっという間に勝負がついたように見えた。時政やそばに残った郎党は、だれも手を出す暇《ひま》がなかった。先に行った郎党《ろうとう》が引き返してきたときには、すでにけりがついていた。地べたに伸《の》びて動かない者が二人、なんとか起き上がり、ほうほうのていで枯《か》れやぶに逃げこんだ者が三人いた。

情況《じょうきょう》を目にした老武者がたずねた。

「若《わか》、ご無事でしたか」

時政《ときまさ》が目をむいてにらんだ。

「若と呼ぶな、ばか者」

「これはうっかりし申した」

老武者は、落ち着いて膝《ひざ》をかがめると、伸びた者の体を探って息があることを確かめた。

「この賊《ぞく》は、捕縛《ほばく》して引っ立てましょうか」

時政は答えにためらい、草十郎《そうじゅうろう》を見やった。若者はさすがに汗《あせ》をぬぐっていたが、そうひどくは息を切らさずに言った。

「置いていったほうがいいですよ。死にはせずに家に帰るでしょう。お仲間も近くにいるだろうし」

「伊東《いとう》が放った者だという、確証があるのか」

「ありません。佐《すけ》どのはわかっておられるのかもしれないが」

頼朝《よりとも》はためらった。襲《おそ》ってきた男たちの人相に、確かな見覚えがあるわけではなかった。

「証拠《しょうこ》があるわけじゃない。そうだろうと思っただけだ」

「なぜ、そうだろうと思う。伊東どのに恨《うら》みでもあるのか」

（流罪人《るざいにん》が何を見て何を言おうと、ここにいるだれ一人信用するものか……）

祐親《すけちか》のあざける声が耳によみがえり、頼朝は黙《だま》りこんだ。この北条時政《ほうじょうときまさ》は、聞いて怒《おこ》り出すことはあっても傾聴《けいちょう》することはけっしてないだろう。

草十郎が紛《まぎ》らすように言った。

「北条どの、当初の仕事に戻《もど》ったほうが賢明《けんめい》ですよ。おれたちを早くつれていったほうがいい。今ならまだ、なかったことですませられる」

時政は、顔をしかめて草十郎をながめた。この若者に感心していいものか、よくわからなかったのだ。今の立ちまわりはたいしたものであり、めっぽう強いことが明らかになったが、何かしらどこか異常に見えた。

「おぬし、いったい何者だ」

用心深く身がまえて、時政はたずねた。

「その腕《うで》、かなりのものだが、どこでそんな戦法を覚えた。おぬしの生国《しょうごく》はどこだ。武芸も変わっているが、それより何より、われわれが気配に気づきもしないのに、この場所に伏兵《ふくへい》がいたことにどうやって気づいた」

「鳥が鳴いたでしょう」

「鳥？」

杖《つえ》を持った若者は、今ではすっかり力みのない元の姿に戻っていた。静けさがまつわりついたような、目の前にいても遠く離れた場所に立つような、不可解な空気を漂《ただよ》わせている。多くを語ることもしたくないらしかった。

「おれは武士から足を洗ったので、生国《しょうごく》の名乗りも必要ありません。刺客《しかく》の存在に気づいたのも、武士ではないからできたことです」

三

北条四郎時政《ほうじょうしろうときまさ》は、損得をじっくり考慮《こうりょ》したあげく、襲撃《しゅうげき》した下っ端《したっぱ》をそのままにして先を急ぐことに決めた。その後は狩《か》りに気を取られることもなく前進したので、灯火《ともしび》が必要になる前に北条郷《ほうじょうのさと》に行き着いていた。

山道最後の急坂を下り切ると、視野《しや》が開けて平坦《へいたん》な低地が現れる。伊豆半島《いずはんとう》は山ばかりだと思っていた頼朝《よりとも》には、意外に思えるほど見晴らしよく広がっていた。低地に木々が少なく、草の原ばかりだったからだ。とはいえ、西の地平にも不ぞろいな山や丘がごつごつと並んでいて、そちら側の海までは見通せなかった。

一面の枯《か》れ草で薄茶色《うすちゃいろ》の平地を進むと、浅くて広い川が南北に流れていた。質素な土橋《どばし》がかけてあり、一列になって川を渡《わた》る。これが、半島中央の山々に発して西の駿河湾《するがわん》で河口に至る、狩野川《かのがわ》の流れだった。頼朝は、京《みやこ》の賀茂川《かもがわ》くらいの幅《はば》だと感じたが、定かではない。りっぱな欄干《らんかん》のある五条大橋《ごじょうおおはし》と表面を土で固めただけの細い橋では、勝手がちがいすぎた。

やがて、川に沿うように南北に通るやや大きな道に出くわし、その道を横切って丘の麓《ふもと》まで行くと、村落と時政の居館があった。移送される頼朝たちも、まずはそこへ向かうことになった。追撃《ついげき》がないとわかるまで、時政は流罪人《るざいにん》を蛭《ひる》が小島《こじま》へ送る気がしなかったのだ。

だが、自分の住まいに招き入れたわけではない。頼朝たちは手前の民家で、たいそう厳重に見張られながら宿を取った。もっとも、嘉丙《かへい》だけは別だった。

無事に北条郷に到着《とうちゃく》したと知ると、縮んで見えた嘉丙はみるみる元気を回復した。くたびれた烏帽子《えぼし》を念入りに立て、館《やかた》の下働きとお近づきになりに出ていく。肩《かた》を並べて出入りを見張っている武士たちも、小男と少し話を交わしたあとは大ごとにしないようだった。

頼朝たちにも夕餉《ゆうげ》がふるまわれたが、笹《ささ》の葉に包んだ握《にぎ》り飯の質素なものだった。文句などなかったが、この郷《さと》に漠然《ばくぜん》と感じられたことを、夜更《よふ》けて戻《もど》ってきた嘉丙が裏打ちした。

「いやはや、お館と言っても、大きな民家に毛が生えたくらいでございましたよ。丘に立っていても伊《い》東《とう》とはだいぶちがいます。余分な建物もない狭《せま》さですから、兵衛佐《ひょうえのすけ》どのがここへ置かれるのも無理はないのです。北条はだいぶ貧乏《びんぼう》ですな」

遠慮《えんりょ》なく評しながらも、どこかで上手に食事を恵《めぐ》んでもらってきた嘉丙だった。みやげに小さな柑子《こうじ》を頼朝《よりとも》にさし出した。

頼朝は柑子に感心し、嘉丙《かへい》をながめた。

「そなたはどうして、とがめられずにどこでも人々と親しくなれるんだ」

「わたくしが神官で、占《うらな》いができるからでございます」

嘉丙はおごそかに言うと、狩衣《かりぎぬ》の懐《ふところ》から少しだけお神籤《みくじ》の筒《つつ》をのぞかせた。

「人々は占いを好みます。争って託宣《たくせん》をもらいたがるのは、西でも東でも同じでございますよ。吉兆《きっちょう》を告げられるのは、だれにとっても気分がいいものですからな」

かたわらで草十郎《そうじゅうろう》が、ぼそっと言った。

「インチキなのでは」

「黙《だま》らっしゃい。これはわたくしの領分だから、そのほうはそのほうの領分で棒を振《ふ》りまわしていればよいのだ」

手厳しく言い返してから、嘉丙は元の調子に戻《もど》って続けた。

「北条《ほうじょう》のご領主は、乳母《めのと》どのが贈呈《ぞうてい》した豪華《ごうか》な品々を、一つも分けてもらえなかったそうでございますよ。取り分があっていいはずだと、そばの者たちに愚痴《ぐち》ったそうで。本当は、のどから手が出るほど欲しかったのでしょう。屋敷《やしき》には、足の悪い御隠居《ごいんきょ》や小さなお子たちがいるそうですし」

頼朝は再びあきれた。

「女たち、よく、領主の愚痴まで知っているな」

嘉丙はうなずいた。

「ここは、伊東《いとう》よりもさらに、壁《かべ》の造りも薄《うす》うございますからな」

翌朝になると、頼朝にも、伊東と北条のちがいを実感できるものごとが起こった。

早朝から、北条時政《ほうじょうときまさ》がみずから様子を見にきたらしく、見張りの武士たちが応答しているのが聞こえる。草十郎は土間に立ち、明かり取りから外をうかがっていたが、頼朝は身づくろいして狭《せま》い板間を動かずにいた。時政がいつ入ってきてもいいように、少し身がまえて待っていたのだ。だが、戸口に下がった筵《むしろ》をはね上げて飛びこんできたのは、もっと小さなものだった。

ぎょっとして見つめると、五つか六つくらいの子どもだ。髪《かみ》を結ばず、肩《かた》にふっさりと下ろしている。裾《すそ》の短い着物はいくらか汚《よご》れているが、紅染めで模様がついていた。女の子のようだった。

子どもは、つんのめりかけた体勢を立てなおし、足を広げて土間に立った。顔を上げると大きな目を見開き、小さな口も少し開けて、真剣《しんけん》な表情で頼朝を見つめる。どうしていいかわからないので、頼朝もそのまま相手と目を合わせた。黒曜石《こくようせき》のようによく光る黒目だなと考える。

壁《かべ》ぎわの草十郎も驚いているのか、何も言わない。三者三様に固まったまま、どのくらいそうしたあとだったか、女の子が止めていた息を吐《は》き出し、また吸いこんだ。

「鬼《おに》じゃなかったあ。やっぱり鬼じゃなかったよ、来てごらん丹生丸《におまる》、ぜんぜん怖《こわ》くないよ」

戸口のほうへ呼びかけると、筵の隅《すみ》が小さく揺《ゆ》れた。

「姉《ねえ》さまあ……」

こちらはすでに涙声《なみだごえ》だ。入ってこられずにためらっているらしい。

「何やってるの。もう見るときないってのに」

女の子が強い口調で言ったとき、外でけたたましい女の悲鳴が上がった。

「丹生《にお》さま、そこで何をなさるんです。ひえええ真奈《まな》さまが。たいへん、だれか来て」

たちまち、あわてふためいた見張りの男が入ってきて、女の子を有無を言わさず抱《だ》き上げ、かっさらうようにして外へ出ていった。と、いうことは、今の子どもはたぶん領主の姫《ひめ》だった。

頼朝《よりとも》と顔を見あわせた草十郎《そうじゅうろう》は、こらえ切れなくなったように口元をゆるめた。

「あれは、あとでそうとう叱《しか》られるでしょうね」

(鬼《おに》が見たかったんだろうか……)

頼朝は、女の子の勇敢《ゆうかん》さにちょっと敬服した。伊東の館にも幼い子どもはいたはずだが、頼朝が会うことは一度もなかった。北条《ほうじょう》の館がゆるいのか、北条の子どもが元気すぎるのか、よくわからないが、小さな子を目の前にしたのは久しぶりだった。

少しして、ようやく領主本人が入ってきた。かなり不機嫌《ふきげん》な顔つきだったが、これは気まずさを隠《かく》すためにちがいなかった。

時政《ときまさ》は、今の子どもの件には一切触《ふ》れようとせず、朝のうちに蛭《ひる》が小島《こじま》に送り届けるつもりだと告げた。その言葉にもその他にも、頼朝が意外に思うことは何もなかったので、わかったと答えるだけですんだ。

戸口を出ていく前に、時政は土間にいた草十郎にあごをしゃくった。

「藤九郎《とうくろう》と言ったな。ちょっと表に出ろ」

草十郎は黙《だま》って従った。頼朝もそのまま見送ったが、その後は不安がつのって建物の外に耳を澄《す》ました。時政の話し声が小さく聞こえる。距離《きょり》を取ったつもりだろうが、なるほどここは壁《かべ》が薄《うす》いのだった。

咳払《せきばら》いをしたのち、時政は言った。

「おぬし、先がない主君と蛭が小島に住むくらいなら、北条の郎党《ろうとう》になる気はないか。元は源氏に与《くみ》した者だろうと、悪い扱《あつか》いにはしないつもりだ。その腕《うで》っぷし、もっと有効に活《い》かすべきだ」

草十郎は問い返した。

「おれが郎党になれば、兵衛佐《ひょうえのすけ》どのにもよいことがありますか。たとえば、蛭が小島に住まずにすむとか」

「それはできない。工藤《くどう》一族の長老の取り決めだ。伊豆の大地の神にゆだねよとのお達しに、逆らうことはだれにもできない」

「では、山中の刺客《しかく》は、あれはなんだったんです。この地のだれかが、神ならぬ手で兵衛佐どのを亡きものにしたがったのでは」

時政はつまったようだった。少したためらってから答えた。

「ゆうべは郎党とも協議したが、指示したのは伊豆の者ではなかったのかもしれぬ。源氏の跡継《あとつ》ぎであれば、生きていてほしくない人は多いはずだ」

草十郎《そうじゅうろう》は静かな口調で言った。

「あなたがその見解ならば、おれは郎党《ろうとう》にはなれません。蛭《ひる》が小島《こじま》へ行って、この土地の神意を問うことにします。けれども兵衛佐《ひょうえのすけ》どのを、やすやすと餌食《えじき》にはさせないつもりです」

時政《ときまさ》はまた咳払《せきばら》いした。

「忠義は買うが、生き延びられると思うのか。北条《ほうじょう》ではもちろん、できるだけ寝食《しんしょく》の援助《えんじょ》をするつもりだが、なにぶんここは人手が少なく、貯えも少ない郷《さと》なのだ。思うようにはいかん」

相手が口を開く前に、時政は急いで言葉を続けた。

「こういう提案もあるぞ。おぬしが北条の郎党として働くならば、流罪人《るざいにん》の食料物資を保証しよう。北条には、よけいなものまで養う余裕《よゆう》はないのだ」

頼朝《よりとも》はどきりとした。草十郎はこの条件をのんでしまいそうな気がしたのだ。

だが、草十郎は同じ静かさで言った。

「おれを蛭が小島へ送ってもらいましょう。死ねと思われてもかまいません。北条にすがって生きながらえることは、たぶん兵衛佐どのも考えておられませんよ」

時政はやや声を高くした。

「あの、ひ弱な若殿《わかとの》は、敵ばかり増やしてもうあとが長くないのだぞ。おぬしはなぜ、すべてに不利だとわかっている主君に仕えるのだ」

草十郎は、どこか気の毒がるように言った。

「とりあえず、おれたちのことは放っておいていただきたい。そうしてもらえると一番恩に着ます。たとえ、そちらのお役に立つことができなくても、なるべく迷惑《めいわく》もかけないようにしますから」

時政は面くらったように黙《だま》った。頼朝も、草十郎の返答には密《ひそ》かに驚いた。

（わからない。何を根拠《こんきょ》に断れるんだ……）

彼が北条になびかないと知れば、喜んでいいはずなのに、それもあまり喜べないのだった。自分には重いと感じた。かつては頼朝に期待をかけた人々がたくさんいたが、戦場で頼朝を守って死んでいった人々は、慄然《りつぜん》とするほど多かったのだ。

耳には、「鬼《おに》じゃなかったあ」という子どもの高い声がまだ残っている。それを思い、自分を憐《あわ》れむことなく考えた。

（鬼とは、いったいどういうものを指すのだろう。わしが鬼ではないと、あんなに言い切っていいんだろうか。このわしは、見かけからわからないほど奥深《おくぶか》いところで、真の鬼かもしれないのに）

頼朝の生まれが、頼朝の育ちが、そして自分自身に備わった何かが、身近な人々に不幸をもたらすという気がしてならないのだった。

再び馬に乗って出発すると、時政《ときまさ》の一行はしばらく南へ下ってから、また中央の山地をめざすように進んだ。狩野川《かのがわ》の中州《なかす》であれば、それも当然だった。そして、今度は橋も見当たらず、渡《わた》りやすい浅瀬《あさせ》を選んで、川床《かわどこ》の石を踏《ふ》んで渡ることになった。

けれども、蛭《ひる》が小島《こじま》そのものは、頼朝《よりとも》が予想した中州とはだいぶかけ離れていた。賀茂川《かもがわ》の砂利がたまった中州しか思い描けなかったので、これほど大きいとは思わなかったのだ。

蛭が小島には、小さな丘があり、小楢《こなら》や榛《はん》の木や赤松などが生え、反対側の川の流れは丘の向こう側だった。丘の背後には、すぐ近くに山地の森が迫《せま》っており、壁のように続く高台となって見えている。

浅瀬を渡った島の岸を、まばらで細い木立に沿って進むと、裏手と東側に丘が迫る空き地に、一軒《いっけん》だけ屋根が見えた。荷馬の群れや男たちが手前に集まるのを見ても、自分に用意された住みかだとすぐにわかった。茅葺《かやぶ》き屋根の質素な小屋だが、これを特別小さいと言えないことが、界隈《かいわい》を知ったあとでは判別できた。

時政《ときまさ》を出迎《でむか》える人々が並んでいる。頼朝は茅葺き屋根に目を奪《うば》われていたため、一行の全員が驚いている光景に、一番最後に気づくはめになった。

出迎えの先頭には、なんと白い尼頭巾《あまずきん》の女人《にょにん》が立っていたのだ。高価な紫水晶《むらさきずいしょう》の数珠《じゅず》を掛《か》けたところも、前に見た姿と同じだった。

馬を下りた時政は、尼御前《あまごぜ》にふかぶかと頭を下げられて、とまどった様子でその前に立った。

「これは……いったい、いつのまに」

「北条《ほうじょう》のみなさまがたには、改めてのご挨拶《あいさつ》をと存じまして」

尼御前は、にこやかな表情で答えた。

「それに、兵衛佐《ひょうえのすけ》さまがこれから住まわれる場所を、わたくしのこの目で確かめたかったのでございます。ご住居はこれでよろしいとして、家のまわりは、今少し庭らしくととのえてもよろしゅうございますな」

「なにぶん、日数と手勢が足りなかったもので」

時政がたじろいで弁明すると、尼御前はますますやさしげになった。

「当然でございますとも。では、わたくしどもでいくらか仕上げを施《ほどこ》したとしても、ご領主さまはお気を悪くなさいませんでしょう。もちろん、迷惑《めいわく》のお詫《わ》びを幾重《いくえ》にもする所存でございます。伊東《いとう》さまにさし上げた進物《しんもつ》とは別に、ささやかな荷を運んできております。追って北条のお館までお届けするつもりだったのです」

ほほえみかける尼僧《にそう》の顔を、時政は魅入《みい》られたようにながめた。

「それはまた、かたじけない……」

頼朝も馬を下りたが、草十郎《そうじゅうろう》が落ち着かなげにしているのに気づいた。立ち並ぶ人々の顔を何度も見まわしている。刺客《しかく》が紛《まぎ》れているのかと、頼朝は一瞬緊張《いっしゅんきんちょう》したが、その後は何も起こらなかった。

尼御前も平然として男たちに指図していた。

やがて、北条の領主は郎党《ろうとう》を率いて引き返し、尼御前の荷馬が何頭か後ろに続いた。頼朝は、尼御前その人とともに新しい住まいの中に入った。半分が土間で半分が板間になった、たったひと間《ま》の家屋だったが、裏手の窪地《くぼち》には屋根をさしかけた炊事場《すいじば》や物置小屋を別棟《べつむね》に建てているので、三人で住むのに狭《せま》すぎるわけではなかった。

そしてここには、だいぶそぐわない室内具が置いてあった。墨絵《すみえ》の屏風《びょうぶ》、畳《たたみ》、絹の座敷物《ざしきもの》や彫刻《ちょうこく》入りの脇息《きょうそく》、文机《ふづくえ》や硯箱《すずりばこ》だ。頼朝《よりとも》が京《みやこ》でなじんだ品と変わらない。北条時政《ほうじょうときまさ》がたじろくのを、はたで見ていた頼朝だったが、いざ座ってみると自分もたじろぐのを感じた。

「これほどのことを、していただく身ではありませんのに」

「何をおっしゃいます。義朝《よしとも》さまの跡《あと》継《つ》ぎのお子が」

頼朝は、この前とは異なる目で尼僧《にそう》をながめた。亡き父には、いつも何人かの愛人がいたものだった。頼朝がものごころついたころからすでに、頼朝の母親を一番に好いているとは言いがたかった。源《みなもとの》義朝《よしとも》が生涯《しょうがい》最後にかよった女人《にょにん》は、常磐《ときわ》という名のうら若い美女で、青墓《あおはか》の長者ではなかったはずだ。それでも、敗戦した父が落ちのびる先のたよりにしたのは、青墓の長者だったのだ。

「父のこと、それほど大切に思っていらしたのですか」

思わず口をついて出た。尼御前《あまごぜ》はにっこりして見返した。きれいな笑顔だったが、奥《おく》の知れないものに見えた。

「あなたさまは、まだ、遊君《ゆうくん》が何かをご存じないし、この深情《ふかなさ》けがどのような心情から芽生えるかもご存じありません。お年がお若うございますからな」

「すみません。簡単にお聞きしていいことではありませんでした」

「いいえ」

恥《は》じてうつむいた頼朝に、尼御前は親しさをこめて言った。

「乳母《めのと》のふりなどして乗りこんできた、見ず知らずの女のことを、怪《あや》しまないほうがおかしいのですよ。今日ここへは、そのあたりをゆっくりお話ししに参上しました。なぜ、わたくしや草十郎《そうじゅうろう》が伊豆へやってきたのかを」

そのとき、草十郎が家の中に入ってきた。彼と嘉丙《かへい》は裏手の物置小屋へ行って、物資の点検をしていたのだった。尼御前が運びこんだ荷は、そちらにも多く積まれていた。

入り口に立つ若者を見やった尼御前は、座っている板間からたずねた。

「足りないものが、何かありましたか」

「いえ、当座は十分だと思います。穀物は半年食いつなげると嘉丙が言いますし、麻糸《あさいと》の束をくださったのは幸いでした。あとは、こちらでなんとかできます」

草十郎の口ぶりには硬《かた》さがあり、あまり尼御前の身内らしく聞こえなかった。女人《にょにん》は艶《あで》やかにほほえんだ。

「よかった。暮らしに一番必要なものは何か、ずいぶん考えたのですよ」

「ええ、助かります」

礼を言いながらも、草十郎は何かためらう様子でそこにたたずんでいる。頼朝には、そんな彼の態度がめずらしく見えた。この女人は、何事にも動じない草十郎まで、いつもとは調子を狂《くる》わせるのだろうか。

しばらく迷ってから、草十郎《そうじゅうろう》がやっと切り出した。

「ええと、おかたさま……あの」

「糸世《いとせ》はここへ来ません。わたくしが禁じました」

途中《とちゅう》でさえぎって尼御前《あまごぜ》が答えた。頼朝《よりとも》がそっと驚《おどろ》いたほど、口ぶりはきっぱりしていた。

「その理由ならば、あなた自身のほうがよくおわかりでしょう。ちがいますか」

草十郎は小声で言った。

「わかっています。ただ……少し、顔見せに寄るくらいならと」

「今はまだ、この土地で何が起こるかわからないのですから、わずかな危険も冒《おか》せません。だからこそ、そこを見究めるためにわたくしが訪れたのです。兵衛佐《ひょうえのすけ》さまを、わたくしたちはまだよく存じ上げないのですから」

尼御前の言葉に、草十郎はうなずいた。

「それなら、お気がすむようになさってください。嘉丙《かへい》はかまどの火をおこして、飯炊《めした》きを始めるそうです。おれは先にこの周辺の地形を見てきます」

そう言って、若者は向きを変えて出ていった。だが、後ろ姿にもがっかりした様子がうかがえた。頼朝はようやく、草十郎がさっき見まわしていたのは、糸世がいるかと期待したのだと気がついた。それから、尼御前の言葉が気になった。

「あの、この土地の話をお聞きになったのでしょうか」

「なんの話？」

「何が起こるかわからないとおっしゃったのは、大蛇《だいじゃ》のいる淵《ふち》のことなのかと」

「それもあるかもしれませんね」

尼御前は言ったあとで、真面目な面《おも》もちで頼朝を見つめた。

「あなたさまは、ご自分が大蛇の住みかに流れ着いたことを、どのように感じておられますか。この土地で最期《さいご》を迎《むか》える覚悟《かくご》がおありでしょうか」

頼朝はとまどった。感想を聞かれるとは思いもよらなかったのだ。

「わしがどう感じようと、ちがいなどあるのでしょうか。何一つ選べず、何一つ思うようにならず、ただここまで運ばれるしかなかったというのに。拒否《きょひ》することもかなわず、死んだほうがましだと思っても死ぬこともできませんでした」

膝《ひざ》の上にきちんと手を置いた尼御前は、静かに言った。

「すべてのことに、みずから起こした責任はないと、そうお感じでいらっしゃるのですね」

頼朝は少々むきになった。

「実際にそうだからです。戦《いくさ》に参加したところからぜんぶ。父は、あの戦を起こすべきではありませんでした。そして、戦を起こすくらいなら、わしを跡継《あとつ》ぎに決めてはならなかったのです。女院《にょいん》の女官をつとめる母のもとで育てたこのわしを」

「ああ、そうだったのですか。それで、お気持ちが汲《く》めるような気がいたします」

相手の口ぶりは、頼朝《よりとも》の主張を柔《やわ》らかく受け止めるものだった。

「あまり武者《むしゃ》らしく見えないおかただと、じつはお見受けしておりました。それでは、お父上のことがお嫌《きら》いだったのでしょうか」

「……そうじゃありません」

顔をそむけた頼朝に、尼御前《あまごぜ》は小さくほほえみ、深みのある声音《こわね》になった。

「わたくしも、義朝《よしとも》さまを最後まで嫌いにはなれませんでした。欠点をたくさんお持ちのかたでしたが、それでも魅力《みりょく》のある殿《との》がたでした。わたくしがこう言うなら、かなりの真実なのですよ。青墓《あおはか》の遊君《ゆうくん》ほど、殿がたを見比べることのできる者はそうそうおりません。わたくしどもは、今様《いまよう》好《ず》きな上皇《じょうこう》さまから賀茂《かも》の河原に寝《ね》泊《と》まりする者まで、すべてに接してきたのでございます。けれども、ここへ参上したのは、亡き義朝さまに義理立てしてではありませんでした。草十郎《そうじゅうろう》のためなのです」

最後の言葉が意外で、頼朝はふり返り、注意して相手を見やった。

「糸世《いとせ》と会わせてやらないのにですか」

尼御前はくすりと笑った。

「草十郎は、ああ見えても、けっこう危険な男なのですよ」

「腕《うで》っぷしなら知っています。わしも、あのような強い男になってみたいものです」

頼朝は言ったが、女人《にょにん》の表情を見れば的《まと》はずれだったのがわかった。尼御前はゆっくり首を振《ふ》って言った。

「草十郎の危なさは、そういうものではありません。もちろん、武士はみな危険な男ですが、おのれを律する者であれば制御《せいぎょ》できるでしょう。けれども草十郎は、ふつうなら人にできることではなく、人の分限《ぶんげん》を超《こ》えた力まで制御してしまったのです」

頼朝は目をぱちくりさせた。

「人の分限を超えたら、それでは神になってしまいますね」

言いながらも、それはないだろうと思った。草十郎は確かに不思議な若者だが、神と考えるのはだいぶ無理があった。東国武士にありがちな朴訥《ぼくとつ》さがあり、頼朝には野育ちにも見えていたのだ。だが、尼御前は言った。

「わたくしやあなたさまがここで見ている草十郎は、すでにその力を持っているわけではありません。力を手放さなければ、他の人間と接することも二度となかったでしょう。ごく稀《まれ》に、人を超えたものを持って生まれる人間がいるものなのです。けれども、その能力を手放して死ななかった者はさらに稀で、ほとんどいないはずです」

その口調は厳粛《げんしゅく》で、わずかも冗談《じょうだん》には聞こえなかった。すっかり驚いて頼朝はたずねた。

「草十郎に、いったい何があったんです。どんなことをしてのけて、どうやって力を手放すことになったんですか」

「わたくしも、ただ聞いただけの話ですから、当人しかわからないことはきっと多いのでしょう。ですが、糸世を見つけ出して引き替《か》えに自分の力を手放したようです。糸世はいっとき神隠《かみかく》しと騒《さわ》がれ、消えたように行方《ゆくえ》知れずになったことがあったのです」

「それは、いつごろ起きた出来事ですか」

「兵衛佐《ひょうえのすけ》さまは、もう伊豆に発《た》たれていらっしゃいました」

（それなら、まだ去年あたりのことなのか……）

頼朝《よりとも》は急いでさらにたずねた。

「糸世《いとせ》どのはその神隠しで、だれにどこに攫《さら》われたのですか」

「糸世は覚えていると言いはるのですが、どうも要領を得ないこととしか申しません」

尼御前《あまごぜ》は少し口をすぼめるようにした。初めての表情であり、糸世という娘《むすめ》を大事に思っていることが、頼朝にもわかるようだった。

「わたくしは、あの子が草十郎《そうじゅうろう》に出会った当初から、この二人はいっしょになっては危ないと感じたものでした。舞《まい》と笛《ふえ》という、べつべつのものでありながら響《ひび》きあう特性を備えていたからです。一人一人がそれだけで、たぐい稀《まれ》な才能を生まれ持つというのに、響きあってはどういうことになるかわかったものではないと。けれども、すでに出会ってしまったあとでは、引き離すのは無理でした」

「舞と笛とおっしゃるのであれば、笛のほうが草十郎なのでしょうか」

自信がないので確認すると、尼御前はうなずいた。

「今では草十郎も、人前で笛を吹《ふ》くようになりましたから、きっとあなたさまにも吹いてさし上げますよ。あの若者は正真の笛吹きです。武芸はその余禄《よろく》のようなものです」

「……知りませんでした」

新しく知り得たことを反芻《はんすう》してから、頼朝は女人《にょにん》を見やった。

「ならば、その笛を吹く力が、人の分限を超えた何かをもたらしたというのですね。武芸ならまだしも、思い浮かべることができません。草十郎は何をしたんですか」

「これは、糸世が舞《ま》ったせいでもあります。草十郎が笛を吹き、舞姫《まいひめ》の糸世が呼応《こおう》しなければ、この世に起こらないことでした」

注意深く断《ことわ》ってから、尼御前は大きなため息をつき、そして言った。

「あなたさまのお命を延ばしたのでございます」

「え……」

意表を突《つ》かれて、頼朝は言葉を失った。

「わたくしがこれをお教えしたのは、草十郎自身はけっしてあなたさまに語らないからです。そういう人間ですし、無骨《ぶこつ》なくらいに口べたですから」

「しかし、わしには意味がよく」

口ごもる頼朝の前で、尼御前は恐《おそ》ろしく真剣《しんけん》な表情になって言った。

「これはかつて起きたことであり、もう二度と起こらないものごとです。草十郎や糸世がどれほど願おうと、今後には起こることがありません。そのことも、よくわかっていただきたいのです。草十郎も今は、だれとも変わらない人間であり、事があればあっけなく死ぬでしょう。糸世もです」

「それをわしに聞かせて、どうしろとおっしゃるのです」

まだ困惑《こんわく》しながらも、頼朝《よりとも》はふいに怒《いか》りを感じた。相手の真意がわからなくなり、突拍子《とっぴょうし》もないことを信じさせてこちらを操《あやつ》るつもりなのかと、疑念が生じたのだ。

「わしは、生き延びてよかったと思ったことは一つもありません。命乞《いのちご》いをした覚えもない。平清盛《たいらのきよもり》には最後まで乞わなかったし、草十郎《そうじゅうろう》にもひと言も言いませんでした。六条河原《ろくじょうがわら》で首をはねられたほうが、いっそ尊厳を持って死ねたのかもしれない。時がたてばたつほど、ますます救いようのない死に方を突《つ》きつけられるばかりです」

尼御前《あまごぜ》はまじまじと頼朝の顔を見つめたが、本心から言うとさとったようだった。悲しげにつぶやいた。

「おいたわしゅうございます。これほどのお若さで」

「憐《あわ》れんでいただくために言ったのではありません」

硬《かた》い声で言い返したが、女人《にょにん》はゆるくかぶりを振《ふ》った。

「兵衛佐《ひょうえのすけ》さまが、希望の糸筋をすべて見失っておられたとしても、無理のないことではありました。そのお年でどこまで苛酷《かこく》な目にあわれたのでしょう。草十郎は、だから心苦しいのだと思います。自分の行いをつぐなうつもりでいるのです」

頼朝は、伊東《いとう》の館で聞いた草十郎の言葉を思い出した。

「そういえば、草十郎は自分の責任と言っていました。業《ごう》が深いのは自分のほうだとも言っていた。まさか、そんな気持ちで口にしているとは考えてもみなかったが」

突然《とつぜん》わいた憤懣《ふんまん》は、それと同じ速度でしぼんでいった。自分はこの女人に、いったい何をわかってほしいのだと考える。わが身に感じている忌《い》まわしさを、他人と分かちあうことなどできやしないのに。

頼朝は力みを抜《ぬ》くと、ため息とともに言った。

「青墓《あおはか》のおかた。あなたが遠まわしにおっしゃりたいことが、草十郎をうまく説得して糸世《いとせ》どののもとに返してほしいということなら、わしにも理解できそうだし、それで当然だと思います。糸世どののために、早くそうなるよう努めてみます」

尼御前は、なおもしばらく頼朝の顔を見つめていた。頼朝の言ったことがのみこめなかったような、そんな態度だった。それから、ふいにうれしげな笑みを浮かべた。

「草十郎は頑固者《がんこもの》ですから、説得もなかなか手間がかかると存じますが。けれども、兵衛佐さまがそのように言ってくださるとは、わたくしの予想外でした。あなたさまはお見かけよりも、お父君の血を多く受け継いでいらっしゃるのかもしれませんね」

「そうですか?」

面くらって聞き返したが、女人は急に声音《こわね》に力をこめた。

「兵衛佐さま。あなたさまは、本当にご自分にそのおつもりがあるなら、むざむざとこの土地で殺されるお人ではないはずです。土地の大蛇《だいじゃ》を、逆に退治することさえ可能なお人です。でも、草十郎は今ではちがう。そこのところを、どうか覚えていていただきたいのです」

尼御前《あまごぜ》は、その後話題を転じ、ここでの暮らしに関してあれこれ話し続けた。しかし、午後を回って北条《ほうじょう》へやった荷馬と男たちが戻《もど》ってくると、そこでいとま乞《ご》いをした。

「もうしばらくは、三島《みしま》や、走湯《そうとう》や、箱根《はこね》などにお参りしてこの近辺にいることになりますから、機会があれば、またお目にかかりましょう」

頼朝《よりとも》は、一行を見送るために表に出た。尼御前といっしょに残った男たちは、待つあいだに前庭の土をならし、きれいな空き地にととのえていた。くり返し感謝を述べたが、見送りに立ったのは頼朝ただ一人で、草十郎《そうじゅうろう》も嘉丙《かへい》も顔を見せようとせず、少々気まずい思いがした。

「どうしたんだろう。もうこれでお帰りだというのに」

女人《にょにん》は気にとめないようだった。男たちの手を借りてさっさと馬に乗ってしまい、馬上から頼朝に声をかけた。

「では、どうぞ草十郎にお伝えください。兵衛佐《ひょうえのすけ》さまに笛を吹いてさし上げなさいと。存分にお吹きなさいと。供養《くよう》になるかどうかはわかりませぬが、それでもそれが正しいのでしょう」

頼朝はいぶかしく見上げた。

「笛が供養になるのですか。それはだれの供養なのです」

「草十郎にはわかっておりますよ」

尼御前はほほえんで去っていった。

（最後まで、遠まわしな言葉しか語らないお人だったな……）

頼朝は考えた。どきりとすることも言われたはずだが、すべて優雅《ゆうが》な口調で流してしまうので、去ったのちにふり返ると、どう受け取ればいいのかはっきりしなかった。

川を渡《わた》って小さくなる馬の列を見送っていると、広い上空を横切る鳥が、あたりに悲しげな声を響《ひび》かせた。対岸の枯《か》れ葦《あし》がかすかな風にざわめくと、周囲の人けのなさが肌《はだ》を刺《さ》してくる。頼朝はしばらくたたずんで、この見知らぬ景色《けしき》をながめた。

雲に霞《かす》んだ太陽は傾《かたむ》き、西側に並ぶいびつな山稜《さんりょう》にさしかかっていた。斜面《しゃめん》はこんもりと木々に覆《おお》われ、それが見分けられる近さではあるが、鋭く三角に尖《とが》ったりうずくまる動物のようだったりして、一つ一つの形状が奇異《きい》だ。見慣れた京《みやこ》のなめらかな山並みを、ほんのわずかもしのばせはしない。暮《く》れ方《がた》のわびしさ以上のわびしさが、胸にわき上がってくる。

（わしは、とうとうこの場所に捨て去られたのだな……）

川が流れていく方角を見わたすと、たなびく雲の思いもよらない上空に、白い富士《ふじ》の頂《いただき》がのぞいていた。ぎょっとするような雲の高みだった。東伊豆で見た富士山よりもさらに大きく見える。目をこらせば、薄青《うすあお》い雲に青色の稜線《りょうせん》をたどることもできた。これからは、好きなときに好きなだけ見上げられるのだと考えたが、あまり慰《なぐさ》めにはならなかった。

「おお、尼御前は行ってしまわれましたな」

今ごろになって嘉丙《かへい》が、すました顔で現れた。

「ここの暮らしが、あのお人のおかげで潤《うるお》ったことは、まことにありがたく思いますが、兵衛佐《ひょうえのすけ》どのはあのような怖《こわ》い乳母《めのと》に乳をもらわずにいて、よくよく幸いでしたな」

頼朝《よりとも》は小男を見やった。

「そなたは、女好きなのかと思っていたよ。顔を見せず口もきかないとは意外だった。尼僧《にそう》となった女人《にん》では近寄りがたいのか」

「尼僧によりけりでございます。聞けば、元は青墓《あおはか》の遊君《ゆうくん》だったというではありませんか。いかに美女《にょ》であろうとも、そんな空恐《そらおそ》ろしい女人には関われません」

「恐ろしいのか」

首をかしげる頼朝に、嘉丙はさとす口ぶりになった。

「兵衛佐どのは、あの女人がどうやって、ばらまくほどの私財を手に入れたと思われるのです。男の身ぐるみはがして魂《たましい》も抜き取るほど、手練手管《てれんてくだ》にすぐれた遊君だったからに決まっているじゃありませんか」

「そういえば、今様好《いまようず》きな上皇《じょうこう》さまをご存じのようだったよ。伊東《いとう》や北条《ほうじょう》への進物《しんもつ》は、上皇さまから下賜《かし》された品だったのかな」

「なんと恐ろしや」

嘉丙は身震《みぶる》いしてみせてから言った。

「こうなると草十郎《そうじゅうろう》の嫁《よめ》も、いったいどういう嫁御《よめご》かわかったものではありませんな。わたくしは、あの不調法《ぶちょうほう》な男が何か勘《かん》ちがいしただけだったとしても、これっぽっちも驚《おどろ》きませんよ」

「草十郎は、どこにいる」

「ふらっと出ていったきりでございます。家の片づけ仕事がまだあるというのに」

頼朝はふり返り、木立の隙間《すきま》に茅葺《かやぶ》き屋根を見やり、まだ中に入りたくないと感じた。太陽が傾《かたむ》くとともに風が冷たくなっていたが、少し日も長くなっており、暗くなるには間がありそうだったのだ。

「明日からは家の仕事を手伝うよ。ここには三人しかいないのだから、わしもいろいろ覚えて当然だ。でも今は、少しこのまわりを歩いて知っておくことにする。ついでに草十郎を見つけてくるよ」

嘉丙にそう告げて、頼朝は斜面《しゃめん》に向かって歩き出した。ここを中州《なかす》と呼ぶならあるはずの、もう一つの川の流れを見ておくつもりだった。そして、草十郎も同じことをしたような気がしていたのだ。

蛭《ひる》が小島《こじま》の丘《おか》はそれほど高くなかったが、まばらな林に枯《か》れた蔓草《つるくさ》などがびっしりからみ、枯れやぶをかき分けて歩くには苦労を要した。しかし、頂《いただき》に出ればすぐに下りとなり、細い幹のあいだから小石の河原が見えるようになった。耳の底にさっきからざわざわと鳴っていたものが川音だったということも、下って初めてはっきり気がつく。

それでも、まだかなり行かねばならなかった。小石の原の広がりは思ったよりも大きかったのだ。岸辺まで葦《あし》が生えていた反対側の流れとは、まるで異なる様相をしている。こちらの流れは対岸にむき出しの岩があり、削《けず》れた崖《がけ》の上部を照葉樹が覆《おお》い隠《かく》していた。そこからは森が始まるのだ。

（やっぱりそうだ。こちら側の支流のほうが流れが急だ……）

ようやく淵《ふち》に立った頼朝《よりとも》は、思い浮かべたことがまちがっていなかったので、なんとなく満足した。川幅《かわはば》が小さいぶん、川音も高いのだ。対岸に崖が続くのを見まわしても、こちら側の流れを渡《わた》るのは難しいと思った。できたとしても、身軽な者しか試みないだろう。

だが、自分には見て取れるものが少ないことも、頼朝はよく承知していた。落ち武者《むしゃ》として山中をさまよった数日間を除けば、今まで京《みやこ》の近郊《きんこう》しか知らなかったのだ。

草十郎《そうじゅうろう》を捜したが、小石の河原は目をやる限り続いているのに、若者の姿は見えなかった。これから川上へ向かうか、川下へ向かうか、思いっきり迷うはめになった。

しばらくのあいだ、頼朝はたたずんでいた。水が川床の石をすべる響《ひび》きは、聞いていて快いと思った。雑多な想念が流水とともにどんどん流れ去るようだ。

（……心地《ここち》よく感じる流れだが、どこかには大蛇《だいじゃ》の淵がある。いったいどのあたりなんだろう）

左右を見やったが、淵が特定できても何にもならないと考えた。よけいな恐怖《きょうふ》をかき立てるだけだ。場所を知らず、きれいな流れだと思っているほうがきっと幸せだろう。しかし、土地柄《とちがら》を癇性《かんしょう》の馬のようだと思った感覚が、今ではよみがえっていた。ここの大地は、人の思いをはねつける荒々《あらあら》しさを秘めているのだ。

（そうだ……わしはここにたどり着いた。死地ではあるが、どうころがってもこれ以上悪くはなりえない場所へ。わしが、どこか安堵《あんど》しているのはそのせいだろうか。水の流れとは、すべてを浄化《じょうか》するものであって、人の持つ邪念《じゃねん》はどこにもない。だから、たとえ危害《きがい》をもたらそうとも、わしも恨《うら》まずにいることができるだろう……)

そんな考えが、わいては流れていった。そのまま水を見つめてぼんやりしていると、ある瞬間《しゅんかん》から、急に風景に鮮《あざ》やかさが増した。

最初は、そんなふうに感じられたのだった。目の前の川筋や、二月の冷たい風や、薄《うす》い日光がもたらす景色に、そっと何かが上塗《うわぬ》りされたように思えた。だが、すぐに、澄《す》んだ音色が耳を打つことに気づいた。鳥が鳴くように笛《ふえ》の音《ね》が響《ひび》いていた。

(川上だ……)

頼朝は音の方向に歩き出した。小石の浜《はま》が進む先で狭《せま》くなっている。少し大きな岩の突端《とったん》がこちら側の岸にもあり、川筋が大きく曲がっているのがわかった。

岩を越《こ》えてもう一度視界が開けると、ようやく、川べりに立って篠笛《しのぶえ》を吹く草十郎の姿が見えてきた。駆《か》け寄りたかったが、ごろごろした石に足を取られる。しかたなく足元を見ながら進んだが、顔を上げたとき、草十郎が一人ではないことに気づいてぎょっとした。

草十郎のまわりには、いくつかの黒い影《かげ》が見えた。人のように大きなものが一つ、あとは小さなものが四つ五つだ。だが、まばたきすると見えなくなるようでもあり、輪郭《りんかく》を見定められず、急激に不安がつのった。

「草十郎」

こらえ切れず、遠いうちに大声で叫《さけ》んだ。すると、耳を打つ羽音がして小さな影《かげ》が舞い上がった。鳥たちだった。

（カラス……？）

空を飛ぶ翼《つばさ》の影を見上げ、もう一度草十郎《そうじゅうろう》を見やったとき、若者は一人になっていた。口元から篠笛《しのぶえ》を離してゆっくりとふり向く。

警戒《けいかい》する思いはすぐに消え失せた。草十郎のまなざしは落ち着いてやさしく、頼朝《よりとも》が来たと知っても驚かなかった。黒い鳥が何羽か河原に降りていたのを、自分が勝手に錯覚《さっかく》したのかもしれない。

ぽつねんと川岸に立つ若者は、淋《さび》しげに映ったが、今の場合は当然だろうと頼朝は考えた。

（草十郎は、ふだんでもそんな気配のある人物だ。いつでも孤独《こどく》に見える。それでも、まわりの人間を拒絶《きょぜつ》しているわけじゃない。こちらから歩み寄れば、柔《やわ》らかく受け入れてくれる）

ようやく間近までたどり着き、頼朝は告げた。

「尼御前《あまごぜ》は、さっき帰っていったよ。最後の挨拶《あいさつ》をしなくてよかったのか」

「ああ――すみませんでした」

気のない声で言ってから、草十郎は気がついたように頼朝を見つめた。

「あのかたに何か言われて、おれを捜しにきたんですか」

頼朝は少しためらい、最後の伝言だけ言うことにした。

「草十郎はわしに、存分に笛を吹いて聞かせればいいと言っていたよ。ええと……供養《くよう》になるかわからなくても、それが正しいって」

若者は、真面目な表情でうなずいた。

「あのかたなら、そんなふうにおっしゃっておかしくないですね」

「わしは亡くなった人たちの供養に、毎日経を唱《とな》えることにしたが、供養する人物が多すぎてわからなくなりそうだ。そなたは、笛でだれの供養をするんだ。尼御前は教えてくれなかったが」

草十郎は、考えこむ様子で川面《かわも》を見つめた。

「おれにも、よくわかりません。なぜ、いまだに一人で笛を吹いてしまうのか……でも、あのかたが供養と言いたいわけはわかります。万寿姫《まんじゅひめ》のことです」

「そなた、わしの姉上とじかに会っていたのか」

思わずたずねたが、返答はなかった。そのまま長く沈黙《ちんもく》が続いた。

しばらく待った頼朝は、聞くのをあきらめ、やはり万寿姫のことは不問に付そうと思った。遠慮《えんりょ》がちにたのんでみる。

「もう少し、笛を続けてくれないか。わしの知らない節《ふし》まわしだが、聞いていたら、この蛭《ひる》が小島《こじま》にいることも少し慰《なぐさ》められる気がした。尼御前も存分にと言っていたことだし、わしは、そのしらべをもっと長く聞いていたくなったよ」

草十郎も気を取りなおした様子だった。再び笛を持ちなおしたときには、かすかにほほえんでいた。

「そうおっしゃるなら、佐《すけ》どののために吹きましょう。この笛が、ふつうに人の慰めになるなら、おれもそうあってほしいものですから」

それから彼は、たそがれの雲が薄赤《うすあか》く染まり出すまで、水辺で笛を吹き続けた。

頼朝《よりとも》はそばの石に腰《こし》を下ろし、ほおづえをついて耳を傾《かたむ》けた。初めて蛭《ひる》が小島《こじま》に着いた日の、草十《そうじゅう》郎《ろう》の笛の音色を、頼朝はのちのちまで忘れなかった。

（これは、わしのための音色なんだ……）

最初は、水の音や風の音に似たしらべに聞こえたはずだった。けれども、じっくり聞いているうちに、芯《しん》のところはちがっているのに気がついた。

この音は、頼朝がこの地へやってきたことで生まれた新しいしらべ。ここに人が加わって、今後はもののごとが今までとは異なっていくことを、手つかずの大地に告げるしらべなのだった。

第二章　祭りの夜に

一

蛭《ひる》が小島《こじま》の生活が始まった。

頼朝《よりとも》には、目新しいことばかりだった。

日々の暮らしにどれほどたくさんの労働が必要か、わかっているようでわかっていなかったのだ。するべきことが山のようにあるので、家にじっと座っている暇《ひま》などなく、一日を短く感じることに驚《おどろ》くばかりだった。

しかし、これも、一年にわたって閉じこめられていた頼朝には、歓迎《かんげい》するものごとと言える。先を思いわずらう暇もなく作業があることがうれしく、体はへとへとになっても、それで夜ぐっすり眠《ねむ》れることがうれしかった。

最初は、三人でせっせと粗朶《そだ》を取りにいき、枯《か》れ木や生木を運びこんでは、薪《たきぎ》や柵《さく》などの材料にした。草十郎《そうじゅうろう》も嘉丙《かへい》も、木の見分け方や使い方は当たり前のように心得ていた。

自分たちで簡素な屋根を掛《か》けた薪小屋《たきぎ》をこしらえ、薪が十分積まれたころには、草十郎と嘉丙の役割分担がだいたい定まって、自然に行動を分けるようになっていった。この二人は、相手を立ててゆずるところがどこにもないので、それが平和な道筋でもあった。

家まわりがだいぶととのうと、嘉丙は離《はな》れた村まで出ていくようになった。例によって、女たちに占《うらな》いを披露《ひろう》するのだろうが、尼御前《あまごぜ》が置いていった品と交換《こうかん》に、灯火《ともしび》の油など必要品を手に入れる目的もあった。

草十郎は、これに同行する気がぜんぜんなかった。彼《かれ》が歩きまわるのは、対岸の草原《くさはら》や反対側の森の中だった。頼朝《よりとも》が難しいと思った裏手の川の行き来も、数日で渡《わた》り場を見つけてしまった草十郎なのだ。もちろん、漫然《まんぜん》と歩くためではない。けものの痕跡《こんせき》を見てまわっているのだった。途中《とちゅう》にわなを仕掛《しか》けておいて、うまくかかったウサギや山鳥を持ち帰ることもある。

しかし、調理する段階になると、嘉丙のほうがだんぜん上手《じょうず》だった。頼朝も、少しは食事の支度《したく》を覚えたのだが、そのうち嘉丙は、炊事場《すいじば》を自分のなわばりと決めてしまい、頼朝にも草十郎にも触《さわ》らせなくなった。

自然、草十郎についで出歩くことが多くなり、頼朝自身もそのほうがおもしろかった。春の気配は日に日に勢いを増し、若菜を摘《つ》んでくることも含《ふく》めれば、毎回何かしら持ち帰るものがあったのだ。足腰《あしこし》を鍛《きた》えるにもずいぶん役に立った。座ってばかりで過ごすうちに、体がなまったことは思い知らされていた。

雨の日には、だれも出かけずに家で工作することもあった。手作りが必要な品には事欠かなかった。

嘉丙は、枯《か》れた蔓《つる》で籠《かご》などを編むのもうまかった。一方の草十郎は、土間で細長い木を削《けず》っていた。

長く切り取ってきた槻《つき》の枝を削り、弓を作っているのだ。頼朝も、いずれ草十郎が弓矢を手に入れるつもりだということは、早くからわかっていた。矢軸《やじく》にする笹竹《ささだけ》や矢羽根にする水鳥の羽根なども、歩きまわりながらそれとなく集めていたのだから。

（草十郎といっしょに、狩《か》りができる……）

そう思うと、頼朝は胸がおどった。弓作りは草十郎にまかせたが、頼朝も武家の子であり、矢の作り方なら郎党《ろうとう》に習っていた。弓の練習もそれなりに積んでいる。暮らしに役立つ技能が自分にもあったのだから、急に発奮するのも無理はなかった。

やがて、一部に藤蔓《ふじづる》を巻いた丸木弓《まるきゆみ》に、麻糸《あさいと》をよって松やにと油を混ぜたものを塗《ぬ》った弓弦《ゆづる》を張り、何張《なんはり》かが弓らしい形にでき上がった。

「本当は、真竹《まだけ》を貼《は》り重ねて補強するといいんですが、当座はこれでいけるでしょう」

草十郎は言い、頼朝を試射に誘《さそ》った。

前庭に的《まと》を作り、弓と矢の出来映えに調整をくり返すことも、楽しみの一部になった。頼朝は、ここまで武具に愛着を感じたのは初めてだった。少しでも気に入らないと別の弓を持ってこさせていた自分が、今ではあまりに遠く感じる。

いよいよ狩《か》りに出かけても、それは同じことだった。外した矢をそのままにするような、もったいないことはけっしてできなかった。そして、矢がうまく獲物《えもの》を仕留めれば、もちろん楽しさは十倍になった。

仕留める確率は高くなかったが、獲物の豊かな土地だということは、頼朝《よりとも》にもわかるようだった。野山にはけもの、川には大きな水鳥が群れている。草十郎《そうじゅうろう》は、さすがに頼朝より的中率が高かったが、作った本人でもそれを使いこなすには試行錯誤《しこうさくご》があるようだった。

獲物がこれほどありがたいことも、以前の頼朝にはなかった。嘉丙《かへい》が切りつめて穀物を扱《あつか》うので、その日に持ち帰る食材があるかないかは、かなり切実だったのだ。

頼朝は、毎日に張り合いを感じる自分に気がついた。草十郎と歩きまわりながら、狩りの技術が身につくことも、手足が鍛《きた》えられることも、いろいろな満足が得られた。夢中になれるほどだった。

芽吹《めぶ》いた若葉の彩《いろど》りで、丘《おか》が黄白色から若緑のさまざまな色合いに霞《かす》むころ合いになると、虫たちが動き出す。それを受けて川魚もまた活発になった。

裏手の川で朝に釣《つ》り糸を垂らすと、おもしろいように岩魚《いわな》などがかかった。梅雨《つゆ》の前になれば、手前の川に鮎《あゆ》が上《のぼ》ってくるだろうと、草十郎が請《う》けあった。嘉丙は、残った魚を竈《かまど》の上に吊《つる》して燻製《くんせい》を作り、保存食にしてせっせと備蓄《びちく》している。

草十郎と多くの時を過ごすようになり、頼朝は、以前より彼のことが理解できるようになったが、過去の話を聞き出したわけではなかった。実用的なことなら進んで教えてくれる。だが、何を考えているかや思い出話は、ほとんど口に出さなかった。

ときどき、頼朝のほうが気を回して、糸世《いとせ》のことなどたずねてみる。話したいだろうと思いやってのことなのだが、はにかんだふた言三言で終わってしまうので、埒《らち》が明かなかった。こちらで一人考えあぐねてしまう。

（草十郎は、本当に嫁《よめ》を取ったんだろうか。嘉丙があんなふうに言ったこともある。糸世が青墓《あおはか》の長者の養女なら、当然遊君《ゆうくん》の一人なんだろう。たくさんの男に出会ったことがあるという……）

尼御前《あまごぜ》と話を交わしたとき、魅了《みりょう》されてしまったことを自覚するだけに、頼朝も、時間がたってみると疑わしくなるのだった。かの人の言葉はどこまでが真実で、どこまでが幻惑《げんわく》だったのだろう。

（遊君の言葉を真《ま》に受ける男は、いい笑い者だと言われる……）

頼朝がこう思うのは、母や女官たちの受け売りだと、意識には上らなかった。それだけに、理由もなく不信感がつのった。


伊豆《いず》は暖かい土地だが、雨もよく降った。春先の長雨がしっかり降り、二、三日川を渡《わた》れなくなったことをふまえれば、梅雨《つゆ》どきはもっと思いやられた。その前にできるだけ備蓄《びちく》を作っておこうと、草《そう》十郎《じゅうろう》と頼朝《よりとも》はますます狩《か》りに出歩くようになった。

草原《くさはら》はすっかり青みわたり、丈《たけ》高くなった青草の草いきれがあたりに漂《ただよ》っている。森の木々は白い花をつけている。季節はゆるやかに初夏へ向かおうとしていた。

頼朝《よりとも》は、狩人《かりゅうど》に熱中するあまり、置かれた立場を忘れかけていた。それを思い知らされたのは、馬に乗った北条《ほうじょう》の領主に浅瀬《あさせ》の手前で出くわしたせいだった。

北条時政《ほうじょうときまさ》は、四人ほどの郎党《ろうとう》を従えて様子を見にやってきた。全員が武装をととのえてものものしく、こちらが狩りの獲物《えもの》をぶら下げ、弓弦《ゆづる》を張った弓を携《たずさ》えて鉢合《はちあ》わせしては、かなり具合が悪かった。とはいえ、すでに逃《に》げ隠《かく》れする場所はなかったので、草十郎《そうじゅうろう》と頼朝はそのまま歩き続け、馬の手前で立ち止まった。当然ながら、馬上の時政にじろじろ見られた。

何を言われるかと身がまえていると、相手はようやく口を開いた。

「たいした獲物じゃないな」

持っていたのが小さな雉子《きじ》と小さなウサギだったので、貶《けな》されてもしかたなかった。

「食べる口も少ないので、これで十分です」

頼朝が答えると、時政はいきなりすごんだ。

「おぬしら、好き勝手に島を出てふらふらするな。そんなへぼ弓一つでうろついていては、簡単に死ぬぞ。わかっているのか」

頼朝は言い返した。

「蛭《ひる》が小島《こじま》の外に出ただけで罰《ばっ》される罪だったとは聞いていません。伊豆《いず》の流儀《りゅうぎ》で食料を得ただけです。

「領主どのに断りが必要ですか」

「そうではない。これでも、おぬしのために言ってやっている。最近、北条の地を怪《あや》しげな連中がうろついていると耳に入ったのだ。野伏《のぶし》であれば、村が襲《おそ》われないよう、私も警備を強める必要があるが――」

時政はそこで言葉を切り、少し間をおいて続けた。

「おぬしらは山中で襲われた前例がある。あのとき、藤九郎《とうくろう》の言《げん》に従って下手人《げしゅにん》を帰したことが、あるいはあだになったかもしれんな。兵衛佐《ひょうえのすけ》どのは、どうやら伊東《いとう》どのに憎《にく》まれているな。館で何があったのだ」

頼朝ははっとして、思わず草十郎を見やった。草十郎は時政にたずねた。

「伊東から、そちらに何か言ってきたんですか」

「まあな。手出し無用という書状が来た。事後になったら、野伏のしわざということで処理するようにと」

時政が答えた。草十郎は、探るように相手を見つめた。

「なぜ、それを、わざわざおれたちに教えるんです」

「乳母《めのと》どのの進物《しんもつ》をだいぶ受け取ったからな。そのくらいの借りはあるかと考えた」

堅苦《かたくる》しく言ってから、時政はそのままの口調で続けた。

「正直に言えば、この私とて兵衛佐どのには死んでほしいと思っている。だが、それはだれも手を下さない死に方であって、北条郷《ほうじょうのさと》で騒《さわ》ぎが持ち上がるのは、領主の沽券《こけん》に関わる。伊東《いとう》どのが、これほど性急に流罪人《るざいにん》を亡きものにしたがる理由がわからん。何か口封《くちふう》じの必要でもあるのか」

頼朝《よりとも》は事情を隠《かく》すのをやめた。この時政《ときまさ》は融通《ゆうずう》のきかない性分らしいが、義理がたいところもあると見て取ったのだ。

「わしが、前の領主どのが急病に倒《たお》れた日に、河津郷《かわづのさと》からわざわざ訪れたあの人を見ているからです。狩場《かりば》とは逆方向だったというのに。そして、このわしが毒殺したことにして斬《き》ろうとしました。伊東の館の中でためらいもなく」

時政もひどくは驚《おどろ》かなかった。伊東の前領主の急死は、土地の人々にもかなり不審《ふしん》がられていたのだ。鋭《するど》くたずねた。

「毒を盛るところを見たのか」

「いいえ。けれども、わしの指摘《してき》を否定せず、ただ、流罪人の言葉をだれが信じるかと返されました」

「なるほど。だが、確かな証拠《しょうこ》がなくては、国府《こくふ》に訴《うった》え出るわけにはいかんな」

時政は否定的に言ったが、内心動揺《どうよう》したことは、乗った馬が急に足踏《あしぶ》みしたことでも明らかだった。

「忠告はここまでだ。村人の手前、見まわりの回数を増やすが、おぬしらのために護衛を出すことはできん。襲撃《しゅうげき》の備えくらいは目をつぶってやるから、むだにうろうろせず、蛭《ひる》が小島《こじま》に籠《こ》もっていろ」

言い捨てて馬の向きを変え、北条の領主は川岸を引き返していった。見送った頼朝と草十郎《そうじゅうろう》は、昨日までの暮らしが消し飛んだのを感じていた。風にそよぐ青草のざわめきまで、ただならぬものに様変わりしてしまったようだ。

「ちょっとばかり、面倒《めんどう》なことになりましたね。伊東の領主がこれほどしつこいとは」

草十郎の口ぶりは落ち着いていたが、それでも頼朝と同じく、急に背後が気になったようにふり返った。

「早く、川を渡《わた》ってしまおう。こんな場所で不意を襲《おそ》われるのはいやだ」

「不意打ちはくいませんよ」

言いながらも、草十郎も足早に浅瀬《あさせ》の石を渡り始める。それから、ふと気づいたようにつぶやいた。

「そういえば、カラスたちが騒《さわ》がなかったな。北条の領主のことは危険人物と見なしていないのか」

頼朝はその言い方が気になり、岸に上がってからたずねた。

「そなたには、カラスが知らせでもするのか。山で襲われたとき、たしか、鳥が鳴いたからわかったと北条の領主に答えていたな」

草十郎は空を仰《あお》いだ。カラスが飛んでいるわけではなかったが、どこか懐《なつ》かしそうに雲を見つめる。

「前は、もっといろいろわかることがあったんですが。今は、そうかなと勝手に察しをつけているだけです。それでも、あいつらとは親しいほうでしょうね」

家に着いて嘉丙《かへい》にこの話をすると、小男は思いっきり騒《さわ》ぎ立てた。

「落ち着いてる場合ですか。どうなさるおつもりです。川筋など簡単に渡ってこられるし、こんな防ぎようもないあばら屋一つで、野伏《のぶし》を装った襲撃《しゅうげき》にどんな備えができると言うんです」

頼朝《よりとも》自身、蛭《ひる》が小島《こじま》に籠《こ》もって何になる、と思ってはいたので、自信なく言った。

「少なくとも、心の準備ならできるよ。あと、もう少し矢の作り置きをするとか。それが反撃《はんげき》にはならないにしても」

「反撃になるはずがございませんでしょう。こちらは草十郎《そうじゅうろう》ただ一人だというのに」

「いや、わしでも、ちょっとは――」

嘉丙《かへい》は、さえぎって恐《おそ》ろしくきっぱりと言った。

「わたくしは、自分をごまかして戦力になるなどとは申しません。この嘉丙は武張《ぶば》ったことに向きません。あとは、早期に逃《に》げるか隠《かく》れるかです。兵衛佐《ひょうえのすけ》どのも嘉丙を見習うべきですぞ」

「いや、わしは――」

「島の外に逃《のが》れられないなら、せめて隠れがでも。床下《ゆかした》に穴を掘《ほ》って隠れるとか」

頼朝は、とうとう大きな声を出した。

「やめてくれよ、嘉丙。わしはこれでも義朝《よしとも》の子だ。そんな、みっともない態度で死ぬわけにはいかないんだ」

嘉丙は首をすくめたが、それでもなお言った。

「でも、死なずにすむかもしれないじゃありませんか」

ふいに草十郎が言った。

「嘉丙の言うとおりですよ。隠れ穴を掘ってみましょう。しかし、床下というのはだれもが考えつくから、わかりにくい丘《おか》の斜面《しゃめん》にでも」

まさか草十郎が賛同するとは思わなかったので、頼朝は目をみはった。

「わし一人助かるために穴に入ると、本当に思っているのか。戦《いくさ》のときのように、そなたが盾《たて》になって闘《たたか》うと言うなら、ぜったいにやらないぞ。今のわしは、あのころとはちがうんだ」

草十郎は、憤慨《ふんがい》した頼朝を意外そうに見た。

「ちがうとおっしゃいますと」

「ちがうに決まってるじゃないか。わしを生かす必要があるとだれが考える。父母も親族もなくした今のわしを」

草十郎は、まだ不思議そうにたずねた。

「確かに情況《じょうきょう》はちがいますが、あなたのお血筋になんら変更《へんこう》があったわけではありません。どうしてそうお感じになるんです」

「浮き世離《ばな》れしたことを言うなよ。源氏の家はもう終わっている。先祖の名誉《めいよ》も何もかも、もうどこにもありはしない」

頼朝は首を振《ふ》って言い続けた。

「わしを、おだてればその気になる若様みたいに扱《あつか》わないでくれ。死に方くらいは見栄《みえ》を張りたいが、実体のない誇《ほこ》りを支えに生き続けるほど、阿呆《あほう》なまねはできない。かつてのものが何一つ残っていないことくらい承知している」

草十郎《そうじゅうろう》はうなずいた。

「わかりました。気休めは言わないことにします。ただし、前言撤回《てっかい》もしませんよ。源氏の家は終わっていません。あなたが死ねば、そのときは本当に終わりが来るんでしょうが」

「えっ」

「言ってみれば当たり前でしょう。あなたはただのお一人だけど、源氏の家はまだここにあります。あなた次第では、平家より長く続く家になるかもしれないんです」

反論できなくなり、頼朝《よりとも》は気勢《きせい》をそがれて草十郎を見つめた。なるほど言っていることは正しいが、なんだか肩《かた》すかしをくった気分がする。

「……今のは『ものは言いよう』というやつでは」

頼朝が冷静になったのを見て、草十郎は一瞬《いっしゅん》ほほえみ、力をこめて言った。

「いっしょに丘の斜面へ行きましょう。場所を探しに」

本気で穴掘《あなほ》りに取りかかるつもりなのだった。頼朝ももう逆らわないことにして、あとに続いた。

やがて、草十郎は細い木立のあいだにここぞという場所を定め、手作りの道具で少しずつ掘り始めた。

頼朝も手伝ったが、これはかなり根気のいる骨の折れる仕事だった。斜面で助かったとつくづく思う。

嘉丙《かへい》が飯を炊《た》き上げるころまで辛抱強《しんぼうづよ》く続けると、だいぶ穴らしくなってきたが、人一人が中に隠《かく》れる大きさにはまだまだだった。

「今はこのくらいにして、夕餉《ゆうげ》にしましょう」

「本当に、これを隠れ場所に作り上げるつもりなのか」

頼朝は掘り返された土の穴を見つめて、居心地悪そうだと考えた。

汗《あせ》をぬぐった草十郎は、こともなげに言った。

「もし、その用途《ようと》に使わなかったとしても、いい貯蔵庫ができますよ。土の中は温度が一定なので」

「なんだか、ここに入るのは薄気味悪《うすきみわる》いな」

草十郎も土壁《つちかべ》を見つめたが、ふと、つぶやくように言った。

「土を掘るとわかってくることもありますね。伊豆《いず》の土地は、武蔵《むさし》とはまったくちがうし富士山《ふじさん》の麓《ふもと》あたりともちがう。異質のものです。地脈がとても新しくて、浅いところで息づいているような気配がある。身動きしたがっているような、地表に現れたがっているような。そんな感じが伝わってくる」

頼朝は驚いた。

「わしならば、京《みやこ》とはまったくちがうと思っておかしくないが、東国《とうごく》生まれのそなたまでちがうと言うとは思わなかったぞ」

「半島まで来たのは、おれもこれが初めてなんです。おれにも意外ですよ。何が起こるかわからない場所だというのは、このことも関係するのかな」

「伊豆は、土地神《とちがみ》の活発な場所だということなのか」

頼朝《よりとも》がたずねると、草十郎《そうじゅうろう》はあるいはと答えた。

「伊豆に住む人々が、そういう思いで暮らしているのは事実のようですね」

襲撃《しゅうげき》のことを思いやった頼朝は、一度たずねたかったことを聞いてみた。

「草十郎は、山で襲《おそ》ってきた手下を逃《に》がしてやったが、あれで本当によかったのか。今回も、襲われたら同じことをするつもりなのか」

草十郎は、小さくため息をついてから言った。

「おれは、もう武士ではないから、なるべく人を殺さないほうがいいんです。でも、そう言ってまかり通る場合でなくなれば、おれにも覚悟《かくご》のしようがありますよ」


二人は、水辺に出向いて手足の土汚《つちよご》れを洗い落とし、顔や首筋を濡《ぬ》らした布でよくぬぐってから家へと向かった。

戸口からのぞくと、嘉丙《かへい》はまだ中におらず、膳《ぜん》も出ていなかったので、履《は》き物を脱《ぬ》がずに裏手へ回ってみる。

嘉丙の姿が見える前から、ぼそぼそと何やらつぶやいているのが聞こえていたが、まさか炊事場《すいじば》に客人がいるとは思いもしなかった。実際に話し相手がいたことを知り、頼朝《よりとも》と草十郎《そうじゅうろう》はあっけに取られて立ち止まった。

嘉丙は例の占《うらな》いを披露《ひろう》しており、青菜を刻んだ汁《しる》の具もそっちのけだった。熱心に聞き入っているのは、近くの村娘《むらむすめ》のようだ。髪《かみ》を後ろで束ね、頭を布で包んで額のところで結び目を作り、丈《たけ》の短めな着物に前掛《まえか》けという、このあたりの村人の身なりをしている。

しかし、若い娘が一人でここを訪ねてきたことが信じられなかった。頼朝はあきれ、嘉丙を叱《しか》るべきか忙《いそが》しく考えた。

「おや、お帰りなさいませ」

嘉丙が頼朝の姿に気づき、平然と挨拶《あいさつ》をする。村娘は背を向けて座っていたが、そのときふり返ると同時に立ち上がった。

「草十郎」

娘はひと声高く叫《さけ》ぶと、猛然《もうぜん》と駆《か》け寄ってきて、その勢いのまま草十郎の首筋に抱《だ》きついた。

「会いたかった、草十郎」

草十郎は頼朝と同じくらい仰天《ぎょうてん》していたが、さすがにぼんやりとはせず、相手を両腕《りょううで》で抱き止めた。それから、まわりの視線を気づかって娘を放《はな》し、腕《うで》の長さだけ距離《きょり》を作った。そのまま二人で見つめあう。

「どうしてここにいるんだ。おかたさまのお許しが出たのか」

「出るはずないじゃない。わたしが勝手に来たのよ、会いたかったから」

「だけど、おれたち三人がこの地に集まってはまずいんじゃないのか」

「知らないわよ、悪いのは草十郎《そうじゅうろう》でしょう。わたしのこと放《ほう》りっぱなしにしてちっとも会いにこないんだから」

草十郎は困った顔をした。

「今は無理だよ。それに、兵衛佐《ひょうえのすけ》どののもとへ行けと言ったのは糸世《いとせ》なんだし」

「ええ、わたしが言ったわよ。言われたからって逆らいなさいよ」

「どうしてほしいのかわからないよ、それじゃ」

「だから朴念仁《ぼくねんじん》なのよ、あなたは」

ぽんぽん飛び出す娘《むすめ》の言葉に、頼朝《よりとも》は目をまるくして聞き入った。草十郎の伴侶《はんりょ》として予想もできなかった性格だと感じる。

そのときになって、草十郎がきまり悪そうな態度で相手を紹介《しょうかい》した。

「すみません、佐《すけ》どの。先に言うべきでしたが、妻の糸世です」

草十郎しか見えていなかった糸世も、ようやく頼朝に目を向けた。その瞳《ひとみ》が好奇心《こうきしん》に輝《かがや》いている。すばやく近づいてくると、草十郎にしたように正面から頼朝の顔に見入った。

「あなたが兵衛佐さま。初めまして、糸世と申します」

その視線の強さに、頼朝は少しとまどった。村娘のいでたちだが、村娘とはまったく異なる、臆《おく》するところのないまっすぐなまなざしだった。

養女であるなら当然だが、糸世は尼御前《あまごぜ》に似ていなかった。顔は面長《おもなが》ではなくあごの小さな卵形で、二重まぶたのくっきりした目をしている。態度に思わせぶりなところは少なく、動作に切れがあり、少年のように活発に見える。

　思わずたずねてしまった。

「あなたも遊君《ゆうくん》なんですか」

　糸世はほほえんで答えた。

「以前はそうでした。今では自由の身です。草十郎がわたしを自由にしてくれました」

　尼御前とは似ていないが、別種ながらも美人だろうと、頼朝はしぶしぶ認めた。そばでよく見ると、泥《どろ》くさい村娘には二度と見えなかった。けれども、奔放《ほんぽう》すぎるふるまいといい強気な口ぶりといい、何か気に入らなかった。いっしょにいると苛立《いらだ》つかもしれない。

　頼朝は堅苦《かたくる》しく言った。

「わざわざ訪ねてくれたのに、門前払《もんぜんばら》いのようなことを言ってすまないが、ここはいつ襲撃《しゅうげき》されてもおかしくない、ひどく危ない場所になっているんです。ゆっくりもてなすわけにはいかない。一刻も早く離《はな》れて、難を避《さ》けてください」

　草十郎も言葉を添《そ》えた。

「じつはそうなんだ。おれたちは今、襲撃の備えを作っているところだ。来てくれてよかったとは言えないんだよ」

　糸世は驚かなかった。

「その話なら、あなたたちがいないあいだに嘉丙《かへい》さんから聞いたわ。予想したわけじゃないけれど、何かがありそうだとは思っていたのよ。今夜、三島神社《みしまじんじゃ》でお祭りがあること、知っている人はこの中にいる？」

男三人はだれも知らなかった。

「やっぱりね。このあたりの村人は、きっとみんなお祭りに出かけるでしょう。北条《ほうじょう》のご領主も出向くでしょう。夜討《ようう》ちだったら、人々が出払《ではら》った夜が一番ねらわれるものよ」

嘉丙が感心した声を出した。

「なるほど。うがったお考えですな、それは」

糸世《いとせ》はにっこりして嘉丙を見た。褒《ほ》めれば単純に喜ぶ口らしい。

「そうでしょう。それでね、思いついたことがあるの。兵衛佐《ひょうえのすけ》さまを、わたしがお祭りにお誘《さそ》いするのはどうかしらって」

「えっ」

男三人が同時に声を上げた。あまりにも能天気な提案に聞こえた。

（このおなごは、結局、情況《じょうきょう》が何一つわかっていないんだろうか……）

頼朝《よりとも》は思わず頭を抱《かか》えたくなり、それでも辛抱強《しんぼうづよ》く口を開いた。

「わしは流罪人《るざいにん》です。先ほどは中州を出ただけで、北条の領主にとがめられた身です。祭り見物に行けるはずがありません」

糸世はきっぱり言った。

「兵衛佐さまだということを隠《かく》せばいいんです。お祭りに行く女の子の着物を着ていただきます。その上で、まだだれにも顔を知られていないわたしとつれ立って歩くなら、だれも不審《ふしん》に思ったりしませんⅠ」

「えっ」

意表を突《つ》かれて、頼朝はまた声を上げてしまった。どう解釈《かいしゃく》していいかわからなくなる。

「それは、悪い冗談《じょうだん》か何かで……」

「いいえ、恐《おそ》ろしく本気です」

確かに糸世は真顔で、声音《こわね》もますます真剣味《しんけんみ》をおびた。

「だいたい兵衛佐さまは、今晩ここにいらしたら必ず死にます。そして、それより先に、草十郎《そうじゅうろう》が人を殺すか殺されるかしてしまいます。わたしが来てよかったんです。武家の人たちに囲まれると、この人は簡単に武士の考えに戻っちゃうんだから」

草十郎は肩《かた》をすくめた。反論できないと思ったようだ。

「ちがうとは言わないよ。だけど、殺さずに身を守ることができない場合もあるんだ。それはわかってくれないと」

「それでも、草十郎は人を殺してはいけないのよ。あなたが手を血で濡《ぬ》らせば、影《かげ》はそのぶん近づいてくる。いつか二度と離れなくなってしまう。それが今からこれほど見えているというのに」

(影……?)

糸世《いとせ》の言葉に頼朝《よりとも》は、河原で笛を吹く草十郎《そうじゅうろう》のそばに黒い影を見たことを思い出した。人に似たあの大きいほうの影を指しているのだと、直感的に思った。

草十郎が言い返さなかったため、だれも口を開かず、沈黙《ちんもく》が漂《ただよ》った。それから、だれのものでもない野太い声が響《ひび》いた。

「やあ、戻っておられましたか。兵衛佐《ひょうえのすけ》どの、お留守《るす》におじゃましております」

頼朝はぎくりとして声のぬしを見やった。体格のいかつい、顔の造作《ぞうさく》の大きな男だったのだ。篠懸《すずかけ》衣《ごろも》に結袈裟《ゆいげさ》を掛《か》けた山伏《やまぶし》のいでたちだが、装備のすべてはととのえず、僧兵《そうへい》のように頭巾《ずきん》で頭を覆《おお》っている。嘉丙《かへい》の作ったざるを抱《かか》えており、見れば山椒《さんしょう》を摘《つ》んできた様子だった。

見知らぬ顔だったが、草十郎はよく知っているようで、うれしそうに声をかけた。

「来ていたのか、日満《にちまん》」

「糸世御前《いとせごぜん》のお呼びなら、いつでも」

糸世がにこやかに紹介《しょうかい》した。

「熊野《くまの》で修行する修験者《しゅげんじゃ》の日満です。この人は、簡単な目くらましの術が使えるんですよ。わたしが兵衛佐さまをおつれするあいだ、不在をだれにもさとらせてはならないでしょう。日満に残って目くらましをかけてもらいます。体格がちがっても、はたから見るだけなら、人は彼を兵衛佐さまだと思いこむはずです」

日満は頼朝に頭を下げ、つつましげに言った。

「僭越《せんえつ》なふるまいではありますが、お身代わりをさせていただければと。拙者《せっしゃ》は草十郎とも親しくしておりますし、いっしょに危ない橋を渡《わた》ったこともあります」

「佐《すけ》どの、日満なら必ずたよりになります。心強い味方です」

草十郎の声が急に明るくなっていた。ほっとした心情が伝わってきて、それまで勝算のない中でどれほど思いつめていたか、今になってわかるようだった。

そのことは、糸世も気づいたらしい。小生意気な表情でほほえんで言った。

「兵衛佐さまのお命を守る必要がないならば、この二人は、ちょっとやそっとでやられたりしない才覚の持ち主です。何人の襲撃《しゅうげき》を受けようと切り抜《ぬ》けるでしょう。この人たちが生き延びるためにも、兵衛佐さまはここにいてはならないのです。わたしが持ってきた村娘の着物を着てくださいますね」

頼朝は、いつのまにか拒《こば》めないところへ追いこまれていると気づき、うろたえた。

「しかし、どんなものを着ようと、わしはとうていおなごには見えないだろう。もう元服《げんぷく》して髪《かみ》も短いのだし」

「大丈夫《だいじょうぶ》です、かもじも用意してあります。とにかく、一度着付けてみたあとに結論を出しましょう」

糸世は強引《ごういん》に言い切り、着替《きか》えに板間へ引っぱっていく勢いなので、頼朝は思わず草十郎に助けを求めた。

「黙《だま》っていないでなんとかいさめてくれよ。そなたの妻だろう」

「申しわけありません」

草十郎《そうじゅうろう》は言ったが、すでにあきらめ顔だった。

「こらえていただくしか。糸世《いとせ》は言い出したら聞かないんです」

二

それから半刻後、頼朝《よりとも》は糸世《いとせ》と二人で三島《みしま》への道を歩いていた。

北条《ほうじょう》の丘《おか》の手前を通る、南北に抜《ぬ》ける道をどんどん北へ向かえば、三島の地へ出るのだった。片側に狩野川《かのがわ》の流れを見ながら行けば、北条郷《ほうじょうのさと》の先の集落や田畑が見えてくる。平地は三島まで続いているので、歩いても険しい道のりではなかった。

しかし、頼朝にとって、すべてが糸世の思いどおりに運んだことが、まったくおもしろくなかった。

今の頼朝は、村娘《むらむすめ》の精いっぱいの晴れ着と言うべき柄《がら》のついた着物姿で、朱《あか》い鼻緒《はなお》の草履《ぞうり》を履《は》き、かつらの髪《かみ》を背の中ほどまで垂らしている。両耳の上で小さな髪房《かみぶさ》を作って色糸の蝶結《ちょうむす》びを飾《かざ》っているのは、じつは髪飾りではなく、かつらが脱《ぬ》げ落ちないよう地毛と結んであるのだった。

（だいたい、草十郎《そうじゅうろう》も嘉丙《かへい》も日満《にちまん》も、こぞって賛成するとは何事だ。覚えていろよ、帰ったら目にも

の見せてくれる）

彼《かれ》らが口をそろえ、女の子と少しも見分けがつかないと請《う》けあったことを、恨《うら》みがましく思い返す。

もちろん、こんな発案をした糸世に一番の責任があるが、おもしろがった彼らもなかば同罪ではあった。

夕餉《ゆうげ》を取る時間も惜《お》しんで出てきてしまったので、握《にぎ》り飯《めし》にして持ってきている。歩きながら食べるしかなかった。夕空はまだ明るい水色だ。日がずいぶん長くなっているので、暗くなるにはあとしばらくあると思われた。雨の気配はわずかも見られず、風がさわやかな陽気で、お祭り日和《びより》の夜になりそうだ。

糸世も、先ほどの野良着よりきれいな村娘の晴れ着に着替《きか》えていた。被《かぶ》り物を取ったため、つやのある美しい髪を空の下にさらしている。途中《とちゅう》で摘《つ》み取った白い花の茎《くき》を片手で振《ふ》り、くつろいで楽しそうに歩いていた。そして、顔をしかめている頼朝に言った。

「もっと楽しそうにしないとだめですよ。村の女の子にとって、お祭りは貴重な楽しみごとなんだから。たとえ楽しくなくても、そのふりはしていただかないと」

頼朝はにべもなく答えた。

「わしは、これでも不愉快《ふゆかい》さをたくさん隠《かく》している。これ以上のことはできん」

「まあ、意外に気むずかしいかた。お見かけとはちがって」

見かけを言われて、頼朝はまた腹が立った。

「そなたはよく、そんなに呑気《のんき》にしていられるな。あとに残った者たちが、今夜どんな目にあうかわからないというのに。草十郎《そうじゅうろう》が心配にはならないのか」

糸世《いとせ》は小さく笑った。

「あの人のことなら、信じてますもの。わたしは草十郎をよく知っています。わたしとあなたが草十郎のそばにいないほうが、あの人は強くなれるんです。いいこととは言えませんが、純粋《じゅんすい》に強くなる」

数歩歩いてから、糸世はさらに言った。

「たとえば、草十郎といっしょに歩いていたら、いきなり空から大石が降ってきたとするでしょう。草十郎は一人だったら苦もなくよけるし、わたしと歩いていたら、うまく突《つ》き飛ばしてからよけるでしょう。あなたと歩いていても同じことをするでしょう。けれども、わたしとあなたと三人で歩いていた場合には、二人のどちらも助けたあげく、自分は大石の下敷《したじ》きになるんです。そういう人です」

頼朝《よりとも》はしばらくのあいだ、たとえ話を吟味《ぎんみ》した。そして怪《あや》しみながらたずねた。

「そのたとえの真意はどのあたりにあるんだ。草十郎が、わしを大石から助けることが気にくわないのか」

「正解です。よくおわかりでしたね」

糸世は笑っていたし、声音《こわね》のどこにもとげはなかった。けれども尼御前《あまごぜ》とは異なり、言葉の内容はどこまでも直截《ちょくさい》だった。

「本当は同列などありえないんですけど、そう見えてしまうのは妻として不本意です。わたしがへらへらと呑気《のんき》にしているからって、不愉快《ふゆかい》さを感じていないと思わないでくださいね。わたしもたくさん抑《おさ》えていますのよ。でも、まだ十五歳《さい》のおかたに、多くの思いやりを望むのは無理でしたね」

(口の減らないおなごだ……)

頼朝は思わずあきれ、自分も歯に衣着《きぬき》せないことにした。

「わしが草十郎を引き止めたわけじゃないし、できるだけ帰そうと本気で思っていたんだぞ。もう、そうは思わないことにした。そもそも草十郎は妻のいる男には見えない。そなた一人の勘《かん》ちがいじゃないのか」

「おあいにくさま、草十郎はわたしに惚《ほ》れていますの。事実です」

「一時の気の迷いだろう」

言い負かされまいとむきになった二人は、えんえんやりあった。するとおなかが減ってしまい、どちらも握《にぎ》り飯《めし》を食べ始めたので、ようやく静かになった。

一度黙《だま》ると、糸世はひと言も口をきかなくなった。最初はぷりぷりしていた頼朝も、食べ終えてしばらくすると気まずく思えてきた。こちらから声をかけようか悩《なや》んでいると、ふいに糸世が、それまでの言い争いをすべて忘れたように言った。

「やっと決まった。しおりがいいわ、しおりはいかが？」

頼朝には、話の方向がまるで見えなかった。

「何をいかがと言っているんだ」

「兵衛佐《ひょうえのすけ》さまを、人前でそうお呼びするわけにはいかないでしょう。女の子の名前を考えていたの。

あなたのお名前は、今だけしおりです。わたしがしおりちゃんと呼んだら、必ずこちらを見てくださいね」

代案などありはしないので、頼朝《よりとも》もうなずいた。

「この際だ。文句は言わないよ」

「よかったあ。いくつも候補が思い浮かんで、どれにするかすごく迷ったんですよ。しおりって名前は、内気でおとなしいけれど中身は賢《かしこ》い女の子、って感じがすると思いませんか」

「いや……よくわからないが」

頼朝が密《ひそ》かに驚いたのは、糸世《いとせ》の切り替えの早さだった。すぐに怒《おこ》るが、それもすぐに忘れてしまうらしい。こちらが損した気分になるくらい、すでにこだわりを持っていなかった。

（なるほど、わしの知らない世界のおなごだな……）

母のもとで長く暮らしたので、女人《にょにん》に囲まれた生活にもなじんでいた頼朝だが、女院《にょいん》に仕える人々は年配で厳格だったし、そばで目にする少女は使用人ばかりで、同年代で遠慮《えんりょ》なく話を交わすことなどなかった。これは新しい出会いなのだ。

そこで、自分も気持ちを改め、糸世に草十郎《そうじゅうろう》とのなれそめを聞いてみた。草十郎はけっして語らなかったが、糸世はうれしそうに話してくれた。それが、六条河原《ろくじょうがわら》で斬首《ざんしゅ》された兄義平《よしひら》のために、同じ場所で糸世が舞《ま》ったときだったと聞き、頼朝も思わず胸を打たれた。

（……これなら、ひょっとすると、糸世だったら話してくれるかもしれない）

そう考えた頼朝は、思い切って姉の話題を持ち出してみた。

「わしの姉にあたる万寿姫《まんじゅひめ》は、そなたも知っているんだろう。どのくらい知っている」

「よく知っています。亡くなったときはあいにく青墓《あおはか》を離《はな》れていましたけれど、ほとんどいっしょに育ったようなものです」

糸世が声を沈《しず》ませたので、頼朝は急いで言った。

「草十郎は姉に会ったようだが、いやなことがあったのか、名前を出すと必ず暗い顔をするんだ。ずっと気になっているが、くわしく聞き出せずにいる。よかったら知っていることを教えてくれないか」

「どこまで話していいものか……」

さすがに少しためらったが、それでも糸世は話し始めた。

「草十郎が出会った万寿姫は、生前の姫ではありませんでした。亡くなって時間がたってから、そして、このわたしが神隠《かみかく》しに遭《あ》ってから、青墓を訪ねたのです。草十郎は、相手が死者だということを知らなかったそうです」

頼朝はぎょっとして糸世を見やった。

「姉の亡霊《ぼうれい》と会ったと言うのか」

糸世は、確かめるように西の空に目をやった。丘の肩に太陽がかかり、日没《にちぼつ》が迫《せま》っている。光があるうちに話してしまおうとするのか、口調を早めた。

「草十郎は異界にいるわたしを捜《さが》し求めたし、わたしも異界から草十郎を呼び続けたから、そのせいでこういうことになったのかもしれません。生きたまま異界に飛んだわたしと一対《いっつい》になるものとして、死んだ万寿姫《まんじゅひめ》が呼び出されてしまったのです。万寿姫もわたしと同じように草十郎《そうじゅうろう》を求めました」

「だが、すでに死者なんだろう」

頼朝《よりとも》が念を押《お》すと、糸世《いとせ》はうなずいたが、慰《なぐさ》めにはならないようだった。

「草十郎の笛の音《ね》は、天に及《およ》ぼす力と同じに地に及ぼす力を持っていたんだと思います。わたしをつれ戻すことで、草十郎は天と交流する力を失い、前のようには笛が吹けなくなりました。けれども、そのぶん万寿姫の力は強まったということが、だんだんわかってきたんです。だから、わたしたちは伊豆へやってきました。お血筋を思えば、わたしたちがやり残しているのは、生き延びた兵衛佐《ひょうえのすけ》さまをさらにお助けすることだという気がして」

「思いもよらなかった」

驚きを隠《かく》さず、頼朝は言った。

「草十郎が、姉のことを言いたがらないのは当然だ。それなら、草十郎は人を殺すべきではないと言っていたのは、その行為《こうい》が死者の影を近づけるからなのか」

「鳥のような人だったんです、以前の草十郎は」

小声で糸世は続けた。

「今でも少し鳥のよう。鳥なら地底を知らず、関わりを持たずにすむけれど、今の草十郎はそうはいきません。あまりにそちらに引きこまれたら、わたしたちと暮らすこともできなくなります」

（あの男は、そんな中でわしのために人を殺す覚悟《かくご》をして、今も闘《たたか》おうとしているのか……）

頼朝は言動を悔《く》いる気持ちになり、今初めて、女装するはめになろうと蛭《ひる》が小島《こじま》を離れることができてよかったと思えた。

糸世は、もう一度西に目をやった。

「日が沈《しず》みます。この話はもうおしまい。夜の闇《やみ》や結界《けっかい》になる守りのない場所では、けっしてこの話をむやみに持ち出さないでくださいね」

三島神社《みしまじんじゃ》が近くなると、同じ方向へ向かう人々の姿も見えてきた。子づれが多く、一家総出で来たようだ。

頼朝《よりとも》たちもまわりを気にして、大きな声でしゃべるのをやめたが、すでに暗くなっていたので、変装をただちに見破られることはなさそうだった。

祭りの夜とあって、境内《けいだい》の周辺にも篝火《かがりび》が立ち並んでおり、離れたところからもあかあかとよく見えた。社《やしろ》の祭礼の他にも遊芸人《ゆうげいにん》がたくさん集まっていて、通りやちょっとした空き地で芸を披露《ひろう》している。曲芸《きょくげい》や人形芝居《しばい》などで見物人を集めているのだ。

大鳥居《おおとりい》の先には大きな池があり、境内のたくさんの篝火を水面に映して、いっそう明るく華《はな》やいでいた。照らし出された人々の数もかなりのものだ。広い境内を見やって、地方にしては盛大だと思った。

「にぎわっているんだな」

「集中するんでしょうね」

三島《みしま》の地には東海道《とうかいどう》が通っており、伊豆《いず》の国府《こくふ》もここにある。神社は伊豆国一《いずのくにいち》の宮《みや》であり、界隈《かいわい》でもっとも人の集まる地域なのだった。糸世《いとせ》はしばらく三島で宿を取っていたそうで、ここは富士山《ふじさん》を下った霊水《れいすい》が泉となってわき出る土地だと、わけ知り顔に教えた。

多くの人はもっと早い時間に集まり、社殿《しゃでん》の儀式《ぎしき》や庭神楽《にわかぐら》に見入っていたようだ。今も池の向こうでは笛太鼓《ふえたいこ》の音が響き、庭神楽の面々がさかんに舞《ま》っていて、見物の厚い人垣《ひとがき》ができていた。

「そなたは、何を見るんだ」

そばを離れてはいけないと言われていたので、頼朝《よりとも》はたずねた。糸世がどこにも足を止めようとしなかったからだ。

「わたしが、ただのお神楽見物のためにあなたをつれ出したと、そう思っていらっしゃるんですか」

糸世に聞き返され、頼朝はびっくりした。

「ちがうのか」

「ちがいます。会っていただきたい人がいたからです」

「わしに？　この姿で？」

糸世は平然とうなずいた。

「格好は関係ありません。湯坐《ゆえ》のおばばさまは、そんなものを見ないで人を見るからです」

「おばば？」

「めったに会うことのできない人なんですよ。でも、おかたさまの口ききで会ってもらえることになりました」

　頼朝は首をひねった。

「ずいぶんえらい人のようだが、わしは一度も聞いたことがない」

「当然です。あなたがご存じない階層ですもの。でも、今のあなたは、おばばさまに見ていただくべきなんです」

　会えばわかると言わんばかりに、糸世はくわしい説明をしなかった。頼朝は、祭り見物に興味があったわけではないが、何も見ないとなると惜《お》しい気がしてきた。派手なとんぼを切り、変わったお手玉をしている曲芸集団のそばを通りかかったので、思わずそちらをながめながら歩いていると、驚《おどろ》いたことに中の一人が糸世に声をかけた。

「糸世御前《いとせごぜん》じゃないですか。最近にはおめずらしい」

　糸世は、なんでもない様子で応じた。

「お久しぶりね。実入りはどう」

「まあ、なんとか」

　曲芸師らしく敏捷《びんしょう》そうな男は、笑顔になった。

「今夜は、御前もぜひ舞《まい》を披露《ひろう》してくださいい。いらした機会だからぜひ」

糸世《いとせ》は少し笑って、かぶりを振《ふ》った。

「ううん、だめ。ここは国府《こくふ》に近すぎるから、あまり目立つことはしたくないの。今夜来たのは、おばばさまに会う約束があるからよ。三島《みしま》にいらっしゃることはおかたさまに聞いているの。今、どこにいらっしゃるの」

男には、すぐにだれのことかわかったようだった。

「ああ、それなら、裏手の林のほうです。木立の前に芸人たちを泊《と》める長屋があるから、そこでだれかに聞いてください」

頼朝《よりとも》は驚いていたので、その場を離れてから糸世にたずねた。

「そなたの知り合いなのか」

「顔見知り程度だけど、遊芸人《ゆうげいにん》たちはよく知っています。青墓《あおはか》の長者は、京《みやこ》で芸を売る人々の元締《もとじ》めでもあるんですよ。おかたさまに挨拶《あいさつ》のない遊芸人は、興行することができません」

（あの、尼御前《あまごぜ》が……）

ますます驚いてから、頼朝はふと気がついた。

「待てよ、それなら、湯坐《ゆえ》のおばばというのも遊芸人の一人なのか」

「占《うらな》い師とは言えますすね」

糸世が答えたので、あきれてしまった。

「それじゃ、嘉丙《かへい》の神籤《みくじ》と似たようなものじゃないか。信用できるのか」

「嘉丙さんとはちがいますよ。おばばさまは、他の人には見えないものを見ています。わたしのことも草十郎《そうじゅうろう》のことも、あのかたが一番深くわかってくれたんです」

そう言われても、頼朝は疑いたくなった。女人《にょにん》はみんな占いを好むと嘉丙が言っていたではないか。

しかし、糸世がどんどん歩いていくので、そのあとに続いて神楽見物の人々の背後を通り抜《ぬ》けた。社殿《しゃでん》の後ろが林になっているのは見えていたが、祭りのために縄《なわ》を張《は》りわたしたり、仮設の桟敷《さじき》を建ててあったりするので、裏へ続く道が見当たらなかった。篝火《かがりび》をはずれるとかなり暗くもあり、糸世と頼朝はしばらくうろうろしたあげく、やはり境内《けいだい》の外から回るために引き返すことにした。

まだ社殿のそばを歩いているときだった。頼朝は、聞き慣れた声で呼びかけられて、心臓が止まりそうになった。

「そこの娘たち。神楽見物もせずに、お社《やしろ》で何をしている」

（まさか、よりにもよって……）

ばったり鉢合《はちあ》わせしたのは、なんと間の悪いことに北条時政《ほうじょうときまさ》だった。いっしょに男が二人いるが、家族などはつれていない。社殿に領主としての用があったのかもしれない。

頼朝は急いで顔を伏《ふ》せた。だが、時政に不審《ふしん》な目で見られていることがありありとわかった。糸世がさっと腕《うで》を伸《の》ばして頼朝と手をつないだ。励《はげ》ましのつもりなのだろう。そして、後ろめたさがみじんもない声で時政に応じた。

「何もしておりません。少し迷ってしまって、今から引き返そうとしただけです」

歯切れのよい口ぶりを聞き、時政《ときまさ》は頼朝《よりとも》から糸世《いとせ》に目を移した。

「見かけない顔だな。このあたりの娘ではなさそうだが、若い娘が二人だけで、はずれの暗がりをうろつくのはおかしい。理由もないとは言わせんぞ」

糸世はにっこりした。

「わたしたちは遊芸一座の者ですから、そちらさまがご存じないのは当然です。出番までお休みをいただいて、よその出し物を見ていたのです。今は、長屋に戻る途中《とちゅう》です」

「ほう、芸人なのか」

時政は、あらたな関心を持って糸世を見つめた。

「どうりで受け答えが世慣れている。おぬしたちは、どんな芸を売るのだ」

一瞬《いっしゅん》ためらったが、糸世は自信ありげに言い切った。

「今、京《みやこ》で評判の白拍子舞《しらびょうしまい》を見せます。わたしが舞い手で、こちらの子は鼓《つづみ》を打つ楽人《がくじん》です」

（よく、すらすらと出てくるものだ）

頼朝は、糸世の嘘《うそ》のなめらかさに思わず敬服した。口八丁と言えるのではないか。また、ひと目で武士とわかる男たちを前にして、少しもひるまない勇敢《ゆうかん》さにも気がついた。

時政は少し笑った。糸世が気に入った様子だった。

「白拍子舞とはおもしろい。このあたりではまだお目にかからないものだ。ぜひ私も見物しよう。いつごろ舞が始まるのか教えてくれ」

糸世は引かなかった。

「まだもう少しあとになりますが、よろしかったらぜひごらんになっていってください。逃《に》げも隠《かく》れもいたしませんから」

北条時政《ほうじょうときまさ》から無事に解放されたものの、頼朝《よりとも》はひどくたじろいでいた。

「そなた、今のがだれかわかっているのか。北条の領主だぞ、あの男は」

糸世《いとせ》は他愛のない返事をした。

「あら、ご領主さまだったんですか」

「だったんですかじゃないだろう。どうするんだ、本気で舞を舞うつもりなのか。国府《こくふ》が近いから目立ちたくないと言っていたくせに」

「しかたないでしょう。この運びでは、わずかでも不審《ふしん》と見られたら追及《ついきゅう》されるところだったんですもの。あなたの正体がばれないよう、その場で思いついたことをなんでも言うしかなかったんです」

糸世は歩きながら早口に言った。はたから見るほどどっしりかまえていたわけではなかったようだ。

「しかし、そなたは舞えるからいいが、わしにはとても無理だ。北条の領主はわしの顔をよく見知っている。明るい舞台《ぶたい》などに出れば見破られるに決まっている。鼓は、だれか他の者に打たせてくれ」

「だめ」

頼朝《よりとも》の言葉を、糸世《いとせ》はすぐさま否定した。

「わたしたち二人とも舞台に立たないとだめ。おわかりでしょう、別の人が鼓《つづみ》を打ったら、ご領主は必ず、もう一人の女の子はどうしたんだと考え出すはずです。疑いを持たれたら、それが命取りなんですよ。今は女の子と信じていても、怪《あや》しんで考え出したら、あなたの顔立ちに気づいてしまうかもしれない」

「だが、大勢の目にさらされる舞台の上だって、同じくらい命取りじゃないか」

「いいえ、舞台のほうが勝ち目があります」

真顔で糸世は言った。

「わたしが舞うから、勝ち目があります。わたしの舞で人々の目を釘付《くぎづ》けにしてみせます。あなたの顔が覚えられないくらいに」

頼朝にはまだ、人目に立つ場所に出ていく決意などできなかった。

「どう考えても無茶だ。わしはこの格好に慣れていないし、舞台で演奏したこともない。第一、白拍子舞《しらびょうしまい》の鼓の打ち方など何も知らない。早々にぼろが出て注目されるに決まっている」

「鼓を打ったことは、一度もおありでないのですか」

たずねられて、頼朝は少しつまった。

「そりゃ、以前はたしなみ程度に習っていたが、それだけだ」

「それで十分ですよ」

糸世はほがらかに言った。

「伊豆では、白拍子舞を見たことのない人が多そうです。少しくらい型を離れても見分けがつかないでしょう。拍子《ひょうし》の加減がわからないなら、最初にわたしが鼓なしで歌うことにします。そのとき、曲の速度や曲調を察してください。あとは、ふつうに舞に合わせて打ってくださるだけでいいんです」

ようやく芸人の長屋を見つけ出したが、今は湯坐《ゆえ》のおばばを訪ねるよりも、舞台の用意をたのむほうが先だった。頼朝は、こんなに直前の参加が許されるのか半信半疑だったが、遊芸人《ゆうげいにん》たちは糸世の話を聞くと、だれもが喜んで承知した。外で演じていた人々も、これを聞くと代わる代わる戻《もど》ってきて、久しぶりで楽しみだと告げていく。

交わす言葉を聞いていると、糸世は、草十郎《そうじゅうろう》といっしょになってから人前であまり舞わなくなり、惜《お》しむ人々が多いようだった。

そして、旅の遊芸人が数組集まっていれば、演芸に必要な品は何でもそろった。鼓はもちろんのこと、糸世の水干《すいかん》衣装も手ごろなのが見つかった。そればかりか、村娘の格好ではふさわしくないと言われ、頼朝までも、派手な芸人の着物を着せられることになった。

（どうして、わしがこんなはめに……）

悪夢のようだと思ってみても、時はどんどん過ぎていく。あっという間に舞台に立つ時間になった。

頼朝とは別の仕切りにいた糸世が、舞台衣装をととのえた姿で入ってきた。白拍子が男装で舞うことを知っていた頼朝だが、舞姫《まいひめ》の水干姿を間近に見るのは初めてだった。長い髪《かみ》を解き下ろして立て烏帽《えぼ》子《し》を被《かぶ》っているので、男にはけっして見えないが、ただの女人《にょにん》にも見えず、不思議な魅力《みりょく》がある。

糸世《いとせ》は頼朝《よりとも》を見やるなり、うれしそうに笑った。

「まあ、きれい。一段とおきれいだし、本人とはわかりませんよ。しおりちゃん」

「しかたないだろう、こうするしか」

苦い口調で返した。頼朝は、背に腹はかえられないとついに決意して、化粧《けしょう》に踏《ふ》み切ったのだった。

舞台上で素顔をごまかす、残されたわずかな手段となれば、これも我慢《がまん》のしどころだった。顔に塗《ぬ》られたおしろいは、男装した糸世の薄化粧よりも白いくらいで、くちびると目元には紅もさしている。映りの悪い鏡で見た自分の顔は、お化けのようだと思った。だが、赤と黄色の芸人の着物には、このほうがしっくりくるのは確かだった。

「そのくらい、ご自分を捨てる勇気がおありなら、きっと見破られずにうまくいきますよ」

糸世は簡単に請《う》けあったが、頼朝はその気になれなかった。

「だが、わしには芸の経験がない。外さずに鼓《つづみ》を打てるかどうか」

「まちがえても、堂々としていればいいんです。失敗しても少しも態度に出さなければ、見物人はそういう曲だと信じてしまいます」

心得を語ってから、糸世はつけ加えた。

「大丈夫《だいじょうぶ》、わたしは何があろうと舞《まい》の拍子を狂《くる》わせはしません。楽人《がくじん》の出来に左右されるほど、修練が浅いわけではないんです。草十郎《そうじゅうろう》の笛だけは別でしたけれど」

「草十郎だけは狂わせたのか」

　頼朝がたずねると、糸世はかぶりを振《ふ》った。

「狂わせたのではなく、知らない高みへつれていったんです。わたしが憧《あこが》れながらも、ぜったい無理だと思っていた高さまで。でも、何度もやってはならないことでした」

「何度、草十郎の笛でそうなったことがあったんだ」

「舞台の上では三回。一度目は亡き義平《よしひら》さまのため、二度目はあなたのため、三度目は上皇《じょうこう》さまのために舞ったときです。その三度目に、わたしは神隠《かみかく》しに遭《あ》いました」

　糸世は遠くを見るまなざしをした。異界を思い出しているんだろうかと、頼朝はつい考えた。そんな人間がかたわらにいることを奇妙《きみょう》に感じたが、糸世の口ぶりを聞いていると、ただの虚言《きょげん》とは思えなかった。

　しばらく黙《だま》ってから、頼朝はためらいがちに聞いた。

「尼御前《あまごぜ》は、そなたたちがわしの寿命《じゅみょう》を延ばしたと言っていたよ。それでは、上皇さまのお命も同じに延ばしたのか」

「それは、上皇さまがご存じであればいいこと」

　さらりとかわした糸世は、頼朝を見つめてやさしく言った。

「あなたはここで、あなたが生き延びることに専念していただきたいのです。わたしも今はそれだけ。自分が草十郎と生きていくことだけ考えています」

頼朝《よりとも》は長屋をあとにしたが、路上か隅《すみ》の空き地で行う演芸だとばかり思っていた。そのため、境内《けいだい》の舞殿《まいどの》で演じることになったと聞いて仰天《ぎょうてん》した。おまけに庭神楽《にわかぐら》は一連の演目を終え、小休止に入っており、そちらの見物人も舞殿に注目するようだ。

「いいのか、こんなにだれよりも目立つことになって」

糸世《いとせ》は肩《かた》をすくめた。

「お代を取らない奉納《ほうのう》の舞《まい》だと言ったら、いつのまにか場所がこうなっていて。触《ふ》れこみが京《みやこ》の最新の舞だからでしょうね。名前や素性《すじょう》はけっして出さないようたのんであるから、まあなんとかなるでしょうけど」

あまりのことに、かえってやけくそな度胸《どきょう》が生まれてきた。初めてだと臆《おく》しているのも虚《むな》しいくらい、いきなり大勢の前に駆《か》り出されるのだ。しかし、一人一人の顔の見分けがつかないくらい大人数の見物人なら、人だと思わずにいることができるかもしれない。

（おなごの姿をしておなごの化粧《けしょう》をして、人前で鼓《つづみ》を打つなりゆきも、言わば生き残るための方策じゃないか。わし自身も蛭《ひる》が小島《こじま》に残った草十郎《そうじゅうろう》たちも、今夜を生き延びるためにしていることだ）

楽人《がくじん》の席が、舞台の角の柱に隠《かく》れるようにわきにあることも、少し気休めになった。正体がばれることばかり気にしないで、鼓《つづみ》に集中しようと考える。

頼朝が座に着いてしばらくすると、舞姫《まいひめ》がゆっくり登場してきた。篝火《かがりび》と灯籠《とうろう》の明かりに照らし出された糸世は、どこか別人だった。足取りは静かで厳粛《げんしゅく》で、けれども緊張《きんちょう》などしていない。舞台に立つことを何から何まで心得た者の静けさであり、失敗などありえないのがよくわかった。

舞殿の中央に立った糸世は、閉じた扇《おうぎ》をさしのべて少し前に進み出た。それから、澄《す》んでよく通る声で歌い出した。

よくよくめでたく舞《ま》うものは
巫女《こうなぎ》　小楢葉《こならは》　車の筒《どう》とかや
やちくま　侏儒舞《ひきまい》　手傀儡《てくぐつ》
花の園《その》には蝶《ちょう》　小鳥

心の澄《す》むものは
霞《かすみ》　花園　夜半《よわ》の月　秋の野辺《のべ》
上下も分かぬは恋《こい》の路《みち》
岩間を漏《も》りくる滝《たき》の水

（これは、草十郎が吹《ふ》いていたしらべだ……）

頼朝《よりとも》にはわかった。歌詞は以前どこかで耳にしたようだが、曲は別もので、もの悲しげな独特の節《ふし》まわしだった。けれども、糸世《いとせ》の肉声で歌われると、篠笛《しのぶえ》とはまた少しちがった趣《おもむき》がある。心地よいことは変わりないが、切なさよりも柔《やわ》らかくいとおしむ気持ちを感じさせる。

歌い終えた今が、鼓《つづみ》の打ち始めだった。

迷わずに高くひと打ちした。

鳴らし始めると、そう難しくはないことがわかった。鼓の間合いの取り方には、定まった型がある。あとは、糸世の身振《みぶ》りをよく見ながら合わせていけばいいのだ。

糸世がそれで満足したかどうか、表情からは見て取れなかった。舞姫《まいひめ》はただ、本人しか知らないどこかを見つめ、夢見るように舞い始めた。

三

糸世《いとせ》の白拍子舞《しらびょうしまい》が人々をとりこにすることは、頼朝《よりとも》にもうなずけた。

水干《すいかん》の袖《そで》のひるがえし方、一歩もおろそかにしない足運び、優雅《ゆうが》な回転、絶妙《ぜつみょう》な首のかしげ方。どれもが目を離《はな》せなくなるものだ。途中《とちゅう》から扇《おうぎ》を開いて舞うと、蝶《ちょう》が風にあおられるような扇の動きにも心を奪《うば》われる。

糸世の歌声にも、身振《みぶ》りの繊細《せんさい》さにも、鍛《きた》え上げた技《わざ》の巧妙《こうみょう》さがあるのだろう。それなのに、透《す》き通るように無垢《むく》な美しさを生み出していた。糸世の舞は、すでに巧《たく》みさを超《こ》えた領域に達しているのだと言えた。舞うことを極めているから、無心なふるまいのように見えてしまうのだ。

見物人を釘付《くぎづ》けにして、舞台の頼朝を覚えられないようにすると、豪語《ごうご》するのは言い過ぎではなかった。舞に身を捧《ささ》げているとき、糸世はただの勝ち気でおしゃべりな娘《むすめ》ではなかった。美しさには崇高《すうこう》ささえ感じ取れた。

(どうしてだろう、見ていると苦しくなる。きれいだと心から思っているのに)

頼朝はそんな自分を不思議に思いながら、鼓《つづみ》を外すまいとけんめいに舞姫を見守った。だが、目の前の光景はだんだん霞《かす》んできた。舞台上で目をこすると目立つので、なんとか視界を保とうとまばたく。

すると、涙《なみだ》の粒《つぶ》がころがり落ちたので驚《おどろ》いてしまい、危うく拍子を抜かすところだった。

(泣いた？　今になって、こんな場所で？)

敗戦からこちら、頼朝は一度も泣いたことがなかった。

父の死にも兄たちの死にも、自分の斬首《ざんしゅ》を今日か明日かと待っているときも、泣いたことがなかった。すでに平氏に囚《とら》われていたので、泣けば立場のみじめさが増すばかりだったからだ。伊豆《いず》に流されたあともそれは同じだった。

おかしなことだが、糸世の舞を見つめるうち、頼朝が押し殺していた感情が解き放たれたようだった。

涙をこぼすと胸の苦しさが少し和《やわ》らいだので、自分は泣きたかったのだということに、ようやく気がついた。

（父上の死を、わしはまだきちんと悼《いた》んでいなかった。泣いてさし上げなかった。泣いたら女々《めめ》しいとお叱《しか》りになるだろうと思っていたのだ）

（わしは、初陣《ういじん》で勇猛《ゆうもう》になれない跡継《あとつ》ぎに、父上が落胆《らくたん》なさったと思っていた。同軍の大将、右衛門《うえもんの》督《かみ》の腰抜《こしぬ》けぶりに失望なさったように、わしにも失望なさったと。その前から、父上にはとうてい好かれないと感じていた。だから、こちらも心から慕《した》うことはできないと思っていた。でも、ちがう。親を殺されて悲しまない者がどこにいるだろう……）

肯定《こうてい》したせいか、涙がどんどんわいてきて困った。まだ、舞台から引っこむわけにはいかないのだ。けれども、これも考えようだった。

（……いいんだ。今、わしは女の子なんだ。女の子はいつだって簡単に泣いているじゃないか）

舞台上の糸世《いとせ》は、次の今様《いまよう》を歌い上げている。

いづれか清水《きよみず》へ参る道
京極《きょうごく》くだりに五条まで　石橋よ
東《ひんがし》の橋詰《はしづめ》　四《よ》つ棟《むね》六波羅堂《ろくはらどう》
愛宕寺《おたぎでら》　大仏《おおぼとけ》　深井《ふかい》とか

それをうち過ぎて八坂寺《やさかでら》
一段《ひとだん》のぼりて見おろせば
主典大夫《しゅてんだいふ》が仁王堂《におうどう》
塔《とう》の下《もと》　天降《あまくだ》り　末社《すえやしろ》
南をうち見れば手水棚《ちょうずだな》　手水とか
御前《おまえ》に参りて　恭敬《くぎょう》礼拝《らいはい》して　見おろせば
この滝《たき》は　様《よう》がる滝《たき》の　興《きょう》がる滝の水

他愛のない歌だが、懐《なつ》かしい京《みやこ》の景色に心が惹《ひ》かれる。伊豆の人々が聞けばめずらしくも感じるだろう。糸世が上手に選んでいるのがわかる。

これは芸事《げいごと》なのだと、頼朝《よりとも》も承知していた。人々を興じさせるために演じているのだ。それでも、舞にはそれだけでない力を感じた。見ていると、人を素直《すなお》な心根《こころね》に向きあわせてしまうようだ。だが、これも頼朝自身が変わっただけかもしれず、よくわからなかった。

そよ　わがやどの
池の藤波《ふじなみ》　咲《さ》きにけり
山ほととぎす　いつか来鳴《きな》かん

そよ　掬《むす》ぶ手の
しづくに濁《にご》る　山の井《い》の
飽《あ》かでも人に　別れぬるかな

ようやく予定の三演目が終わった。二人は舞台《ぶたい》を下りたが、頼朝《よりとも》はそのときまだ涙を浮かべていたので、糸世《いとせ》はずいぶん驚いた。

「どうしたの、しおりちゃん。泣くほど鼓《つづみ》を打ち損じてなどいなかったのよ」

「放っといてくれ」

頼朝はふくれて答えた。そんなつまらないことで泣いたと思われるのは心外だった。

「ああ、顔をこすってはだめですよ。おしろいが剝《は》げちゃう。もう少しのあいだ、素顔を隠《かく》しておかないと」

糸世は忠告してから言った。

「急いでここから退散《たいさん》するんです。ぐずぐずしていると、話をしたがる人たちが押し寄せてきます。それを歓迎《かんげい》するなら別だけど、今のわたしたちはすばやく逃げるに限ります」

北条《ほうじょう》の領主もその一人かと思い当たった頼朝は、あわてて糸世から被《かず》きの布を受け取り、頭から体を覆《おお》った。糸世も同じようにして水干《すいかん》衣装を隠し、その場を抜け出した。

遊芸人《ゆうげいにん》の男たちは、こういう場合の要領をよく心得ていて、舞殿《まいどの》を下りた二人が物見高い人々に足止めされないよう、まわりを固めて長屋まで誘導《ゆうどう》してくれた。だが、その彼らでも黙っていることはできないようだった。

「さすがは糸世御前《いとせごぜん》です。このへんの人々に見せるのはもったいない見事さでしたよ。だれもが見惚《みほ》れてしーんとなっていましたが、わけがわからないまま、ただたまげている様子でした。あやかりたいものですね」

口々に舞《まい》を褒《ほ》めちぎったが、受ける糸世は意外に冷静だった。

「ありがとう。でも、今は時間がないから急いで着替《きか》えないと。おばばさまに会いにいくはずだったの」

この時点では頼朝も気を取りなおしていたので、さっさと着替えることができた。化粧《けしょう》を落として元の衣《ころも》をまとうと、村娘姿にほっとする。なじんだとは思いたくないが、芸人の装いに比べればよっぽどましだった。

占《うらな》い師に会いにいくのは気が進まなかったが、林の奥《おく》のほうにいるらしいので、祭りの人々をやりすごすにはいい時間つぶしになるかと考える。そのため、案内を買って出た男にたいそうおとなしくついていった。

林の中を松明《たいまつ》の明かりで歩きながら、糸世が押し黙っている頼朝を心配した。

「しおりちゃん、具合が悪くなったんじゃないの。体の調子が悪かったら、遠慮《えんりょ》しないでわたしに言ってね」

「悪くなんかない」

「あのね、鼓《つづみ》だって、あなたが自分で思っているよりずっと見事だったのよ。ぶっつけ本番で見たこともない白拍子《しらびょうし》の伴奏《ばんそう》ができるなんて、それだけでたいしたものよ」

前を歩く男が、糸世《いとせ》の言葉を聞いて愉快《ゆかい》そうに言った。

「へえ、娘さん、ぶっつけだったのか。そいつはすごい。あんたが鼓を打ってくれてよかったよ。若くきれいな女の子が二人そろうと、舞台が本当に見映《みば》えしたから」

頼朝《よりとも》は、糸世にも男にも言い返したいことが山ほどあったが、地を出してしまいそうだったので我慢《がまん》した。遊芸人《ゆうげいにん》たちまで女の子と疑わないなら、それを通しておくべきだった。

雑木林を奥へ進むと、社《やしろ》の周囲の喧噪《けんそう》があっという間に引いていった。夜だということもあり、急に山の中へ来たように思える。案内の男はほどなく、ぽつねんと現れた小さな屋根に行き着いた。軒《のき》が地面に届きそうに低いので、まるで屋根だけ置いてあるように見えた。炭焼き小屋か何かだろうか。

「おばばさまはこの中だよ。おれは行くが、帰り道には気をつけてな」

男は、まだ火をつけていない松明《たいまつ》を一本手わたして引き返していった。礼を言って別れた糸世は、ためらわずに腰《こし》をかがめ、小屋の入り口の筵《むしろ》を掲《かか》げた。

「遅《おそ》くなって申しわけありません。糸世です。おじゃまします」

頼朝もあとに続いたが、どう名乗ればいいかわからず、とりあえず黙っていた。小屋の内部は、地面を掘《ほ》り下げて作ってあり、外から見たよりは屋根裏が高い。それでも低いことには変わりなく、狭苦《せまくる》しかった。真ん中に炉《ろ》が掘ってあり、年取った人物がその向こう側に座っている。

炉は少し燻《いぶ》っており、香《こう》ではないがただの薪《たきぎ》でもない、変わった焚《た》き物の匂《にお》いがした。頼朝が今までに嗅《か》いだことのないものだ。不快とまで言わないが怪《あや》しげに感じる。明かりは小さく上がったその炎《ほのお》のみで、たいそう暗かった。

頼朝は、暗がりを見定めようと目をこらし、枯《か》れ草の茂《しげ》みのように広がった白髪頭《しらがあたま》の老婆《ろうば》を見て取った。驚いたことに、老婆は黒っぽい布で両目を覆《おお》っていた。湯坐《ゆえ》のおばばに会うのに格好は関係ないという意味が、やっとわかった。目の見えない人なのだ。

白髪頭にふさわしい枯れしなびた声で、老婆は糸世に言った。

「舞を舞ってきたんだろう、ここまで音が届かなくてもわかる。そなたの立てた波ははっきり伝わってきたよ。揺《ゆ》さぶられた大勢の人の波といっしょにね。そなたの舞はいつもいいものだ」

「舞う予定はなかったんですが、見せるしかなかったんです。身元を怪《あや》しまれそうになってしまって。おばばさま、おかたさまからお聞きかもしれませんが、今夜わたしとともにいらしたかたは――」

糸世は紹介《しょうかい》しようとしたが、相手はさえぎった。

「言わなくていい、亡くなられた源義朝《みなもとのよしとも》どののご子息だね。三男の頼朝さまだ。そなたと草十郎《そうじゅうろう》がお命をお助けしたお子だ。並んで入ってきただけで、もう、そなたたちの切っても切れない因縁《いんねん》が見えるよ。さぞ草十郎は、このお子に肩入《かたい》れしているんだろうね」

頼朝《よりとも》は、来たばかりで核心《かくしん》を突《つ》かれたことに驚いて、ぶしつけにたずねてしまった。

「どうして見えるんです。どこで見るんですか」

老婆《ろうば》はおかしそうに答えた。

「よくそう聞かれるが、なぜか見えるから見えると言うしかないよ。婆《ばば》は早くに視力を失ったせいで、目で見る以外の感覚が鋭《するど》くなった。その延長だろうね」

糸世《いとせ》は、草十郎《そうじゅうろう》について言われた部分がおもしろくなかったようだ。少し拗《す》ねた声になった。

「草十郎は、わたしに出会う前からこのかたと縁《えん》があったんです。それに、万寿姫《まんじゅひめ》のことがあります。肩入れというより、草十郎にはそれしかなかったんです」

糸世の話があらぬ方向を向きそうだったので、頼朝はあわてて老婆に言った。

「湯坐《ゆえ》のおばばどの、あなたは占い師だと聞きましたが、それなら遠見《とおみ》もできますか。今夜、蛭《ひる》が小島《こじま》に残った者たちがどうなったか、あるいは今夜中にどうなるか、見ることはできますか」

「気になるのかね」

頼朝はうなずいた。

「もしも、自分だけ難《なん》を逃《のが》れて、あとの者が死んだり大けがをするのだったら、二度とおのれを許せません」

「心配しなくていいよ、心配しなくていい」

老婆は安心させるように二度言い、それから続けた。

「悲惨《ひさん》なことが起きているとは、少しも感じないよ。もっとくわしく知りたいのなら、占ってやってもいいが、婆の占いをそれに使っていいのかね。婆は、一番大事なことをひと晩に一つしか占わない。かなり気力を使うのでね」

糸世が先に答えた。

「あっ、それでは困ります。草十郎ならこの程度は切り抜けると、わたしは思っていますもの。草十郎が本当に危険なのは、今夜でなくこの先、もっと手強《てごわ》いものに対峙《たいじ》するときです。おばばさまのお知恵《ちえ》を借りにやってきたのは、そのためです」

「そうだろうね。あの若者にもそなたにもこのお子にも、この先大きな危険がある。そなたたちがお子と関わる限り、身の危険から逃れようもないが、お子と関わらなければ、この災いを打ち破るきっかけも生まれない」

湯坐のおばばは、深刻な内容をひどく淡々《たんたん》と言った。糸世はそれを聞いて居ずまいを正した。

「わたしたちが、万寿姫に勝てるかどうかということですね」

「ここは伊豆なのだよ、糸世。伊豆では地底の力が強大だ」

「それでも、打ち勝つために兵衛佐《ひょうえのすけ》さまのもとへ来たことは、まちがっていないのですね」

「そのお子次第のところもある」

頼朝は、元服《げんぷく》している者を「お子」と呼ぶのはやめてほしいと考えたが、高齢《こうれい》の相手は文句を受けつけない雰囲気《ふんいき》があり、気おくれして言い出せなかった。それに、子細にこだわっていられないことを語ってもいた。

「わし次第とは、それはどういう意味ですか。草十郎《そうじゅうろう》や糸世《いとせ》のために、わしにできることがあったらやります。教えてください」

頼朝《よりとも》が申し出ると、湯坐《ゆえ》のおばばはいっとき口をつぐんだ。それから言った。

「そなたの手首や足首には、蛇《へび》が巻きついているのが見える。今はまだ小さな蛇だが、そのままにしておくと、いずれそなたより大きく強くなるだろう。無自覚でいれば、万寿姫《まんじゅひめ》に力を与《あた》えることにもなるだろう」

「蛇?」

あわてて手首を見やったが、頼朝には見えるはずもなかった。

「わしが、大蛇《だいじゃ》の淵《ふち》があるという場所に住まわされたことと、何か関係があるんですか」

「関係はあるだろう。だが、その巻きついた蛇はそなた自身が招き寄せたものだ。大いなるものに触《ふ》れたことのある人間には、その痕跡《こんせき》がつく。痕跡は草十郎も持っておるし、糸世も持っておる。そして、そなたもその一人なのだよ。そういう人物に心の空虚《くうきょ》さが生まれると、おかしなものでも簡単に取り憑《つ》くことができる」

頼朝が言葉を失っていると、湯坐のおばばがたずねた。

「そなたが今、本当に望んでいることは何かね。いろいろ見失っているようだが、そなたに足りないのはもっと自分自身について考える力だよ。だれかのためとごまかすのではなく、そなた自身のために抱《いだ》く、切《せつ》なる望みが言えるかい。ないと言うならそれまでで、そなたは別にそなたという人間でなくてもよくなる。それでは、だれもそなたを助けることはできないし、そなたのほうも人助けなど無理な話だよ」

（自分に望みがないのなら、わしはわしという人間でなくてもよくなる……）

衝撃《しょうげき》を受けて、頼朝は考えこんだ。こんな問いかけをくらうとは思ってもみなかったが、自分を生きる価値のない、だれにも無用の人間だと考えていたことを、ふり返らずにいられない。身近な人々が死んでいったのは業《ごう》の深さであり、自分のせいだと考えてもいた。

（だれだって、こんな有様《ありさま》で先の希望など持てるはずがないじゃないか。だけど、これを空虚さと言うのだろうか。わしがこう考えるから、蛇などが取り憑くんだろうか）

しかし、将来像が何一つ思い描《えが》けない以上、希望も思いつかなかった。頼朝は言いわけを考えてみたが、それも聞き苦しいのでやめ、観念して何もないと告げるために口を開きかけた。

そのときになって、ふと、先ほど糸世の舞を見て涙がこぼれたことを思い出した。糸世の手前気恥《きは》ずかしく、すばやく忘れようと努めていたが、じつは大切なことだったのかもしれない。

何を言い出すか本人にもわからないまま、頼朝は小声で言った。

「わしは、心から父の冥福《めいふく》を祈《いの》れないことで悩《なや》んでいました。経を唱《とな》え続けたので、周囲からは親思いの息子と思われたけれど、ちがっていたからです。けれども、さっき舞を見ていたら気がつきました。わしは、やはり父が好きです。そして、父が信じていた郎党《ろうとう》のだまし討ちにあい、首を取られたことが悔《くや》しくてならないのです」

語るうちにまたも涙がにじんできたが、この際かまわないことにした。どうせ小屋の中は暗いのだ。

「父がどんなに無念だったかを思いやるなら、冥福《めいふく》を祈《いの》れないに決まっています。わしは、父のかたきを討《う》ちたい。今となっては、実現など思い描《えが》けもしないむだな望みだとわかっています。あきらめたつもりでした。それでも、心からの望みを言えというならこれしかありません」

頼朝《よりとも》は投げやりな気分で口をつぐんだ。だが、老婆《ろうば》は意外にやさしい口調で言った。

「ああ、本心だね。隠さず言えたのは感心だ。それが言えるお子ではないと思っていたが、底力はあったようだね。どれ、そばでよく見てあげるから、炉端《ろばた》を回ってここまでおいで」

素直に言葉に従い、進み出て老婆の隣《となり》に座ったが、目隠《めかく》しした相手では表情が読み取れなかった。黒っぽい目隠しに何かまじないの刺繍《ししゅう》を施《ほどこ》してあるのがわかっただけだ。しなびた顔や節《ふし》くれ立った手もたくさんのしわで、たいそうな高齢だと納得したが、それもあまり役に立つこととは言えなかった。

目の見えない人も、近くだと見えるものがちがうのかと首をひねっていると、老婆は言った。

「そなたは、義朝《よしとも》どのや義平《よしひら》どのとはちがう気質の人間だが、まったく異なるというわけでもない。人の気脈《きみゃく》には、二頭の竜《りゅう》がいるのを知っているかい。燃える炎《ほのお》の輝《かがや》く色をした赤い竜と、真夜中の月の涼《すず》しい色をした白い竜だ。この二頭の竜が同等で仲睦《なかむつ》まじければ、その人は悩《なや》みなく暮らせる。だが、人それぞれで生まれつき偏《かたよ》っているのがたいていでね」

言葉を切り、目が見えているようにためらいなく頼朝の手を取る。ぎょっとしていると、その手のひらを上に向け、何かを確かめるようにさすった。ざらざらして乾《かわ》いた、少し冷たい手をしていた。

「父君《ちちぎみ》は赤い竜がたいそう勝ったお人だった。義平どのも同じだ。だが、そなたの中では白い竜のほうが強いね。だから、目で見る人々にはぜんぜん似ていないように映るのだろう。そのことを気にしておいでだったかい」

　頼朝はごく小さな声で答えた。

「ええ、少し」

「だが、そなたは父君が好きだと言ったね。偏った竜を持つ者は、反対側に偏った者に惹《ひ》かれるものなのだよ。それは父御《ちちご》の義朝どのにも同じことが言える。自分と異なる資質に惹かれたからこそ、そなたを跡《あと》継《つ》ぎにしたくなったのだろう」

「やめてください」

　これも小声で言った。父の話をそれ以上聞くと声を上げて泣き出してしまうから、やめてほしかったのだ。

　しばらく静かにしていた糸世《いとせ》が、そのとき口をはさんだ。

「男と女が惹かれあうのも、偏った竜の関係ですか」

「それだけとは言えないが、中にはそれもあるだろうよ。夫婦がお互《たが》いをおぎないあう関係を作るのは、当たり前によくあることだよ」

「万寿姫《まんじゅひめ》は白い竜なんでしょうか。わたしはどちら？」

「人は複雑なものだ。竜《りゅう》たちもからみあい、もつれあい、そう簡単には分けられないし、隠《かく》されることもある。このお子からして、白い竜ばかりがいるわけではないんだよ。赤い竜もきちんと存在している。隠されているだけだ」

糸世《いとせ》に言ってから、湯坐《ゆえ》のおばばは再び頼朝《よりとも》に顔を向けた。

「そなたは、自分自身の赤い竜をもっと見出《みいだ》すべきだね。そのことが、おそらくは蛇《へび》に打ち勝つ力にもなるだろう」

「そう言われても、竜がどんなものか見えもしないのに、実際に何をすればいいのかわかりません」

頼朝がとまどって答えていると、糸世がまた言った。

「おばばさま、伊豆の大蛇《だいじゃ》と白い竜には関わりがあるんでしょうか。伊豆の人々は、兵衛佐《ひょうえのすけ》さまを土《と》地神《ちがみ》の大蛇に喰《く》わせようとしているんですよ」

「喰らおうともするだろうさ。これだけはっきり目をつけられているんだから。このお子は、今のままなら大蛇に呑《の》まれてしまって当然だ。打破する力を本人が生み出せなければ、取りこまれて終わりになる」

老婆《ろうば》はようやく頼朝の手を放《はな》した。糸世に向かって言う。

「そして、その道筋に万寿姫《まんじゅひめ》が力を加えるのを阻止《そし》するのが、草十郎《そうじゅうろう》の抱《かか》える責任なんだろう。少なくとも、あの若者はそう考えている。焼きもちは無用だよ、糸世。そなたとよい夫婦なのはどこも変わらない。それでも草十郎という男は、忠義の念を捨てられない人物なのだよ」

「焼きもちじゃありません」

見るからに糸世はぷんとした。

「草十郎がそういう男だってことは、わたしも知っています。これからも反対などしません。たとえ、あの人が死ぬとわかってても止めたりしません。ただ、草十郎が死ぬときはわたしもその場で死にます。万寿姫には渡せませんから」

糸世の言葉に動揺《どうよう》し、頼朝はあわてて質問した。

「わしは、どうすればいいでしょう。どうすれば自分でこれを打破する力を持つことができますか」

「やっと、今夜の大事な問いにたどり着いたようだね」

やれやれという口調で老婆は言った。

「その問いの答を占《うらな》ってみるかい。婆《ばば》はあいにく答を知らないが、人形《にんぎょう》なら語ってくれるかもしれない」

（……人形）

一瞬《いっしゅん》面くらったが、この問いの答こそが大事だという点は納得できた。そして、今となっては頼朝も、湯坐のおばばの特殊《とくしゅ》な能力を疑ってかかることはできなかった。決意してうなずいた。

「占ってください。お願いします」

湯坐のおばばは、占術《せんじゅつ》に必要な品をかたわらの籠《かご》からいくつか取り出した。炉端《ろばた》に変わった模様の小さな箱を置き、その上に着物を着た小さな人形を載《の》せる。それから壺《つぼ》を取り出し、おがくずに似た粉をひと握《にぎ》り取って炉《ろ》の上に振《ふ》りまいた。煙《けむり》が上がるとともに香《かお》りが立ちのぼり、頼朝《よりとも》は、最初に嗅《か》いだ変わった匂《にお》いはこれだったのだと気がついた。

頼朝も糸世《いとせ》も、人形に目を引かれていた。人形が語ると言われたのだから無理もなかった。ていねいに縫《ぬ》われた赤い着物を着て帯を締めたところは、まるでひな人形だが、目鼻は描《えが》かれず、頭は白く丸いままだ。そして、まっすぐ仰向《あおむ》けに横たえてあった。置くときに手足が下がって揺《ゆ》れたので、関節が動くように作られているのがわかる。

手足を自由に動かせるところは、大道芸で傀儡《くぐつ》が操《あやつ》る人形を思わせた。だが、操り棒や糸などはついていない。老婆《ろうば》は人形に向かってうやうやしく両手を合わせ、拝む態度を取ると、低く聞き取れない声で何かを唱《とな》え始めた。経とも祝詞《のりと》ともちがう調子だった。

(あえて言うなら、陰陽師《おんみょうじ》の祭文《さいもん》に似ているだろうか……)

頼朝は考えたが、たいそう小声の唱え言を耳にしていると、だんだん眠《ねむ》けを誘《さそ》われた。いつまで続くかわからないのでなおさらだ。

頭上のあちこちに目をやって眠けを晴らそうと努め、それから人形に目を戻《もど》すと、操り棒のない人形が身じろぎしていた。ぞくりとして、それからは眠いどころではなくなった。

人形は、まるで人がそうするように、最初に半身を起こした。それから膝《ひざ》を曲げ、両手をついて危なっかしげに立ち上がる。頼朝は目を疑ったが、小箱のすぐ近くに座っているのだから、周囲に仕掛《しか》けが見当たらないことはわかった。人形が自分で立ったと認めざるをえなかった。

しばらくそのままたたずんでいた人形は、やがて両腕《りょううで》を広げ、身振《みぶ》りを始めた。舞っているように見えた。小箱を見世物の舞台にして演じているかのようだ。ぐるりと回ったりもする。だが、楽《がく》の音《ね》は何も聞こえず、老婆の低い唱え言だけだった。

どのくらいたってからか、人形は舞うのをやめた。またたたずむだけになり、その後はいきなり仰向《あおむ》けに倒《たお》れた。

「終わったよ」

湯坐《ゆえ》のおばばが宣言し、頼朝はわれに返ったようにまばたいた。小箱の上にあるのは、老婆が置いたままの形で横たわる人形だった。

「何も語りませんでしたよ、その人形」

「婆《ばば》には語ったからいいんだよ」

息を吸いこんで、糸世が言った。

「こんなお人形、初めて見ました。みずから遊ぶなんて怖《こわ》いみたい。形代《かたしろ》に降りたのは、おしらさまだったのかしら。おばばさまにはなんとおっしゃったんです」

湯坐のおばばはもったいぶらなかった。ごくあっさり告げた。

「義朝《よしとも》どののお子は、走湯権現《そうとうごんげん》の参詣《さんけい》をするといい。これは、阿多美郷《あたみのさと》の走湯山《そうとうさん》に祀《まつ》られている権現さまで、伊豆では大きな力を持っておられる。蛇身《じゃしん》の土地神《とちがみ》のことも、そこへ行けばあと少しわかるだろう」

占いで何を告げられるか予想しなかったとはいえ、こんな答とも思わなかったので、頼朝《よりとも》は困惑《こんわく》した。阿多美郷《あたみのさと》といえば伊東郷《いとうのさと》に近い東伊豆ではないか。

「無理です、そこまで出向くのは。三島《みしま》へ来るのでさえ難しかったというのに」

「無理でも算段《さんだん》するしかないね。これに従わないなら、そなたたちは対処の方法を何一つ持てないことになる。手をこまねいて破滅《はめつ》を待っているのかい」

老婆《ろうば》にそこまで言われても、頼朝には必ず行くと約束できなかった。ためらいながら、かろうじて言った。

「蛭《ひる》が小島《こじま》の様子も気になるので、とにかく一度戻《もど》ってみます。そこで草十郎《そうじゅうろう》たちの無事が確認できたら、彼らに参詣《さんけい》の相談をしてみます」

糸世《いとせ》が占いのお代をたずねたが、湯坐《ゆえ》のおばばは長者どのからもらっていると言って、二人からは何も受け取らなかった。

礼を述べて小屋をあとにすると、林を抜《ぬ》けて芸人の長屋まで出ていっても、周囲が静まり返っていた。すでに夜半なのだった。

「これでは、女の子二人が歩いて帰るのは危ないし、見られたら変に思われますね。今夜は長屋に泊《と》めてもらって、明日の朝早く出ましょう」

糸世が人形の託宣《たくせん》に関して何も言おうとしないので、頼朝はこちらからたずねてみた。

「走湯権現《そうとうごんげん》に詣《もう》でることを、糸世はどう思った。本当はここからすぐに向かうのが正しいのかな。でも、わしにはふんぎりがつかないよ」

「そりゃ、わたしだって、草十郎の顔をこの目で見ないうちはどこへも行けませんよ。あの人を信じているとと言ったってね。いいのよ、帰りましょうよ。それで正解です」

糸世は笑みを含《ふく》んだ声で言い、さらにつけ加えた。

「でも、走湯山《そうとうさん》はたしかに高名な場所ですよ。わたしも詣でたことはないけれど、京《みやこ》の今様《いまよう》に歌われているほどですもの。『四方の霊験所《れいげんしょ》は』という歌で、一番最初に『伊豆の走湯《はしりゆ》』が出てくるんです」


二人はそれぞれ、荷物とごちゃまぜで雑魚寝《ざこね》する人々の隅《すみ》に空きを見つけて眠《ねむ》り、空が白《しら》んだらすぐに起き出した。

この日は遊芸人《ゆうげいにん》たちも旅立つため、ほとんどの人が早く起き出していた。糸世《いとせ》は、祭りの晴れ着を着古してつぎの当たった着物と交換《こうかん》し、自分と頼朝《よりとも》の顔にわざと土汚《つちよご》れをつけて、髪《かみ》は布で包みこんだ。帰り道で二人を見かけた人の目を引かないためだ。晴れ着がけっこう上物《じょうもの》だったため、交換した遊芸人は、朝食の飯と温かい汁椀《しるわん》を足してくれた。これは大変ありがたかった。

こうして頼朝たちは、たいした困難にあわずに来た道を引き返してきた。これも糸世の周到《しゅうとう》さと顔見知りの多さのおかげだったと、頼朝は考えた。だが、蛭《ひる》が小島《こじま》が近くなったころには、どちらも無口になっていた。

今度の原因は、口げんかではなかった。これから出くわす光景が最悪だった場合を、どうしても思い浮かべてしまうせいだ。湯坐《ゆえ》のおばばが心配ないと請《う》けあっていてさえ、想像が悪いほうに悪いほうに傾《かたむ》くのは二人とも同じだった。話もせず、そのぶん足運びが早くなっていった。

だが、その懸念《けねん》も、川の浅瀬《あさせ》を渡《わた》るときには早くも解消した。対岸の川べりにかがんで、手を洗っている草十郎《そうじゅうろう》の姿が見えたからだ。

草十郎は人影《ひとかげ》に気づくとすばやく立ち上がり、帰ってきた二人と見て取ると、笑みを浮かべた。何事もなかった態度であり、その手足もどこも失ったりしていなかった。

こういうとき、突進《とっしん》する糸世《いとせ》の勢いはすごい。水しぶきを上げて足元をろくに見ずに突《つ》っ切り、頼朝《よりとも》は不本意ながら遅《おく》れを取った。草十郎のほうが驚いてしまい、あわてた声を上げた。

「急がなくていいから、足場をよく見て。すべりやすいのに、もっと注意しないとだめだ」

聞いていない糸世だった。しかし、結局ころびもせずに草十郎のもとに行き着いた。

「襲撃《しゅうげき》はどうなったの。来なかったの」

今日はそのまま抱《だ》きつかず、相手のあちこちをくい入るような目で見ながらたずねる。

「いや、来たよ。糸世の勘《かん》が当たった。さすがだね」

「どうなったの。日満《にちまん》や嘉丙《かへい》さんはどこ？」

草十郎ははっきりほほえんだ。

「大丈夫《だいじょうぶ》だよ、三人とも無事だった。おれと同じくらい元気だよ」

そのとき頼朝が岸辺に上がったので、草十郎は向きなおり、頼朝の顔をのぞきこんで様子を確かめてから言った。

「無事のお帰りで何よりです。じつは心配になっていました。糸世と二人だけで、用心棒もなしで送り出したのは、そうとう無茶だったのではないかと。不慣れな装いをしておられたというのに」

頼朝は安堵《あんど》で気が抜《ぬ》け、急に体が重くなる気がした。

「心配したのはこちらのほうだよ。本当に、襲撃を受けてもだれも大きなけがはなかったのか」

「うまく立ちまわりましたから。日満の目くらましもよく効《き》いたし、われわれは財を守るより身の確保を選びましたからね」

そこまでは明るく言ったが、草十郎は少し声音《こわね》を変えた。

「ただ、その代償《だいしょう》に、去り際に家を焼かれました。丸焼けです。水を運んでも間に合わず、すべて焼け落ちました」

よくよく見ると、草十郎の衣《ころも》は煤《すす》らしきものであちこち汚《よご》れていた。袖《そで》がほころびてもいる。顔と手足はきれいに洗ってあるので、すぐに気づかなかったのだ。しかし、その手足に新しく浅い傷ならいくつもついていた。布きれを二か所ほど巻いてもいる。

糸世もその布きれを見とがめた。

「元気と言うなら、その包帯はなんなの」

「なんでもないよ。火事場でちょっと火傷《やけど》しただけだ。すぐに川の水で冷やしたから、たいしたことになっていないよ」

草十郎《そうじゅうろう》は言ったが、糸世《いとせ》は顔をしかめた。

「なんでもないなんでもないって、草十郎はいつもそう言うのよ。もう、だまされないわよ。わたしに傷口をお見せなさい」

糸世の気をそらすためか、草十郎は急いで頼朝《よりとも》に言った。

「嘉丙《かへい》たちもお帰りを待っていたから、来てください。ご無事を喜ぶでしょう」

頼朝は、茅葺《かやぶ》き屋根の小屋のあった場所まで行き、真っ黒に焼けて崩《くず》れた柱の残骸《ざんがい》と化した家を目にした。周囲を空き地にしてあったので、斜面《しゃめん》の草には燃え広がらなかったようだが、それでも見れば茫《ぼう》然《ぜん》とする景色だった。自分たちが住まいにかけた日々の労力を思い返す。

隣《となり》に立った草十郎が、落胆《らくたん》を思いやるように口を開いた。

「火に気づいてからは、おれたちでできるだけのものを運び出したんですが、多くではありませんでした。板間にあったもので持ち出せたのは、佐《すけ》どのの衣《ころも》と経典《きょうてん》だけです。あとは、おかたさまにいただいた高級品もぜんぶ灰になってしまいました。申しわけありません」

頼朝はかぶりを振《ふ》った。

「それを惜《お》しんでいるんじゃないよ。わしも、財よりそなたたちが生きていて、大けがもなかったことのほうがよっぽど喜べる。ものより人を選ぶよ」

そして、裏手から嘉丙と日満《にちまん》が走り出てきたとき、その言葉は大きな確信に変わったのだった。

第三章　権現《ごんげん》の参詣《さんけい》

一

頼朝《よりとも》は、焼けずにすんだ自分の衣類をありがたく受け取り、ようやく長い髪《かみ》のかつらを脱《ぬ》ぎ捨てた。ついでに水浴びをすませてから着替《きか》え、髪を乾《かわ》かすと、櫛《くし》を持っている糸世《いとせ》が自分から進んで頼朝の元結《もとゆ》いを結ってくれた。殊勝《しゅしょう》だと感じたが、よく考えてみると元結いを解《と》いたのも糸世なのだから、元に戻《もど》して当然かもしれなかった。

慣れた自分の姿に戻り、頼朝はずいぶん気分がよくなったが、今夜の寝床《ねどこ》もない情況《じょうきょう》が変わったわけではなかった。嘉丙《かへい》がかろうじて鍋《なべ》を確保していたので、野外で煮炊《にた》きはできそうだったが、食器などは何一つない。それに、嘉丙も草十郎《そうじゅうろう》も日満《にちまん》も、徹夜《てつや》の攻防《こうぼう》で疲《つか》れ果《は》てており、まだたいした作業にはかかれなかった。

頼朝《よりとも》が髪をととのえて戻ったとき、彼《かれ》らは裏手の木陰《こかげ》に座りこみ、雨露《あめつゆ》をどうしのぐか話しあっていた。頼朝が座ったのを見て、草十郎《そうじゅうろう》が言った。

「食べるものがあれば、あとはどうにかなりますよ。旅人になったと思えば似たようなものです。もしくは、戦《いくさ》の野営地とでも思えば」

楽観しすぎると思ったのか、嘉丙《かへい》が反論した。

「穀物の貯えは、たったのふた袋《ふくろ》でございますよ。食べるものがあると、気楽にかまえる量ではございません。追加の支援《しえん》なしでは梅雨《つゆ》どきも乗り切れないと見ます。しかし、ご領主もだいぶ貧乏《びんぼう》でいらっしゃいましたな」

尼御前《あまごぜ》が届けてくれた物資のほとんどが灰になったのだから、当然ではあった。だが、頼朝も、北条《ほうじょう》時政《ときまさ》には申し出たくない気がした。生活支援《しえん》と引き替えに、草十郎を郎党《ろうとう》に欲しがった時政なのだから。

「今度こそ、熱田神宮《あつたじんぐう》の祐範《ひろのり》どのに援助《えんじょ》をお願いしてみようか。ああ、お願いするには書状が必要だな。紙も硯箱《すずりばこ》もなくしてしまったのに」

「紙と筆くらいは、北条のご領主に乞《こ》うてもよろしいのでは」

嘉丙が言ったとき、日満《にちまん》が口を開いた。

「上等な品ではござらんが、紙と筆なら拙者《せっしゃ》の笈《おい》にありますよ。どれ、取ってきてみましょう」

そのまま腰《こし》を上げ、焼《や》け跡《あと》を回って歩いていく。気さくで気のいい人物らしいと、頼朝は考えた。しかし、後ろ姿も幅《はば》のある大男なので、思わず言った。

「本当にあの大男が、目くらましをかけるとわしに見えたのか」

　草十郎が答えた。

「相手の思いこみを利用するらしいですよ。ゆうべ襲《おそ》ってきた男たちは、小屋に佐《すけ》どのがいると信じこんでいました。日満が経まで読んで聞かせたので、なおさらです。そんなとき、明かり取りから中をうかがった者は、そこにいるのがなんでも佐どのに見えてしまうというわけです」

「でも、それでは日満がやられてしまうのでは」

「やつらが踏《ふ》みこんだとき、中は空っぽでした。三人ともすでに丘《おか》にいて、やつらが見たのは木の枝にかけた佐どのの衣《ころも》だけでした。そのあとは、隠《かく》れんぼか鬼《おに》ごっこになりましたが、それでも、地形を知っているおれたちのほうが有利ですから」

　草十郎は確かに、ものごとをなんでもなく言いすぎるきらいがあった。頼朝は、実際はそれほど簡単ではなかっただろうと考え、糸世《いとせ》が顔をしかめているのを知って、ますます確信を持った。

「最後には相手も、おれたちの中に佐どのがいないことに気づきました。これが陽動で、佐どのは家の中に隠れていると。そう考え出して再び家に集中するのを見こんで、川を渡《わた》って逃《に》げてしまう気でいたんです。捜さずに火をつけられるとは、ちょっと誤算でした」

　頼朝は急いで言った。

「家はいいんだ、さっきも言っただろう。わしも野営の経験ならあるし、何もないところで寝《ね》るのは平気だよ」

黙《だま》って聞いていた糸世《いとせ》が、そのとき口をはさんだ。

「兵衛佐《ひょうえのすけ》さまは焼け死んだと思われているなら、とっても好都合じゃないですか。蛭《ひる》が小島《こじま》で旅人暮らしをするくらいなら、本当に旅をすればいいんです。走湯山《そうとうさん》へ行けばいいんですよ」

まだ詳細《しょうさい》を語っていなかったので、草十郎《そうじゅうろう》と嘉丙《かへい》は目をぱちくりさせた。

「走湯山？」

頼朝《よりとも》はためらった。

「だれもがわしの死を信じるとは思えないよ。焼《や》け跡《あと》を調べられたら、死体がないのはすぐにわかる。北条《ほうじょう》の領主はそう考えないだろう。それに……」

言い終えないうちに、日満《にちまん》が全速力で駆《か》け戻ってきた。行きとは態度が大ちがいだった。

「武士と見える男たちが、ここへやってきますぞ。もう、浅瀬《あさせ》を渡《わた》りかけている」

草十郎はひと動作で立ち上がった。

「ゆうべの男たちなのか」

「いや、もっと堂々とした態度で来ている。もしや、あれはここのご領主では」

糸世が飛び上がった。

「たいへん。わたしがここにいるのを見られると極端《きょくたん》にまずい人よ。わたし、丘の向こうに隠《かく》れている。あなたもよ、日満」

糸世と日満が斜面《しゃめん》の草むらに分け入ったので、頼朝たちは、少しでも距離《きょり》を取るために前庭に出ていることにした。

蛭が小島を訪れたのは、やはり北条時政《ほうじょうときまさ》とその郎党《ろうとう》だった。野伏《のぶし》を装った襲撃《しゅうげき》があったかどうか、確かめにきたのだろう。祭りへ行ってもはめをはずさなかったようで、二日酔《ふつかよ》いも見せずに領地の見まわりに励《はげ》むあたり、真面目《まじめ》一方の性格とうかがえた。

時政は、前庭にそろって三人が立っているのをけげんそうに見やった。

「ほう、一人も欠けていなかったのか。意外だな」

三島《みしま》で会っている頼朝は、見つめられて内心ひやっとしたが、時政が何か思い当たった様子はなかった。たとえどこかに引っかかりを感じても、よく考える前に家が焼失したのを見てしまったのだ。黒い残骸《ざんがい》に目をまるくする。

「なんだ、この有様《ありさま》は」

草十郎が説明した。

「火をつけられました。ゆうべ襲撃してきた男たちのしわざです」

「ばかどもが。これをだれの持ち家だと思っているんだ。断《ことわ》りなしに焼き払《はら》っていく権利がどこにある」

頼朝が思った以上に、時政は憤激《ふんげき》した。伊東《いとう》のしたことだと思うと、よけいに腹が立つのかもしれない。しばらくののしり続けていたので口を出さずに聞いていると、移築されたこの家は、もとは北条屋《や》敷《しき》の敷地にあったようだった。どうでもいい空き屋を選んだわけではなかったのだ。

ようやく少し気持ちを静め、時政《ときまさ》は頼朝《よりとも》たちに目を向けた。

「何を言おうと、当面おぬしらが宿なしになった事実は変わらんな。別の家を建てるしかないが、この季節は人を集めにくい。少し時間がかかるかもしれん」

頼朝《よりとも》は、時政が再び家を建てる気でいるだけで驚《おどろ》いたので、即答《そくとう》した。

「待つことはかまいません」

「必需品《ひつじゅひん》で、焼け残ったものはどのくらいあるんだ」

領主がたずねたので、草十郎《そうじゅうろう》と嘉丙《かへい》が物資をまとめた場所に案内した。

確かに穀物はふた袋《ふくろ》しかなく、衣類や麻糸《あさいと》や縄《なわ》をまとめてひと抱《かか》え、道具類がひと抱え、それだけだった。だれが見ても乏《とぼ》しかった。時政は確認してため息をついた。

「屋根もない場所でこれだけで暮らせとは、相手が罪人だろうと命じることはできんな。次の家が建つまでのあいだ、私の家に住まわせるしかないか」

言いしぶる様子を見ただけでも、双方《そうほう》にとってありがたくない事態を察することができた。そうとう窮屈《きゅうくつ》な思いをすることになるだろう。回避《かいひ》できないかとあせり、頼朝はあまり深く考えずに言い出していた。

「北条《ほうじょう》どの、それではご迷惑《めいわく》になりすぎます。住む家がないあいだ、わしに神仏の参詣《さんけい》をさせてくれませんか」

時政はさっと警戒《けいかい》した。

「どこまで出ていく気だ」

「走湯権現《そうとうごんげん》を拝《おが》んできたいのです」

頼朝が言うと、時政はひどく驚《おどろ》いて見返した。しかし、怒《おこ》り出すのかと思ったらそうではなかった。

「おぬし、ここが走湯山《そうとうさん》の荘園《しょうえん》だともう知っていたのか」

もちろん、頼朝は知りもしなかった。

「いいえ」

「北条、中条《ちゅうじょう》、南条郷《なんじょうのさと》は、すべて寄進領家が走湯山だ。神宮寺《じんぐうじ》となる密厳院東明寺《みつごんいんとうみょうじ》の寺領だから、ここらは寺宮荘《じぐうのしょう》と呼ばれておる」

「そうだったんですか」

今度は頼朝のほうが驚いた。湯坐《ゆえ》のおばばは、なんの関わりもない権現を示したわけではなかったのだ。走湯権現の名を出された時政は、見るからに態度をゆるめていた。

「わが家も、年に二度か三度は家族で走湯山に詣《もう》でている。今年も夏越《なごし》の前には出向くつもりだった。そうだな、おぬしを伴《ともな》っていくなら、目を離《はな》すことにもならんな。あそこは広大で宿坊《しゅくぼう》もたくさんある。だが修験《しゅげん》の山だから、勝手なふるまいはできんだろう」

（伴っていく？）

話のなりゆきに目をみはった。北条の領主とその家族までそろって出かけるとは考えていなかった。

しかも、そこは伊東郷《いとうのさと》の近くなのだ。

頼朝《よりとも》がたじろいだのを見て取って、草十郎《そうじゅうろう》が口を開いた。

「ご一行に加わるのは、あまりよくないかと思います。伊東どのの目もあるでしょう。おれたちが独自に出かけたほうが、波風が立ちません。もちろん、兵衛佐《ひょうえのすけ》どのは行方《ゆくえ》をくらましたりなさいません。誓約《せいやく》を立てることもできます」

時政《ときまさ》はじろりと草十郎を見た。

「おぬしの誓約か」

あわてて頼朝が言った。

「わしが立てます。邪念《じゃねん》を持って神域へ向かうことはできません」

ふんと鼻を鳴らしただけの時政だったが、厳しくさし止めもしなかった。頼朝がしばらく蛭《ひる》が小島《こじま》で暮らせない以上、時政にとっても、一番都合がいいのはその方法だと気づいた様子だった。結局、北条屋敷《やしき》へは連行せず、旅支度《たびじたく》の援助《えんじょ》を約束して引き返していった。


領主たちが島を出たのを知って、糸世《いとせ》と日満《にちまん》が戻《もど》ってきた。

北条時政《ほうじょうときまさ》との話の運びを聞かせると、糸世はたいそう喜んだ。

「こんなにらくらくと走湯山《そうとうさん》行きが決まるなんて。おばばさまは、というか、おばばさまの人形さまは、やっぱりすごいですね。きっと、こうなるのは最初からわかっていらしたのよ」

他の者が面《めん》くらった顔なので、頼朝《よりとも》は、三島《みしま》で湯坐《ゆえ》のおばばに会ったことを語り聞かせた。人形が舞《ま》い、託宣《たくせん》が走湯権現《そうとうごんげん》に詣《もう》でろと命じたことで締《し》めくくったが、あとの三人も、それをばかげているとは言わなかった。

特に草十郎《そうじゅうろう》は真剣《しんけん》に聞いていた。

「おれも、おばばどのには一度会ったことがあります。人形の舞《まい》はまだ見ていませんが、まやかしでない不思議な力を持つお人だとわかります。佐《すけ》どのは、お告げに従うべきですね」

日満は別のことを言った。

「走湯山は伊豆修験《いずしゅげん》のあるところです。拙者《せっしゃ》も修験者として、ぜひ訪ねたい場所です。霊験《れいげん》の名のとどろく地ですから、行けばこの土地にしかない智恵《ちえ》が得られるでしょう。薬草の知識も知らなかったものがあるかもしれない」

人形の占《うらな》いを一番うさんくさそうに聞いたのは嘉丙《かへい》だったが、走湯権現の参詣《さんけい》に関しては、行きたくないとは言わなかった。

「わたくしめは、名だたる熱田神宮《あつたじんぐう》に仕える者ではありますが、それほど霊験のある土地というなら、ためしに表敬するのもよろしいかもしれませんな」

これほどすばやく話がまとまったことに、頼朝自身まだ驚いていたが、焼《や》け跡《あと》で野宿を重ねるよりも、北条屋敷で嫌《きら》われながら過ごすよりも、出かけるのが一番ありがたかった。北条の領主がその気になったことが夢のようだ。

「行き先で何があるのかわからないが、わしも行ってみたくなったよ。少なくとも、ここにいても何もできないのは本当だ」

糸世《いとせ》が明るい声で言った。

「よかったですね。もちろん、わたしも走湯山《そうとうさん》へ参りますけど、支度《したく》は自分でするので、いったん別行動を取ります。これから三島《みしま》まで戻《もど》って、おかたさまに連絡《れんらく》を取ってこの次第をお伝えします。兵衛佐《ひょうえのすけ》さまたちは、わたしを待たずに出発なさってください。日満《にちまん》といっしょに向かえば、わたしも道中は安全ですから」

てきぱきと行動を決める糸世に、だれも反対の声を上げられなかった。日満は、笈《おい》から出してあった紙と筆を頼朝《よりとも》に渡し、塗《ぬ》り薬をいくつか草十郎《そうじゅうろう》に渡すと、ただちに帰るはめになった。

残りの者は、意気揚々《いきようよう》と歩いていく糸世と少し足取りの重い日満の後ろ姿を見送った。草十郎があれこれ言わずに見送ったので、頼朝は、あっさりしたものだと思っていたが、ためらっていた若者はふいに駆《か》け出し、糸世のあとを追っていった。

見ていると、糸世に浅瀬《あさせ》の渡《わた》り方を徹底《てってい》指導したいようだった。いっしょに浅瀬を渡り切った草十郎は、対岸に着いてもまだ引き返さず、その先までついていく。

様子をながめていた嘉丙《かへい》が、しみじみと言った。

「本当に夫婦でしたな、あの二人。わからないものでございます。あれほど気のきかない男が、あれほどかわいい娘《むすめ》を、どうやって口説《くど》いたんでしょうな」

　頼朝は小さく笑った。

「糸世は草十郎に惚《ほ》れているよ。いっしょに過ごしてそのことはよくわかった。あのおなごは長所も短所もたくさんあるが、どうにも忘れられなくなる人だね。ああいう人に好かれるのは楽しいだろうな」

「わたくしだって、うらやましいですよ。あの子はいい子です」

　頼朝は三島の夜を思い返し、糸世の歌に「上下も分かぬは恋の路《こいみち》」という一節があったことを思い出した。

（わしは、恋がどういうものかまだ知らない。糸世のように、相手が死んだらその場で死のうと考えるほど、激しくだれかを想ったことはない。それを知る日が来る前に、あっけなく死んでしまうのかもしれない……）

　丈《たけ》高い草の原へ、糸世について消えていった草十郎は、まるで頼朝の見知らぬ人間のように映った。そして、草十郎は今、糸世にしか見せない顔を見せているのだろう。そう考えるとひどく淋《さび》しくなった。

　いつのまにか、自分の手首を握《にぎ》っていた。手を変えて反対側の手首も握ってみる。

　草十郎たちに占《うらな》いの話を聞かせたとき、頼朝は言われたことを一部省略していた。巻きついた蛇《へび》のことは口に出さなかった。けれども、目に見えず手にも触《ふ》れない蛇が巻きついていると、湯坐《ゆえ》のおばばは見て取ったのだ。

（わしの場合、下に秘めて想うものは、恋ではなくこの蛇のようだな。今は、冷たい蛇がわしの相手な

のかもしれない）
これをなんとかしなければ、温かい人の気持ちに触れることも望めないのだと、今となっては実感できた。走湯山《そうとうさん》へ行かねばならないのだった。

翌日の午後になると、北条《ほうじょう》の領主が再び訪れて、頼朝《よりとも》たちに旅用の脚絆《きゃはん》やわらじ、菅傘《すげがさ》、日満《にちまん》の笈《おい》に似た背負い箱などを三人ぶん持ってきた。竹の水筒《すいとう》と干し飯《いい》、干し肉なども少しある。

「途中《とちゅう》で日が暮れても二日あれば行ける。このくらいで足りるだろう」

意外にこまごましたものまで渡しながら、時政《ときまさ》は言った。

「馬は貸せない。うちでも数が余ってはいないからな。だが、道は阿多美郷《あたみのさと》から北条郷《ほうじょうのさと》までたどった道を逆行すればいいだけだ。阿多美《あたみ》に着けば、走湯山《そうとうさん》までそれほどかからん」

頼朝は心から礼を述べた。領主はあとで考えなおすのではないかと、内心かなり案じていたのだ。だが、時政は送り出すことに心を決めたらしく、もう屋敷《やしき》に呼ぶとは言わなかった。代わりにつけ加えた。

「伊東《いとう》から苦言が出ようと、家を焼いたほうが悪い。おぬしが流罪人《るざいにん》でも、荘園《しょうえん》に住む者が領家の権《ごん》現《げん》を拝むことに、なんの不都合もないはずだ。しかし、おぬしも途中《とちゅう》でおかしなまねをするなよ。慎《しん》重《ちょう》に目立たずに行ってこい。走湯山にいつまで逗留《とうりゅう》するかは、のちほどこちらから使いをやる」

家を建てるのに人数を取られるせいか、時政は、目付役《めつけやく》の配下を同行させようともしなかった。頼朝には、これも気が楽になってうれしく思えることだった。

草十郎《そうじゅうろう》は、適当な木の枝を選んで杖《つえ》を三本こしらえていた。

「ここでもうひと晩野宿するくらいなら、すぐに出かけましょう。道中で野宿するのも同じことですよ」

もっともなので、頼朝たちは急いで荷箱に荷をつめ、時政といっしょに蛭《ひる》が小島《こじま》をあとにした。北条の丘《おか》近くまでは同行して歩き、それから別れて東の山道をめざす。

来たときは二月だったので、通るわきの斜面に枯《か》れやぶが多かったが、今はさすがに伸《の》び盛《ざか》りの草が茂《しげ》っている。それでも、草の葉で道が見えなくなるほどではなかった。土を踏《ふ》み固めてあるので、地元の人がときどき通っているのだろう。

細い山道ではあるが、西伊豆と東伊豆を結ぶお定まりの道筋なのだと、頼朝は考えた。だれもがたいていこの山道を利用するのだ。そう思うと、待《ま》ち伏《ぶ》せていた男たちを思い出さずにはいられなかった。

あとの二人も、同じことを考えていたようだ。嘉丙《かへい》が言った。

「暗くなるのを気にせず、山に入ってしまってよかったんでしょうかね。また山中で襲《おそ》われるかもしれませんよ」

草十郎はあまり心配していなかった。

「蛭が小島を大勢で襲ってきたばかりで、つぎつぎ配置はできませんよ。次策を立てるには、まだ少し時間がかかるでしょう」

「野伏《のぶし》のような連中がやとわれ者だとしたら、そうでもないかもしれないよ。伊東《いとう》の手下が待ち伏せるかもしれない」

頼朝《よりとも》が言うと、嘉丙《かへい》はひええと情けない声を出した。

「もうすぐ暗くなります。この道、たどって歩いたら危ないのでは」

草十郎《そうじゅうろう》は、まだ足を止めなかった。

「暗闇《くらやみ》に紛《まぎ》れて襲《おそ》う訓練を積んだ男たちは、広い世間にたしかにいます。おれも会ったことがあります。でも、伊東の領主程度が配下に使えるとは思えません。もっと大きな権力者でないと。暗くなっておれたちが気をつけるべきなのは、むしろけものたちですよ。けものは闇でも見えるから」

頼朝は口に出そうかためらったが、言うことにした。

「伊東の領主には無理でも、京《みやこ》の清盛《きよもり》ならそうした者もやとえるだろう。わしを亡きものにしたいのは、煎《せん》じつめれば平《たいらの》清盛《きよもり》の意志だ。根底にそれがあるから、伊東もしつこくねらうんだと思う」

「たしかに、異様なくらいしつこいですね。注意したほうがいいのは本当です」

草十郎も否定はしなかった。それから、気を変えたように言った。

「そろそろ野営の場所を決めましょうか。薪《たきぎ》を集めておかないと」

けものを寄せつけないためにも、火を焚《た》くことは必要だった。彼《かれ》らは目立たないことを念頭に、茂《しげ》みをはさんで道から見えないところを選び、斜面《しゃめん》が比較的《ひかくてき》平らな場所を見つけた。周囲の草を少し刈《か》り、空いた中央に薪を集める。

山中でひと晩過ごすこと自体は、頼朝もさほど怖《こわ》くなかった。火があり、伴《とも》が二人いるならば平気だと思える。気候は暖かい季節だし、ここは深山《しんざん》というほど奥地《おくち》ではない。十二月の敗走のときは、雪の積もった厳寒の山を、はぐれて一人でさまよったこともあったのだ。

（走湯山《そうとうさん》の霊場《れいじょう》にたどり着いたら、ひさびさに安心できるだろうな……）

頼朝は、宿坊《しゅくぼう》もたくさんあって広大だという寺社を思いやった。戦乱からこちら、ずっと殺される危険と隣《とな》り合わせで過ごしてきて、蛭《ひる》が小島《こじま》に移っても変わっていなかったのだ。案じずに眠《ねむ》るという状態を忘れてしまいそうだった。

火を焚きつけて居場所をととのえ、干し飯《いい》と干し肉で簡単な腹ごしらえをしたあとは、草十郎が最初の見張り番を買って出た。おとなしく横になった頼朝だったが、寝《ね》つくには少し時間がかかった。背中を向けて座り、杖《つえ》を肩《かた》にもたせかけている草十郎に声をかける。

「糸世《いとせ》と日満《にちまん》は、どうしているだろうな。もう出発しただろうか」

草十郎はふり向かずに答えた。

「いや、おれたちほど急には出てこられないでしょう。もう少しあとだと思いますよ」

少しして、頼朝はまたたずねた。

「いつだったか草十郎は、そなたがわしのもとに来たことの意味は、糸世のほうがわかっていると言ったことがあったな。それは、糸世が異界を見てきた女人《にょにん》だからなのか？」

「それもありますが」

道の方角をしばらく見つめてから、草十郎《そうじゅうろう》は言葉をついだ。

「以前のおれは、笛を吹いているあいだは何も考えることができなかったんです。起きたことが何か、そして起こりうる危険について、糸世《いとせ》しかわかっていませんでした。わかっていながら、糸世は舞《ま》ったんです。おれがたのんだせいで」

「草十郎は、だから糸世が好きになったのか」

「いいえ、なりゆきは逆です。原因じゃなく、結果で起きたことでした」

苦しげな調子があったので、草十郎は今でもそのことで悩《なや》むのだとわかった。頼朝《よりとも》はしばらく黙《だま》ってから、問いを変えてまた口を開いた。

「湯坐《ゆえ》のおばばどのが、走湯権現《そうとうごんげん》に詣《もう》でれば、土地神《とちがみ》のことがもう少しわかると言ったのは、本当だろうか」

今度は、草十郎が答えないうちに、嘉丙《かへい》が口をはさんだ。

「兵衛佐《ひょうえのすけ》どの。眠《ねむ》れるときは眠る、走れるときは走る、見張れるときは見張る、でございますよ」

「まるで武将が言いそうなことだな、嘉丙」

頼朝は笑ったが、もっともな言葉なので、返答を欲しがらずに寝ることにした。

やがて眠りについたが、自分の手足に巻きついた蛇《へび》がだれの目にも見えるという夢を見てしまった。透《す》き通りそうに白く、先が二つに分かれた舌が薄桃色《うすももいろ》をした小蛇《こへび》だった。

翌朝は、前日より曇《くも》っているのがわかった。だが、広く見わたせないので、雨になるかどうかはなんとも言えない。

三人は山道を進んだが、行きあう人はだれもいなかった。途中《とちゅう》で下った道の先に沢《さわ》があったので、淵《ふち》まで足を延ばして水筒《すいとう》の水を足し、顔や手を洗ったが、そのときも人を見かけなかった。

少しずつ木立の向こうが明るく見え始め、無事に山中を抜《ぬ》けそうだとわかると、だれもがほっとした気分になった。阿多美郷《あたみのさと》に出てしまえば、物騒《ぶっそう》な待ち伏せもしにくいはずだった。頼朝はそう思ったので、少し警戒《けいかい》を解いて草十郎に話しかけようとした。

だが、草十郎はすばやくさえぎった。

「お静かに。人がいます」

「そりゃ郷《さと》が近いんだから、村人がいてもおかしくないよ」

小声で言い返したが、草十郎は厳しい顔を前方に向けたきりだった。

「何人もいます。隠《かく》れ潜《ひそ》む様子ではないが」

目をこらすと、頼朝にも二、三の人影《ひとかげ》が見えてきた。じっと動かず立っているので、最初はわからなかったのだ。山に何かを取りにきた村人の様子ではなかった。まるで歩哨《ほしょう》が立っているかのように見える。

嘉丙がささやいた。

「引き返しましょう。隠れたほうが無難《ぶなん》ですよ」

すでに道はだいぶ平坦《へいたん》になっていた。木立も前よりまばらになっており、すぐに林の縁《ふち》に出るだろう。

頼朝《よりとも》は嘉丙《かへい》に賛成できなかった。

「向こうが姿を隠さないのに、それを見て逃《に》げ隠れしたら、われわれが悪いことをしているようだよ。北条《ほうじょう》どのにもらった自筆の書状まであるんだ、だれにも後ろ暗いことなどないはずだ」

草十郎《そうじゅうろう》は賛成反対どちらも言わなかったが、頼朝が先に進むと黙《だま》って続いた。

立ちつくす人影と数本の木立しか隔《へだ》てない場所まで進むと、相手の武士らしい装いが見えてきた。だが、同時に彼らが若いのもわかった。元服《げんぷく》前の束《たば》ね髪《がみ》の少年がいたし、真ん中で腕組《うでぐ》みをする大将然《たいしょうぜん》とした者もたいした年齢《ねんれい》ではない。その若者が最初に口を開いた。

「やっぱり本当だったんだな。蛭《ひる》が小島《こじま》をこうも早く逃げ出すとは、まったく性根《しょうね》の据《す》わらないやつだ」

声には聞き覚えがあった。目をそらして通り過ぎるつもりだった頼朝も、思わず足を止め、相手の顔を確認した。

「伊東《いとう》の領主の息子だな、そなた」

「河津三郎祐泰《かわづさぶろうすけやす》だ。今度、河津郷《かわづのさと》をおれがゆずり受けた。河津どのと呼べ、源 頼朝《みなもとのよりとも》」

居丈高《いたけだか》に言い放つが、父親とちがってよく身についていなかった。背丈《せたけ》のある骨太な体つきだが、顔立ちにはどこか子どもっぽさが残っている。草十郎よりも年下なことは透《す》けて見えた。

草十郎が静かに言った。

「兵衛佐《ひょうえのすけ》どのの前で、礼を欠いたもの言いをするな。わきまえを持たないのは武家の名折れだぞ」

「源頼朝を源頼朝と呼んで何が悪い。ただの流罪人《るざいにん》じゃないか」

河津三郎はむきになり、声を荒《あら》らげた。

「伊豆でも年寄りならば、下野守《しもつけのかみ》だった義朝《よしとも》どのを見知っているんだろうが、おれたちはまるで知らん。おれがこの目で見たのはただの反逆者の息子で、官位など持っておらず、そいつが女の腐《くさ》ったみたいなのだということだけだ」

「言ってもわからないなら、別の方法でわからせてほしいか」

草十郎が杖《つえ》を持ちなおしたとき、低い草むらに伏《ふ》せていた数人がさらに飛び出して、頼朝たちのわきと背後を取り囲んだ。それも同じく若い連中ばかりだった。武家ではなく村の子もいるようだ。頼朝は見まわして、嘉丙がとっくに逃げ出して囲みの中にいないのを知った。

「まだ、手を出さないでくれ」

草十郎を手で制し、少し前に出て伊東の領主の息子に向かいあう。

「頼朝と呼ぶのはかまわない、それがわしの名だ。だが、ろくに知らないわしのことを女の腐ったのと決めつけるのはなぜだ」

動《どう》じない態度でたずねたが、相手も少しも引かなかった。

「おまえのことはいろいろ聞いている。伊東の大叔父上《おおおじうえ》をたぶらかしたことも、大叔父上の病死をわが父のせいにしようとしたことも。その上、長老さまがお決めになった土地神《とちがみ》の御沙汰《ごさた》を待つこともできず、早くもこんなところをうろついている。逃げ出してばかりの汚《きたな》い卑怯《ひきょう》なやつだ。武者《むしゃ》にふさわしくないからそう言ったまでだ。女の着物のほうがお似合いってものだ」

女の着物に覚えがあるだけに、内心ぎくりとしたが、河津三郎《かわづさぶろう》は事実を知って言ったようではなかった。根拠《こんきょ》のない悪口なら、頼朝《よりとも》はあまりかっとならない性分《しょうぶん》だ。けれども、父義朝《よしとも》まで軽《かろ》んじたのは聞き捨てならなかった。

「伊東《いとう》の領主が言うことを、その息子がうのみにするのはしかたない。いろいろまちがっているので気の毒に思うだけだ。左馬頭《さまのかみ》義朝を知らぬ存ぜぬで通すのも、ずいぶん気の毒なことだ。父上は、真に坂東《ばんどう》武者《むしゃ》の崇敬《すうけい》を集めておられた。そなたは、そんなつまらぬことが言いたくて張り番をしていたのか」

「ちがう」

伊東の息子は目を怒《いか》らせ、顔を赤らめた。頼朝にいなされたと感じたようだ。

「おまえはあれこれあざむけるらしいが、わが父が愚弄《ぐろう》されるのはこのおれが我慢《がまん》ならないからだ。何よりも、長老さまの決定を侮《あなど》って逃げてきたのが許せない。仲間たちも同じ気持ちでいるが、だからといって、数をたのんでやっつけようとは思わない。おれとサシで闘《たたか》え。一対一の勝負だ。そっちも従者の陰《かげ》に隠れたりせず、武者らしくおのれで正々堂々と勝負しろ。逃げる気だったら、おれも仲間も容赦《ようしゃ》しないぞ」

(言ったな……)

頼朝はふいに体が熱くなった。

河津三郎はやはり若かった。父の祐親《すけちか》とは異なり、考えることが単純でまっすぐで、卑劣《ひれつ》な手段を潔《いさぎよ》しとしないのだ。ほとんど同じ年齢《ねんれい》の相手だと思うと、頼朝も純粋《じゅんすい》に負けん気がわき上がった。

その様子を見て、草十郎《そうじゅうろう》が小声でいましめた。

「佐《すけ》どの、これに乗ってはいけません」

「いいんだ。向こうが数をたのまないと言うんだから、草十郎も手出しをしないでほしい」

「しかし、無茶ですよ」

頼朝はかぶりを振った。

「いや、わし自身のためにも、ここで引くことはできない。ずっとそなたばかり闘わせてきたんだ。もう、自分で闘ってもいいころ合いだ」

草十郎の言葉を待たず、河津三郎に向かって確認を取る。

「一対一の勝負にわしが勝ったら、うるさくじゃまをせず、われわれを好きな場所へ行かせるんだな」

相手はうなずいた。

「おまえが勝てばそうしよう。その代わりおれが勝てば、おれの思う場所へ連行する。それでいいな」

頼朝もうなずいた。これで伊東祐親の前へ引っぱっていかれることになろうと、すでにあとには引けなかった。

「いいだろう、なんの勝負にする。得物《えもの》はなんだ」

河津三郎《かわづさぶろう》は満足げににやりとした。

「おれは素手《すで》でかまわない、相撲《すもう》で競う。おれの言う相撲は、どちらかが参ったと言うか、言わなくても立ち上がれなくなるまで続けるものだ。だが、得物《えもの》が欲しいなら、そっちは刃物以外なら持ってもいいぞ」

「相撲か」

戦塵《せんじん》を知っている頼朝《よりとも》には、そして、最近も刺客《しかく》にねらわれたことを思えば、拍子《ひょうし》抜《ぬ》けするほど真っ当な勝負だった。もちろん油断はできないが、ひさびさに年齢《ねんれい》相応に返ったような気がして、どこか愉《ゆ》快《かい》になった。

「ならば、わしも素手でいい。相撲で競おう」

頼朝は、自分の杖《つえ》と荷箱を草十郎《そうじゅうろう》の足元に置き、河津三郎とともに木立に囲まれた小さな空き地へ向かった。

二

河津三郎祐泰《かわづさぶろうすけやす》は、たいそう相撲《すもう》が強かった。取り組みを始めるとたちまちそのことが明らかになった。

頼朝《よりとも》も、父の屋敷《やしき》に移ってからは、郎党《ろうとう》と鍛錬《たんれん》代わりの相撲を取ったことがあった。投げられても体を痛めずにころがる方法や、小柄《こがら》な者が力自慢《ちからじまん》の相手を倒《たお》す方法もいくつか教わっている。だが、河津三郎にはすぐに地面に這《は》わされ、なかなか思いどおりにならなかった。

倒されてもすぐに立ち上がって次を試みたので、ときには相手が足を取られることもあった。しかし、河津三郎の相撲はけっして力自慢ではなかった。天性でこつを知っているかのように自在で、疲《つか》れも見せず、頼朝が再挑戦《さいちょうせん》すればいよいよ楽しげになった。

何度投げ飛ばされたか、頼朝はもう覚えていなかった。

周囲の仲間たちはにぎやかな観戦者となって、さかんに河津どのに声援《せいえん》を送っている。その喧噪《けんそう》が、まわりをぐるぐる回っているような気がした。

気がつくと、歓声《かんせい》はとだえて静かになっていた。そして、頼朝は目をつぶったまま横たわっていた。

（負けたのか、わしは……）

立ち上がれなかったことがわかると、目を開けたくなくなった。体のあちこちが痛むし頭もずきずきする。けれども、周囲の感じが妙《みょう》だった。やけに人の気配がしないのだ。そして湿《しめ》っぽく、磯《いそ》のような変な匂《にお》いがしている。体の下には土より硬《かた》いものがあり、大きな石の上に寝《ね》ているかのようだった。

とうとう目を開け、頼朝は息をのんだ。居場所が豹変《ひょうへん》していた。

「どこだ、ここは」

薄暗《うすぐら》かったが、両わきの壁《かべ》も床《ゆか》も天井《てんじょう》もひと続きの黒っぽい岩だと見て取れた。体に迫《せま》っているわけではなく、曹司《ぞうし》ほどの広さと高さがあったが、ひろびろとしているわけでもない。手足を動かそうとして、縛《しば》られていることに気づいた。両手首と両足首が麻縄《あさなわ》でくくられている。

（草十郎《そうじゅうろう》はどうなったんだ。嘉丙《かへい》は。二人もここにいるのか？）

手首は前でくくられていたので、体を返して両肘《りょうひじ》をつき、頭を起こすことができた。めまいがしたが、座った姿勢でしばらく待つと治まった。ようやく見まわした頼朝《よりとも》は、光が一方から射し、反対側は暗闇《くらやみ》に溶《と》けこんでいるのを知った。そして、頼朝一人きりだった。草十郎ばかりか河津《かわづ》三郎《さぶろう》たちもみんな消え失せていた。

明るいほうから湿った風が吹きこみ、灰色の空が見える。今では頼朝にもはっきりわかった。この風の匂いは舟《ふね》で嗅《か》いだものだ。潮風なのだ。

立って歩くことができなかったが、手と膝《ひざ》で這《は》い進むことはできたので、頼朝は苦労して明るいほうへ近づいた。岩の縁《ふち》まで遠くはなかったが、這ったのでは遠く感じられた。

そのうち、外は雨が降っているとわかった。風で雨が吹きこみ、岩が濡《ぬ》れているのだ。だが、雨音は聞こえない。やっとのことで穴の端《はし》までたどり着き、雨の中に頭をさし出すと、その理由がわかった。この岩穴は切り立った崖《がけ》の途中《とちゅう》だった。雨ははるか下の海と岩場に降りそそぎ、そこでは暗い波が白いしぶきを上げて岩を洗っていた。さっきから波の音を聞いていたことにも気づいた。

頼朝が見出《みいだ》した居場所は、海に面した崖に空いた洞窟《どうくつ》だったのだ。穴の上方を確かめたかったが、見上げても見えず、それ以上のことは縛られていてはできなかった。

（夢ならいいんだが、夢ではなさそうだな……）

濡れた端から少しあと戻《もど》りすると、冷たい岩壁《いわかべ》に背中をあずけ、何が起きたかを必死で考えてみた。

頼朝は、思ったより長く意識をなくしていたらしい。最後に倒《たお》された情況《じょうきょう》を思い出せないが、頭を打ったのかもしれない。そして、河津三郎は勝者として、頼朝を自分の思うところに運んできたのだ。

そういえば、ぼんやりとだが何人もの手で運ばれたような気もする。

（どうしてその場所が、伊東《いとう》の父親のもとではなく、こんな海辺の穴なんだ。ここはどのあたりの海岸だ。阿多美《あたみ》なのか伊東なのか、その中間なのか……）

河津三郎が、勝ち誇《ほこ》って何かを宣言するのを少し覚えていたが、内容が浮《う》かんでこなかった。彼らが気絶した頼朝をここへ運びこんだのなら、そんな大荷物を運べる通路が上方かわきにはあるのだろう。あるいは、奥《おく》の暗闇を不気味に思わず進めば、どこかに通り抜《ぬ》けるのか。しかし、どちらにしても縛られたままでは試せなかった。

草十郎が黙って見ていたとは思えないので、その身も心配になった。

（もしも、動けないわしの身柄《みがら》を盾《たて》に取られたのだったら、草十郎もおとなしく従うしか方法がなかっただろう。きっと、何をされても歯向かわなかっただろう。ひどい目にあったりしていないといいが）

草十郎は無茶だと止めたのに、押《お》し切って勝負に挑《いど》んだ自分が愚《おろ》かだったのだ。荷箱も置いてきてしまったので、ここには水も食料もない。置き去りにされたら数日で死ぬのは確実だったが、頼朝がみずから招いたことではあった。

岩壁《いわかべ》にもたれたまま、河津《かわづ》三郎《さぶろう》との相撲《すもう》を思い返してみる。悔《く》いてはいるのだが、自分を負かした相手に対して、意外にいやな感情を持たなかった。勝負がどこまでも正当だったからだ。河津三郎は一対一を申し出たときと同じに、最後まで曲がった手段を使わなかった。卑《いや》しい心がないのは、組みあっている最中《さいちゅう》にも伝わったものだ。父親の言葉を信じて頼朝《よりとも》に憤《いきどお》っているくせに、それすら忘れてしまったような澄《す》んだ目をしていた。

（……あいつ、父親とは似ず、中身はいいやつかもしれないな）

これほど立場が離《はな》れていなければ、同じ年ごろで親しくできたかもしれないと、かすかに思った。だが、伊東祐親《いとうすけちか》の息子なのに正反対の性質を見るのは変で、見当ちがいかもしれない。

（それとも、伊東の領主に対するわしの目のほうが偏《かたよ》っているんだろうか。あの領主も、別の人間にとっては美点もあるのか。今のわしには考えられなくても）

急に虚《むな》しくなり、考えを追うのをやめた。彼ら親子に今も殺されかかっているのが現実だった。草《そう》十郎《じゅうろう》たちの助けが望めないなら、あとは自分の力が衰《おとろ》えないうちに、一人で苦境をなんとかするしかなかった。

（まずは、この縄《なわ》をほどく方法を見つけないと）

時刻もわからない灰色の空が、それでも暗さを増してきた。夜が来るのだ。

頼朝《よりとも》は、尖《とが》った石でもあればこすって縄《なわ》を切れると思い、探しまわって少し奥《おく》まで入ってみたが、岩は凹凸《おうとつ》があっても尖った角などはなく、石ころも見当たらなかった。奥に近づくと、洞窟《どうくつ》が少し曲がっているのがわかったが、明かりもなしでは様子を見るのは無理だった。まして暗くなってきたことに気づくと、なるべく入り口近くにいたかった。

（どうしてだろう、奥に何かいるような気がするのは。勝手に怯《おび》えているだけなのか。それとも、案外向こう側から人が入ってきたりするのか……）

灯火《ともしび》を持った人が奥から歩いてくるのを想像してみた。だが、それが味方なら助かるが、とどめを刺《さ》しにくる人物もありえた。頼朝はあと戻りしたが、這《は》って移動するのはだいぶ苦痛になっていた。縛《しば》られた部分がこすれて傷になり、岩についた膝《ひざ》もいいかげん痛む。

だが、無理にも動きまわったせいで、麻縄《あさなわ》が少しくたびれ、少しゆるんできたようだった。もう動くのはやめ、手近な場所で手首の縄を岩にこすりつけていることにした。ひと晩続ければ、尖った岩でなくてもすり切れるかもしれない。

少しすると、手元もはっきり見えないほどになってきた。のどが渇《かわ》き腹も空《す》いているが、それは考えないことにする。頼朝は、なるべく心を空っぽにして麻縄をこすり続けた。そのうち、だれかに告げられたように一つの考えが閃《ひらめ》いた。

（穴の奥にいるのは人ではない。人より大きなものだ）

ぎょっとして手首の動きを止め、顔を上げて広がった暗闇《くらやみ》を見つめる。洞窟の奥には、夜の闇より黒く濃密《のうみつ》な闇《やみ》がわだかまっている。そして、何かがいるという気配がますます強まっていた。頼朝《よりとも》は、いきなり思い当たった。

(思い出した。河津三郎《かわづさぶろう》が言ったこと)

彼が一番腹を立てたのは、一族長老の決めごとをないがしろにしたことだ。自分の父親が侮辱《ぶじょく》される以上に許せなかったのだ。河津三郎が宣言したのはそのことだった。

「土地神《とちがみ》の御沙汰《ごさた》を逃《のが》れようとしても、おれたちが許さない。おれが勝ったからには好きにさせてもらうが、おまえを自分たちで葬《ほうむ》り去っても意味がない。大蛇《だいじゃ》の洞窟《どうくつ》へ行ってもらう。ひと晩無事に過ごすやつはいないという話だがな」

(ここにも、大蛇が出るというのか……)

おののきが走った。蛇《へび》に対抗《たいこう》する知識を得るために走湯山《そうとうさん》へ向かうはずだったのに、その前に遭遇《そうぐう》してしまえば、頼朝は簡単に喰《く》われるだろう。湯坐《ゆえ》のおばばでさえそう言ったのだから。

今にも大蛇が出てきそうで、奥《おく》から目が離せなくなる。見つめ続けると、闇の中にぼんやり青白い光が浮《う》かぶような気がした。しかしそれは、休みなく宙を漂《ただよ》い、不定形で霞《かすみ》のように薄《うす》かった。固くまぶたを閉じると見える光のような、目の中の幻《まぼろし》かもしれない。

「見つめたらだめだ」

頼朝は声に出して自分に言った。思うだけでは目をそらせない気がしたのだ。青白いものが次第に形を取りそうに思えて、今の頼朝は完全に怯《おび》えていた。しかし、それならなおさら早く麻縄《あさなわ》を切るべきだった。ただ呆《ほう》けていては、よけいに逃れられない。

無理やり手元に視線を落として、頼朝は息が止まった。すでに暗くて他が見えないのに、手首に巻きついた縄だけは見えたのだ。それは縄ではなくなっていた。白い小蛇《こへび》──夢の中で見たのとそっくりな、目に見える蛇だった。あわてて足に目をやると、やはり足首の縄も白い小蛇に変わっていた。

今度こそ声も出なかった。凍《こお》りついたまま小蛇たちを凝視《ぎょうし》する。手首同士が結びあわされているので、小蛇も二匹《ひき》が複雑に体をからみあわせていた。じっとしていることはなく、頭を振《ふ》ったり少し胴《どう》をすべらせたりしている。動いたという感覚は伝わらないが、それでも自分に巻きついた蛇が動いているのは、鳥肌《とりはだ》立つほど気味が悪かった。

岩にこすりつけることは、気味が悪すぎてもう無理だった。何一つ身じろぎができない。蛇に呑《の》まれるとはこういうことかと、かすかに思う。獲物《えもの》は呑まれる前に抵抗《ていこう》できなくなると言われるのだ。

頼朝が努力を放棄《ほうき》しかけたそのときだった。背を向けた穴の入り口から光が射した。近くの闇が消え去って、再び洞窟《どうくつ》が天井《てんじょう》まで形を取る。照らしたのは火明《ほあ》かりだった。青白く冷たい光ではなく、灯火《ともしび》の明かりだ。

頼朝はふり返り、手に持つ小さな束に火を点《とも》した人物が入ってくるのを見た。炎《ほのお》を高く掲《かか》げて、頼朝がそこにいることを確かめている。

「ご無事ですか、佐《すけ》どの。見張りのせいで暗くなるまで来られなかったんです。遅《おそ》くなってすみません」

草十郎《そうじゅうろう》は早口に言い、小刀を抜《ぬ》いて頼朝《よりとも》のいましめを切ろうとした。頼朝は夢中で手首を遠ざけた。

「触《さわ》っちゃだめだ」

「どうなさったんです」

草十郎にはわからないらしく、不思議そうにたずねた。片手が灯火《ともしび》でふさがっているので、一度小刀を岩の上に置き、頼朝の両手をつかまえる。

「ここは危険です、すぐに逃《に》げ出さないと。崖《がけ》の上に嘉丙《かへい》も来ています」

驚いたことに、炎に照らし出された手首は麻縄《あさなわ》で縛《しば》ってあるだけだった。頼朝が日を疑っているうちに、草十郎はさっさと縄を切り離してしまった。続いて足首の縄も切り落とす。

手足が再び自由になると、頼朝も気力が戻《もど》ってきた。ようやく助けを喜ぶ気持ちになってくる。思い切って口に出した。

「草十郎、ここは大蛇《だいじゃ》の洞窟《どうくつ》なんだ」

「聞きました。とんでもない話です」

草十郎はそれだけ言って、あとはてきぱきと脱出《だっしゅつ》のしかたを教えた。

「穴の左わきに、崖の上まで登る足がかりがありますが、窪《くぼ》みが浅いので下ろした縄の助けがなければ登れません。おれが降りるのに使った縄を使ってください。両手で握《にぎ》ってけっして放さないように。できそうですか、縛られた体がこわばっていますか」

「いや、大丈夫《だいじょうぶ》だ。今までわりに動いていたから」

頼朝が答えると、草十郎はうなずいた。

「では、急ぎましょう。連中に見つからないか、上の様子も気がかりです」

頼朝は穴の縁《ふち》に歩み寄った。ふつうに歩けることがうれしかった。だが、外を見まわしても草十郎が使ったという縄が見当たらなかった。

「縄など、どこにもないよ」

自分にだけ見えないという思いがかすめて、ぞっとした。小蛇《こへび》を見たのが頼朝だけだったように、そこにあるものが見えていないのでは。

だが、炎《ほのお》を掲《かか》げてみて、草十郎も縄がないのを認めた。

「嘉丙のやつが、目立つと思ってたぐり寄せたのかな。少しお待ちを、合図してみます」

灯火をさし出して上に合図を送り始めたので、頼朝は場所をゆずって後ろに下がった。それから、うなじに何かが触《ふ》れたように背後が気になり、穴の奥をふり返った。

青白い光が、今ははっきりと形を取っていた。

それは、洞窟の奥をほとんどふさぐほど大きな蛇《へび》の頭だった。かすかな光を放って青白いが、平たい額をいくつかに分ける鱗《うろこ》の線がわかるほど、ありありと見えている。その冷たい光の中で、口から出した舌の先は黒っぽい色だった。だれが見ようとすくみ上がる光景であり、頼朝の声が震《ふる》えた。

「草十郎、大蛇が」

草十郎もふり返り、奥にあるものを見た。明かりの届かない漆黒《しっこく》の中にあって、なおも目に浮かぶもの。頼朝《よりとも》は、草十郎《そうじゅうろう》が小さくつぶやくのを聞いた。

「万寿姫《まんじゅひめ》……」

そのとたん、草十郎が手にした炎が何もしないのにかき消えた。目が明かりに慣れたせいで、一瞬《いっしゅん》何も区別できないほど暗く感じた。だが、奥《おく》に陣取《じんど》った大蛇《だいじゃ》の頭はやはり消えなかった。

大蛇は、獲物《えもの》に突き進んでくるわけではなく、なかなか動こうとしない。用心深く舌の先だけ出し入れしている。そうはいっても、すべてが動かないわけではなかった。穴をふさぎそうな頭や体の隙間《すきま》から、もっと細い蛇《へび》が無数に這《は》い出してきた。こちらは動作がすばやく、岩壁《いわかべ》や床《ゆか》を覆《おお》うほどの数がどんどん迫《せま》ってくる。

頼朝は、自分の手足に再び白い小蛇が見えることに気づいた。こちらも青白く光りながら頭を揺《ゆ》らすので、目の隅《すみ》にとらえたのだ。奥から来る蛇に呼応《こおう》したように活発になり、少しすると四匹ともほどけて、するすると奥へ向かって這い出した。まるで、無数の蛇を迎《むか》えにいったかのようだ。

「佐《すけ》どの」

急に草十郎がささやいたので、目で追っていた頼朝は飛び上がった。巻きついた蛇を草十郎が見とがめたと思ったのだ。だが、そうではなかった。

「いざとなったら、崖《がけ》にしがみつくだけでもいいから外に出てください。ここにいてはいけない。これはおれの因果《いんが》です」

「ちがう。それはちがうよ」

頼朝は言い返したが、くわしく言えるときではなかった。頼朝の手足にいた小蛇は、今や洞窟《どうくつ》の細い蛇と出会い、激しくからみあっている。そしてみるみる一つになって太い蛇に変身した。

(目をつけられたのはこのわしなのに。草十郎には、あれが万寿姫に見えるのか……)

頼朝を庇《かば》うように前に出た草十郎は、彼らしくもなく、突然足をすくわれて倒《たお》れた。細い蛇が到達《とうたつ》して、草十郎の足にからみついていた。

これらの蛇には尾のとぎれがない。細い胴体《どうたい》がありえないほど長く伸《の》び、大蛇の頭のそばから続いているのだ。一匹一匹の蛇というより、何かの無数の触手《しょくしゅ》に見えた。草十郎は奥へ引っぱられ、立てないまま体が岩をすべった。すぐに半身を起こして小刀を抜き、巻きついた蛇を切り離したが、無数の蛇がつぎつぎに巻きつくので、切り払《はら》うのが間に合わない。体が少しずつ奥へ引きこまれる。

「草十郎」

引き戻そうと、頼朝がその背中に飛びついて体に手を回したのと、入り口に明かりが射したのが、ほとんど同時だった。

「お早く、お早く。火は遠くからも発見されやすいんです。時間がございませんぞ」

嘉丙《かへい》の声だった。ちらりと見れば、嘉丙がさらに小さな灯火《ともしび》を片手に、縄《なわ》で体をささえて穴の中をのぞきこんでいた。

「草十郎は何をぐずぐずしている。いるなら早く兵衛佐《ひょうえのすけ》どのをお助けしないか」

驚きもせずに言うところをみると、嘉丙には大蛇も触手の蛇も見えていないのだろう。だが、今や草《そう》十郎《じゅうろう》の右腕《みぎうで》にも何匹《なんびき》かの蛇《へび》がからみつき、小刀をうまく使えなくなっていた。合体した太い蛇は腰《こし》に取りついて、強い力で引こうとする。頼朝《よりとも》が必死で引っぱってもかなわず、逆にいっしょに引きずられた。

草十郎がのどのつまった声を出した。

「佐《すけ》どの、嘉丙《かへい》といっしょに行ってください。もう近寄らないで。おれはおれでなんとかしますから」

「だめだ、置いてなど行けない」

ここへ残していったら、二度と会えないのはわかっていた。草十郎は地底に引きこまれ、二度と人の暮らしができなくなるのだろう。

(けれども、どうすればいい……土地神《とちがみ》などを相手にして)

せわしく考えているあいだにも、草十郎の体は奥《おく》へ引きずられる。腕を放さない頼朝もじりじり奥へ向かった。たまりかねたように草十郎が言った。

「たのむから言うことを聞いてください。おれにつきあってどうするんです。嘉丙だって気の毒ですよ」

頼朝は聞いていなかった。そのとき、心にぽっかり浮かぶことがあったのだ。

(地底の神をしりぞけるには、何かを投げつけないといけない……)

黄泉《よみ》の国から逃げ帰るとき、伊邪那岐命《いざなきのみこと》は黄泉醜女《よもつしこめ》に追われて、髪飾《かみかざ》りの蔓草《つるくさ》や櫛《くし》を投げた。最後には桃《もも》の実を投げた。同じように、さえぎる霊力《れいりょく》のある品を投げないと逃げられないのだ。そして、思い当たった。

頼朝は、衣《ころも》の懐《ふところ》に櫛《くし》を持っていた。糸世《いとせ》が元結《もとゆ》いを結ったとき、焼け出された頼朝にその櫛をくれたのだ。大事にして、荷箱に入れずに懐に入れて持ち歩いていた。手を入れて懐を探ると、ちゃんとそこにあった。

「草十郎、これを奥へ向かって投げるんだ。できるだけ遠くへ」

手わたすと、草十郎はけげんな顔をした。

「なぜ」

「いいから早く。これは糸世の櫛だ。効《き》くかもしれない」

草十郎も急にさとったようだった。疑うのをやめ、まだ自由な左腕《ひだりうで》を振《ふ》りかぶって精いっぱい投げつけた。

柘植《つげ》の櫛は闇《やみ》に吸いこまれ、どこまで届いたかはわからなかった。どうなるかと、息をつめて見ていると、大蛇《だいじゃ》の頭が少し動いた。あまりに大きいので定かでないが、こちらへ来るのではなく、奥へ引いたようだ。

ほどなくそれが決定的になった。細い蛇たちがにわかに引き始めたのだ。腰に巻きついた太い蛇も、その体をほどいて引き下がっていく。

「今だ、逃げよう」

頼朝は草十郎を引っぱり起こし、そのまま穴の入り口へ走った。

あとのことは無我夢中で、終われば思い出せないほどだった。下方で岩間に波が砕《くだ》ける崖《がけ》を、わずかな足がかりをたよりに登るのだから、これも危険なことだったが、蛇《へび》が洞窟《どうくつ》から出てきて襲《おそ》うかもしれないと思えば、それどころではなかった。

幸い雨はやんでおり、縄《なわ》も切れたりせず、だれも転落しなかった。崖の上の草地にたどり着いたとき、夜空の下で出迎《でむか》えた敵もいなかった。それでも、海辺から遠ざかるまで生きた心地がせず、助かったと実感できたのは、林の縁《ふち》まで来てからだった。そこに、草十郎《そうじゅうろう》たちが荷物を隠《かく》してあったのだ。頼朝《よりとも》の荷箱もあった。

降った雨で草地はどこも濡《ぬ》れていたが、もう気にせずに座りこんだ。水を飲み、食べ物を腹に収めると、頼朝はようやく人心地《ひとごこち》がついた。衣《ころも》が濡れたままでは深夜に冷えてくるので、もう少し隠れた場所を選んで火を焚《た》くことにする。

濡れている枝も、表皮を削《けず》って手をかければ燃やしつけることができた。上がった炎《ほのお》を囲んで座ったとき、草十郎が言った。

「今回は、危ないところを佐《すけ》どのに助けていただきましたね。ありがとうございました」

頼朝は肩《かた》をすくめた。

「この困った事態を引き起こしたのは、もともとわしだよ。草十郎は洞窟まで助けにきてくれて、あんな目にあったんだ。礼など言われると恥《は》ずかしくなるよ」

草十郎は表情をゆるめた。

「おれは、嘉丙《かへい》にも礼を言ったんですよ。連中に木に縛《しば》りつけられて見張りがついて、身動きが取れなかったとき、嘉丙が佐どのを追っていって洞窟を突き止めたんです。あいつらは馬で駆《か》け去ったというのに、跡《あと》を見失いもせず。そして引き返してきて、こっそりおれの縄《なわ》を切ってくれました」

嘉丙の顔を見やって、頼朝は心から言った。

「そなたがいてくれて助かったよ。そのまま逃げて立ち去ることもできたのに、よくぞあとを追ってくれた」

鼻をうごめかして嘉丙は答えた。

「なんの、一の従者として当然のことをしたまででございます。あの場所は、このあたりで有名な洞窟らしいですな。近くの民家でちょっと水を向ければ、すぐに教えてくれました」

「ひと晩無事に過ごした者はいないそうだよ。よく生きて戻《もど》れたものだ」

頼朝がかすかに身震《みぶる》いしたとき、草十郎がたずねた。

「それにしても、あのようなとっぴな撃退法《げきたいほう》を、どうしてご存じだったんですか。占《うらな》いのとき、おばばどのが教えたんですか」

「いや、その場の思いつきだったんだ。効力があるのかどうか、やってみるまでわしにもわからなかった」

「本当ですか。そいつはすごい」

ひどく驚かれて、頼朝《よりとも》は口ごもった。

「女院《にょいん》の御所《ごしょ》で、神代《かみよ》の語り物を聞いたことがあったから、それが心に浮かんだというか……」

草十郎《そうじゅうろう》は考えこむ様子で炎を見つめた。

「佐《すけ》どのは、こうしたものに打ち負かされない資質を、本当は身の内に持っておられるのかもしれませんね。走湯山《そうとうさん》で教えを乞《こ》わなくても、その前からあらかじめ能力として備わったものがあるのかも」

「それが真実だったらうれしいけれど、それでは湯坐《ゆえ》のおばばどのが言ったこととちがってしまうよ」

頼朝は否定した。

「わしはこのままでは大蛇《だいじゃ》に喰《く》われてしまうだろうと、おばばどのははっきり言ったんだ。走湯権現《そうとうごんげん》に詣《もう》でれば、もう少し蛇《へび》のこともわかるだろうと。走湯山へ行かなくてはだめなんだ」

嘉丙《かへい》がそこに口をはさんだ。

「それなら行くのがよろしいですよ。少なくとも、宿坊《しゅくぼう》には屋根も寝床《ねどこ》もありますでしょう。北条《ほうじょう》のご領主がこれから建てるあばら屋より、住み心地がよいかもしれませんよ」

それを聞いて、頼朝は肩《かた》を落とした。

「すまない、今夜も野宿になってしまったな。その予定ではなかったのに。わしが軽率だったばかりに」

「佐どののせいというより、伊東《いとう》の連中のしわざでしょう」

木の枝を火にくべながら、草十郎が慰《なぐさ》めた。

「命あって今夜も眠れるだけ、ありがたいというものです。もうじき火の近くの地面も乾《かわ》いて、横になれますよ」

頼朝は、炎で体を暖めた今になって、河津三郎《かわづさぶろう》に投げられた痕《あと》がずきずきしてきた。危機に直面しているあいだは、感じる余裕《よゆう》もなかったのだ。これを打ち明けると、草十郎が荷箱から打ち身の薬と傷薬を取り出した。日満《にちまん》が置いていったものだった。

薬を塗《ぬ》るために衣《ころも》を脱《ぬ》ぐと、思いのほか傷だらけになっていた。麻縄《あさなわ》や岩で作ったすり傷もあったし、気絶中のことなのか、覚えのない傷もあった。草十郎は慣れたもので、けがの程度にもくわしく、その手当てもすばやかった。

手当てを終えてから、頼朝は考えていたことを口にした。

「わしは、自分が大蛇に見こまれているのは本当だという気がする。そなたたちにきちんと話さなかったが、おばばどのの見立てでは、すでに目をつけられているという話だったんだ。海辺の洞窟《どうくつ》に押しこめられたのは、河津たちのしたことだが、これも大蛇がわしを喰らおうとする意志が、土地の人間まで動かしているという気もしてくる。伊東の領主がいつまでもわしを憎《にく》むことすら、その一つなのかもしれない」

これを聞いたのは草十郎だけだった。嘉丙は奮闘《ふんとう》に疲《つか》れたらしく、すでに居眠りしていたのだ。しばらく間をおいてから、草十郎は静かに言った。

「少しも人を憎《にく》まないんですね、佐《すけ》どのは。そんなふうにおっしゃるとは」

思わぬ指摘《してき》に、頼朝《よりとも》はまばたきした。

「そんなことはないよ。わしにだって憎む者はいる。父をだまし討ちで殺《あや》めた郎党《ろうとう》は、今でも憎くてたまらない。ただ、この伊豆で起きていることは何かが変なんだ。葛見入道《くすみのにゅうどう》が、わしを土地神《とちがみ》に捧《ささ》げることばかりにこだわるのも、なんだか釈然《しゃくぜん》としないし」

「そうですね。もしかすると――」

草十郎《そうじゅうろう》は、考え考え口にした。

「佐どのには、これまで発揮したことのない巫子《みこ》に似た力があるからでは。洞窟《どうくつ》から脱出《だっしゅつ》できたとき、おれはそう思いましたよ。伊豆の土地神が敏感《びんかん》で、この地へ来られた佐どのに反応するのかもしれません」

「だから喰《く》われると言うのか」

「好かれると言い換《か》えることもできます。もっとも、神に好かれるとえらい目にあうと、おれも糸世《いとせ》も骨身にしみたほうですが」

少しほほえんで、草十郎は言った。

「あなたは、たくさんの可能性を持っているおかただ。だから、最後までご自分を見捨てたりしないでください。そうすることが、おれと糸世の自分たちの打開につながるかもしれないんです」

「うん」

頼朝は素直《すなお》にうなずいた。今は草十郎の言葉をそのまま受け入れられた。これも、洞窟の大蛇《だいじゃ》を草十郎が万寿姫《まんじゅひめ》と見たのを知ったせいだった。二つはどこかで結びついている。そして、草十郎たちと頼朝の命運もどこかで結びついているのだ。

（それならば、この身はわし一人のものではない。わしが大蛇に打ち勝たないと、草十郎たちも万寿姫をしりぞける機会をなくすんだ……）

大蛇《だいじゃ》の洞窟《どうくつ》があったのは、伊東郷《いとうのさと》近くだった。阿多美郷《あたみのさと》まで戻るには、しばらく歩かなくてはならなかった。馬を飛ばせばわけもない距離《きょり》だが、それを足で追った嘉丙《かへい》はえらかったと、頼朝《よりとも》は改めて感心した。

だれかが逃亡《とうぼう》に気づいて追ってくるかもしれず、三人は極力人目を避《さ》け、ときどきは道を外れて人が通りすぎるのを待った。頼朝は節々《ふしぶし》が痛んであまり元気に歩けず、さらに進み具合は遅《おそ》かった。そのため、阿多美郷に着いたときはすでに日が中天にあった。

この日は早朝に雲が晴れていい天気だった。昨日の雨が洗った青空が澄《す》んで、草や木の葉はすぐに乾《かわ》き、ぬかるんだ道も難儀《なんぎ》するほどではなかった。昼ごろになると、頼朝の体もほぐれてあまり痛まなくなったので、たいしたけがではないのがわかる。行く手に広がる丘《おか》と山ばかりの地形を見て、痛みが取れて助かったと考えた。

阿多美郷《あたみのさと》は海岸線まで丘が迫《せま》った地域で、海辺の平地がほとんどなかった。民家もわずかで、重なる丘の手前にしがみつくように立っている。民家の一つに、嘉丙《かへい》が道を聞くついでに食べ物をもらい受けにいった。携行《けいこう》した食べ物はもう尽《つ》きており、朝はわずかしか食べられなかったのだ。三人とも空腹だった。

頼朝《よりとも》と草十郎《そうじゅうろう》は用心して、木陰《こかげ》に隠れて待つことにした。しかし、嘉丙はなかなか戻らず、心配をつのらせていると、蒸した芋《いも》をたくさん抱《かか》えてひょっこり現れた。さらに、焼いた魚の干物まで三枚持っている。

「よく、こんなにもらえたな」

頼朝が驚くと、嘉丙はこともなげに答えた。

「なに、北条《ほうじょう》のご領主の書状の使いだと名乗ったのでございますよ。土地の人は簡単に信用してくれました。領主ご自身も、よく走湯山《そうとうさん》の行き来でお見かけするのだそうです」

さっそく芋や魚にかぶりつきながら、嘉丙が民家で聞き出した話を聞いた。例のごとく、やけにくわしく聞き出していた。阿多美郷は小さな村落にすぎず、このあたりは走湯山の寺社領ばかりで、連なる山のほとんどを占《し》めるそうだ。山住みで修行する人々や寺社関係の人々、参拝者のほうが村人より数多いという。

「変わった修行をしているそうですよ。変わった土地でございますからね。走湯山が領する海岸には、熱い湯がとめどなく噴《ふ》き出しているのだそうです。考えられませんな」

嘉丙はそう締《し》めくくった。

三

走湯権現《そうとうごんげん》の社《やしろ》は、山頂近くまで続く石段の上にあった。

拝殿《はいでん》は頼朝《よりとも》が想像したよりずっとりっぱで、丹塗《にぬ》りの柱を持った重厚なかまえだ。ところどころに金箔《きんぱく》を塗った飾《かざ》り金《がね》もある。ひなびた地方の社と侮《あなど》ることができなかった。石段もよく整備され、寄進者の多さをうかがわせる。

拝礼したあと、神官を見かけたので、北条時政《ほうじょうときまさ》の書状を持参していることを告げると、密厳院《みつごんいん》まで行ってほしいと言われた。

「密厳院は、お山の西側にあります。森に通《かよ》い路《じ》がありますので、そちらからお越《こ》しください」

権現という神号は、古くからの信仰《しんこう》を持つ日本の神を、仏や菩薩《ぼさつ》の仮の姿と見なす、本地垂迹《ほんじすいじゃく》の思想によるものだ。それゆえ、寺が社を統括《とうかつ》するのは頼朝たちが驚《おどろ》くことではなかった。山の修行を尊ぶ修験《しゅげん》の霊場《れいじょう》では、この神仏習合《しんぶつしゅうごう》がふつうだった。山の神を神と祀《まつ》りながら、勤行《ごんぎょう》の方法は御堂《みどう》で経を唱《とな》えるのだ。

森の道はよく手入れされて、歩くのが楽だった。しかし、走湯山《そうとうさん》の威信《いしん》を本当に実感したのは、西に開けた景色を目にしてからだった。

「ほう。たくさん立つものだ」

こちら側では、山地が海岸まで下らずに隣《となり》の峰《みね》へ続いており、なだらかに窪《くぼ》んだ高地になっていた。向かいの山の斜面《しゃめん》を登ったところまで、木立のあいだに堂塔《どうとう》が数知れず立っている。手前の密厳院東《みつごんいんとう》明寺《みょうじ》には御堂《みどう》が並び、そこから少し下った場所に、垣根《かきね》をめぐらせた屋敷《やしき》に見える大きな建物がいくつもある。だが、同じところに小さな屋根もたくさん見えた。

「たしかに、阿多美《あたみ》の村よりにぎわっていますな」

嘉丙《かへい》があきれたように言った。

「山伏《やまぶし》たちは、行者《ぎょうじゃ》といえども荒々《あらあら》しいものでございます。武装すれば、ここも一大勢力になりますな」

頼朝《よりとも》も、ちらりと比叡山《ひえいざん》の僧兵《そうへい》を思い浮かべていた。今の自分は地位もなく、私財もない。蔑《さげす》んで冷たい扱《あつか》いを受けようと、頭を下げてたのむことしかできないのだ。湯坐《ゆえ》のおばばが告げた意味を突き止めねばならない。

密厳院の境内《けいだい》に入り、寺男にさっきと同じことを告げると、本堂に案内された。

瓦《かわら》屋根の寺院は造りもいかめしく、勾欄《こうらん》のある廊《ろう》が続いている。本堂の他にも如来《にょらい》や菩薩像《ぼさつぞう》が御堂《みどう》に安置してあり、それぞれに灯明《とうみょう》や花が捧《ささ》げられていた。本堂に着くと、須弥壇《しゅみだん》を据《す》えた陣《じん》より手前の小部屋で、奥《おく》から出てきた別当《べっとう》と面会した。院主《いんじゅ》となる、この寺院でもっとも格の高い僧侶《そうりょ》だ。姿勢がよくかくしゃくとしているが、眉毛《まゆげ》も真っ白になった年齢《ねんれい》だった。頭には黄色の頭巾《ずきん》を被《かぶ》り、ひげをきれいに剃《そ》ってあるが、眉《まゆ》だけは密生して逆立つように生えていた。頼朝は礼儀正《れいぎただ》しく挨拶《あいさつ》して、自分の名と現状を包み隠さず話し、時政《ときまさ》の書状をさし出した。

「あなたさまが、左馬頭義朝《さまのかみよしとも》どののご子息でおられましたか。流されて伊豆でお暮らしだということは、拙僧《せっそう》も聞き知っておりました。よくぞここまでおいでになった。お会いできたのはうれしいことです」

別当の応対は思ったよりもの柔《やわ》らかだった。渡《わた》した北条《ほうじょう》の文《ふみ》を広げたが、老人の視力には屋内が暗すぎたのか、中は一瞥《いちべつ》しただけで頼朝にたずねた。

「して、兵衛佐《ひょうえのすけ》どのは何をお望みで参詣《さんけい》に来られたのですかな。加持祈禱《かじきとう》を受けたいのであれば、そのように手配しますし、しばらく勤行《ごんぎょう》を重ねて、権現《ごんげん》さまの託宣《たくせん》を待つこともできます。さらに長く逗留《とうりゅう》を続けて、個別の御師《おし》から山岳《さんがく》修行を学ぶこともできますぞ」

頼朝は、少しためらってから答えた。

「わたくしは申し上げたような境遇《きょうぐう》で、今は奉納《ほうのう》の品を何一つ持ちあわせておりません。ですが、できることならしばらく、参拝と勤行をさせていただいて、夢告げなどで自分のさとりを得られたらと願っています」

「奉納をお気になさらずともよい。持てるお人がふさわしいだけのご喜捨《きしゃ》を行えばよいのですよ。さっそく寺の者に宿坊《しゅくぼう》へ案内させましょう。お好きなだけご滞在《たいざい》ください、お世話は寺の者がいたしますでしょう」

別当《べっとう》が立ち去ると、後ろに控《ひか》えていた嘉丙《かへい》が声を潜《ひそ》めて言った。

「よかったですなあ、別当どのの態度がよろしくて。伊東《いとう》の小せがれとはえらいちがいです」

草十郎《そうじゅうろう》がぼそっと言った。

「これでふつうです」

頭を丸めた青年僧《そう》が現れ、頼朝《よりとも》たちを少し離《はな》れた建物に案内した。そのあたりは、木立で区切られた中に、簡素だが手入れのいい小さな家屋が散らばっているようだ。頼朝に示されたのは、けっしてみすぼらしくは見えない戸建ての家だった。広さも焼けた蛭《ひる》が小島《こじま》の住みかとそう変わらなく見える。

頼朝は、若い僧にたずねてみた。

「北条《ほうじょう》どのが参拝に来られたときは、このへんにお泊《と》まりなのですか」

「いいえ、あのかたはご家族といらっしゃいますし、もう少し大きな坊《ぼう》に滞在《たいざい》なさいます。あちらのほうです」

僧は手で指し示した。見やったが、木立が隔《へだ》ててはっきりとはわからなかった。とりあえず、いきなり隣《となり》の宿坊《しゅくぼう》に入ることがないと知って安心する。

「十分な宿をいただきました。かたじけない」

頼朝が宿坊に満足していることを確認し、勤行《ごんぎょう》の日課などを説明してから、青年僧は急に言った。

「ときに、さし出たことをお聞きするようですが、どこかおけがをなさっているのでは」

「あ、いや」

じつは、山の上まで石段を上ってきたのがこたえたのか、一度引いたはずの体の痛みがぶり返していたのだった。歩き方にそれが出ていたのかもしれない。

「たいしたことはないんです。来る途中《とちゅう》で、少しばかり打ち身を作ってしまっただけで」

頼朝が取りまぎらせようとすると、僧はほほえんだ。

「ああ、それなら、出《い》で湯《ゆ》に浸《つ》かられるといい。けがや病《やまい》によく効きます。今からご案内いたしましょう」

「いや、けがにも入らぬ程度ですから」

頼朝はあわてて断ろうとしたが、なぜか草十郎が納得した様子で強く勧《すす》めた。

「湯に浸かってこられたほうがいい。そうだろうと思ったが、ここには温泉があるんですよ。岩からわいた湯で湯浴《ゆあ》みするんです。治りが早くなりますよ」

断り切れなくなり、頼朝はしぶしぶ僧について歩き出したが、草十郎も嘉丙も見送るだけなので、さらに不安になった。ついてきてくれとこちらからたのむのも、弱虫に聞こえるようで大声で言えない。

しかたがないので、青年僧に話しかけた。

「出で湯といえば、伊東《いとう》でも聞いたようだが、同じものですか」

「同じではないと思いますよ。場所によって湯の色も薬効も異なると言われます。しかし、ここと伊東ばかりでなく、伊豆国《いずのくに》には全土に湯のわく場所があります。これは、鳴りを静めない火山がある証《あかし》でもあります。島々もそうです」

僧はよどみなく語った。遠方からの参拝者相手に語り慣れているふうでもあった。

「伊豆《いず》は、そのせいか地面がよく動きます。たまに激しく揺《ゆ》れるし、海の中に突然《とつぜん》島が現れたり、土地が隆起《りゅうき》したり沈《しず》んだりします。走湯山《そうとうさん》近くの土地は、少しずつ低くなっていると聞きました。だから、この地の神は強大で荒《あら》ぶると言われるのです」

京《みやこ》でそんなことが起きたら大恐慌《だいきょうこう》だと考えながら、頼朝《よりとも》は質問を変えた。

「出《い》で湯《ゆ》がそんなに多いなら、伊豆の人は日々に湯浴みをしているんですか」

「いいえ、土地に住む人々はそれほど好まないようです」

僧《そう》は少し考えて言葉を続けた。

「なぜなら、湯のわく場所とは、ときとして危険な場合があるからです。人や生き物を殺してしまう毒《どく》煙《けむり》を噴《ふ》くこともあります。山で生きる者や山の修行者《しゅぎょうしゃ》でなければ、それらを見究め、また湯の薬効を見究めることができないでしょう。山のけものに教えられるとも聞きます」

頼朝は、日満《にちまん》を思い浮かべた。

「修験者《しゅげんじゃ》は、薬にくわしいですね」

「行者《ぎょうじゃ》は、峰《みね》を踏破《とうは》しながら草木にくわしくなるのです。岩石にもくわしくなります。鉱脈にも」

話しながら、青年僧は密厳院《みつごんいん》のわきの木戸を抜《ぬ》け、細道を下っていった。途中《とちゅう》から、道は沢《さわ》沿《ぞ》いになったようだ。木立の向こうは岩がむき出しになり、涼《すず》しい水音が聞こえる。

どこまで行くのかと思っていると、下り坂の前方に板屋根が見えてきた。近づくと家屋ではなく、目《め》隠《かく》し代わりの板壁《いたかべ》と雨よけであり、奥《おく》は二本の柱がささえているだけだった。そして、岩で囲ったそれほど大きくない池があり、水面からかすかな湯気を立てていた。

「これが、出で湯ですか」

僧はうなずいた。

「特別に走湯《そうとう》のお湯を引いた湯治場《とうじば》です。他の者の湯浴みと重なりはしませんから、ゆっくりお浸《つ》かりください。気分がほぐれますよ」

頼朝は、まだためらっていた。

「裸《はだか》になるんですよね」

「よろしければ、屋根の下の籠《かご》に湯かたびらがあります。お召《め》しになるといい」

そう言ってから、青年僧は少しほほえんだ。

「さすがは、京でお育ちのかたですね」

褒《ほ》め言葉には聞こえなかったので、育ちのせいで躊躇《ちゅうちょ》するのではないと言いたかった。知らない場所で湯浴みすることが、むやみに恐《おそ》ろしいのだ。この恐怖《きょうふ》の由来が何かは、自分でもよく承知していた。

（父上は湯殿《ゆどの》で殺された。尾張《おわり》の郎党《ろうとう》に迎《むか》えられ、真っ先に風呂《ふろ》を勧《すす》められ、太刀《たち》も外に残したまま入浴している最中に、卑怯《ひきょう》にも襲《おそ》われたのだ……）

裏切り者の名は長田忠致《おさだただむね》といい、頼朝でも聞き覚えのある源氏代々の家人《けにん》だった。父義朝《よしとも》は、つゆほど疑わず太刀《たち》を置いて湯殿《ゆどの》に入ったにちがいない。

それならば、どこのだれが突然裏切《とつぜんうらぎ》ってもおかしくないのだった。人の心は計り知れないものなのだ。父の死にざまを聞いて以来、頼朝《よりとも》は猜疑心《さいぎしん》を手放すことができなくなっていた。密巌院《みつごんいん》の別当《べっとう》も世話を焼くこの僧《そう》も、たいそう誠実そうに見えるが、本当は目論見《もくろみ》があるかもしれないではないか。

青年僧とは板壁《いたかべ》を隔《へだ》て、湯かたびらを見つめたままたたずんでいると、僧は少し待ってから細道を引き返していった。足音が遠ざかったが、それでもまだ安心はできなかった。今度はどこかに刺客《しかく》が身を潜《ひそ》ませているような気がする。

それから、ふと考えた。

（わしは、草十郎《そうじゅうろう》の心が信用できないだろうか。嘉丙《かへい》の心が信用できないだろうか。自分をかえりみず何度も助けてくれた彼らのことを。糸世《いとせ》が信用できないだろうか。口は減らないけれど、とても賢《かしこ》かった彼女《かのじょ》を。いや、そんなことない）

初めて思い至ったことだった。

平治《へいじ》の乱に参戦する前の頼朝は、猜疑を持たない代わりに世間を知らず、迂闊《うかつ》もいいところだった。乱のあとは、心を閉ざしてだれの言動も信じようとせず、顔を背《そむ》けていた。けれども、伊豆で彼らと過ごしてから、頼朝はまた少し変わり始めたのだ。

（……信じよう。草十郎も嘉丙もそれぞれに勘《かん》のいい者たちだ。それなのに、平気でわしを一人で送り出したのだから）

猜疑心とは、際限なく膨《ふく》れ上がるもので、どこかで見切りをつけないといけないのだ。そう決意すると、やっと衣《ころも》を脱《ぬ》ぐことができた。湯の池には、岩の隙間《すきま》にさした樋《とい》から絶え間なく熱い湯がそそいでいる。だが、囲いのどこかから沢《さわ》に流れ落ちているようで、湯だまりに足を入れてみると、深さは膝上《ひざうえ》ほどしかなかった。周囲の岩は、湯に触《ふ》れたところがいくぶん変色し、少し変わった匂《にお》いがしている。

しかし、不快なほど熱くは感じなかったので、腰《こし》をかがめて体を沈《しず》めていった。

それから、頼朝が湯浴みに飽《あ》きて再び衣を着るまで、何事も起こらなかった。

顔を上気させて宿坊《しゅくぼう》に戻ってきた頼朝を見て、草十郎がたずねた。

「気持ちよかったですか、出《い》で湯《ゆ》は」

「よくわからなかったよ。とにかく体が熱いよ」

頼朝が答えると、草十郎はめずらしくはっきり笑った。

「おれはすぐ、やみつきになりましたよ。そして、一日中出たり入ったりしていました」

嘉丙はいやな顔をした。

「わたくしなら、入れと勧《すす》められてもご免《めん》こうむります。湯浴みなら、横着《おうちゃく》せずに清水をわかして入るものでございますよ」

翌日から頼朝《よりとも》は、一日に数回、密厳院《みつごんいん》で経を唱《とな》える勤行《ごんぎょう》を始めた。草十郎《そうじゅうろう》と嘉丙《かへい》は寺にはあまり近寄らず、それぞれが好きなように出歩いていた。

草十郎《そうじゅうろう》は、寺院領の隅々《すみずみ》へ出かけて安全度を確かめていたようだ。敷地《しきち》が広いので、簡単に全部を回れはしなかったが、それでも三日後には言った。

「ここは、確かに霊場《れいじょう》ですね。たぶん、邪《よこしま》なものは入りこめません。うろついている怪《あや》しい者は、おれくらいでしたよ。佐《すけ》どのも安心して行《ぎょう》を積んでください」

頼朝《よりとも》は、念のため聞いてみた。

「それなら、わしといっしょに経を読む気はないか」

草十郎は少し困った顔をしてから、首を振《ふ》った。

「おれの柄《がら》じゃないようです。山歩きの修行ならともかく。佐どのの身の安全を確かめられたら、少し山に出てみようかとも思っています」

急にからかいたくなって、頼朝は言った。

「今のは言いのがれだな。本当は、糸世《いとせ》がいつ来るか気になってしかたないんだろう」

「おっしゃいますね」

草十郎は、楽しげに返した。

「じつは、今日ちょうど糸世に会ったんです。昨日の夕方に着いたそうです。もうすぐここへ挨拶《あいさつ》にやってきますよ」

頼朝は、嘉丙《かへい》にもたずねた。

「そなたが経を唱《とな》えないのは知ってはいるが、何をしに出かけているんだい」

宿坊《しゅくぼう》では個別に食事の用意をする必要がないので、嘉丙も手が空いているのだった。しかし、炊事《すいじ》場《ば》は寺の僧《そう》ばかりなので、嘉丙が行って喜ぶ場所ではない。

小男はすまして答えた。

「あれこれありますよ、あれこれ」

夕方の勤行《ごんぎょう》が始まる前、草十郎の言葉どおりに糸世が訪ねてきた。

その姿は、またしても装いが変わっていた。髪《かみ》を元服《げんぷく》前の少年のように束ね、袴《はかま》と小袖《こそで》も若者が着る品だ。しかし、後ろに高く束ねてあっても少年には髪が長すぎたし、顔立ちの繊細《せんさい》さは隠《かく》れもしなかった。

「そんな格好をしても、男に見まちがえはしないよ」

頼朝は推奨《すいしょう》できずに言ったが、糸世は平気な顔だった。

「遠目で見たとき多少目につかないなら、それでいいんですよ。ここは修行して過ごす宿坊だから、女が来てちゃらちゃらしていると思われたくないでしょう」

「北条《ほうじょう》の領主は、奥方《おくがた》や子どもをつれてくるという話だぞ。奥方は、まさか男装しては来ないだろうに」

言い返したとき、嘉丙が口を出した。

「ご領主たちは、急に来られなくなったという話ですよ。聞いたところでは、奥方が病《やまい》にお倒《たお》れになったとか」

頼朝《よりとも》はびっくりして嘉丙《かへい》の顔を見やった。

「どうして知っているんだ」

「あれこれですよ」

草十郎《そうじゅうろう》も知らなかった様子だった。

「どうりで北条《ほうじょう》から使者が来ないわけですよ。おれたちが本当に走湯山《そうとうさん》に着いたかどうか、確認されると思っていたのに。音沙汰《おとさた》ないのは、屋敷内《やしきない》が立てこんでいたからか」

「よかったじゃない。しばらくのんびりここにいられて」

糸世《いとせ》は同情せずに言った。そして、にっこりして頼朝を見た。

「兵衛佐《ひょうえのすけ》さま、おかたさまから差し入れを預かってきました。きっとご不便をなさっているだろうと……日満《にちまん》、早く早く」

最後のほうは、後ろをふり返って呼び立てるものだった。少し遅《おく》れて、葛籠《つづら》を背負った日満が歩いてきた。糸世はまたもや一人で突《つ》き進んできたと見える。

宿坊《しゅくぼう》に到着《とうちゃく》した日満は、よっこらと荷物を下ろした。

「兵衛佐どの、ここでの毎日はいかがお過ごしですか。霊場《れいじょう》は心が洗われるものでしょう。拙者《せっしゃ》も、これからじっくり見聞《けんぶん》を深めたいと思っとります」

葛籠《つづら》の蓋《ふた》を開くと、尼御前《あまごぜ》からの贈呈《ぞうてい》は再び高価な品だった。絹《きぬ》の反物《たんもの》がたくさんと硯箱《すずりばこ》、写経にふさわしい巻紙などがある。

「これは」

　頼朝が目をまるくすると、糸世が言った。

「奉納《ほうのう》の品がお入り用だったでしょう。手持ちを全部焼かれてしまっては、肩身狭《かたみせま》くお思いだろうとおっしゃったんです。ここへ持ってきたものは、兵衛佐さまから全部寄進なさっていいんですよ。新しい住みかのためには、また改めてお持ちしますから」

　心づかいに打たれ、頼朝は声をつまらせた。

「感謝のしようもない。ご親切に」

　糸世はやさしい声で、さらに言った。

「湯坐《ゆえ》のおばばさまに、走湯山に向かうことをお知らせしたら、おばばさまもたいそう喜んでいらっしゃいました。そこは悪いものが近づけない聖域だから、滞在《たいざい》のあいだは安らかにお過ごしになるだろうって」

　頼朝がうなずくと、糸世は少し近寄って顔をのぞきこんだ。そして、大丈夫《だいじょうぶ》と見て取ったのだろう、さらに明るい表情になった。

「それでは、女はここではおじゃまになるので、預かった品をお届けしたあとは近寄らないことにしますね。お山には、お社《やしろ》の向こうに尼寺《あまでら》や尼君《あまぎみ》の庵《いおり》もあるので、そちらに泊《と》まっています。けれども、修行者に迷惑《めいわく》のない場所で草十郎に会うことは、お許しいただけますね」

だめだと言う気はなかったが、たとえ言ったとしても、糸世《いとせ》は自分の意志を通してしまうだろう。そう考えて、頼朝《よりとも》は笑った。

「草十郎《そうじゅうろう》は最初から、わしにつかずに歩きまわっているよ。許しを与《あた》える意味がないよ」

「警戒《けいかい》しなくていいと納得したからですよ、おれだって」

わきから草十郎が抗議《こうぎ》した。

確かに頼朝自身も、今なら命をねらわれることなく過ごせると感じ始めていた。そして、草十郎と糸世はずいぶん長いあいだべつべつに暮らしたのだ。ここへ来てやっと、ゆっくり会っていられる暇《ひま》を見つけたのだから、止めることなどできなかった。

（今なら、わしも心をゆるめていいのだろう。大きなものに守られていると考えて）

北条時政《ほうじょうときまさ》の奥方《おくがた》が病《やまい》だという新たな出来事が、どこか胸を騒《さわ》がせたが、今だけは隅《すみ》に追いやろうと心に決めた。雑念を払《はら》って勤行《ごんぎょう》に努めるべきだった。

そして、奉納品《ほうのうひん》を寺と社《やしろ》に納め、この面での懸念《けねん》も消えて、これからはさらに安心して眠《ねむ》れると考えた夜のことだった。

頼朝は、再び手首と足首に巻きついた白い小蛇《こへび》の夢を見た。透《す》き通るように白いとはいえ、鱗《うろこ》までしっかり見えるはっきりした蛇だ。目と舌はやはり薄赤《うすあか》かった。

夢の中では、見ても怖《こわ》いと思っていなかった。当然のものとしてそこに巻きついているのであり、手足の動きを妨《さまた》げないならいいかと考えていた。前に見たより胴体《どうたい》が太くなっていることさえ、それが自然だと思っていた。

けれども、目が覚めて夢を思い出したときには、寝床《ねどこ》から飛び起きた。

（蛇が大きくなっていた……）

その意味に気づいたとき、猛然《もうぜん》と心臓が鳴り出した。大蛇《だいじゃ》の洞窟《どうくつ》では頼朝から離《はな》れていき、触手《しょくしゅ》のような蛇と一体化した蛇は、そのまま洞窟に残ったのではなかった。力を得て大きくなって、頼朝のもとに戻《もど》っていたのだ。

さらに、走湯山《そうとうさん》の聖域で見た夢だということも衝撃《しょうげき》だった。悪いものは近づけないと、湯坐《ゆえ》のおばでさえ言ったのに、まさか蛇を見るとは思わなかった。

（この蛇をわしから隔《へだ》てることは、走湯権現《そうとうごんげん》のお力でもできないのか。この蛇はやはり土地神《とちがみ》の一部だから、霊場《れいじょう》でも入ってこられるのか）

頭を抱《かか》えたが、草十郎にも嘉丙《かへい》にも簡単に言えることではなかった。頼朝自身の問題だと思えた。

（わしは、別当《べっとう》どのに夢告げが欲しいと言ったはずだった。この夢は、けっして救われないという権現のお告げなのだろうか。これが、呑《の》まれて一つになるしか道はないというお導《みちび》きだとしたら、どうあがいてもむだになる。わしはそれだけの者だったのだ）

数日してから、やっと北条《ほうじょう》の使者が書状を携《たずさ》えてやってきた。

時政《ときまさ》がしたためた文《ふみ》には、蛭《ひる》が小島《こじま》の家はほぼ完成しているとあった。時政自身は所用ができて走湯《そうとう》山《さん》に行けないが、一部の者が参詣《さんけい》に出向くので、その帰り道にともに下山するようにと書いてある。奥《おく》方《がた》の病《やまい》にはひと言も触れていなかった。

書状に目を通した頼朝《よりとも》は、使者にたずねた。

「これでは、日取りがまるでわからないが、いつごろ北条《ほうじょう》に戻《もど》る予定なのか教えてほしい」

使者はぶっきらぼうに言った。

「それはこっちでもわからん。帰る日も、あとから殿《との》のご指示が出ることになっている」

さらに七日ほど過ぎ、何事も起きなかったが、頼朝はそれからも白い小蛇《こへび》の夢を二度三度と見ていた。夢の中でも何事も起きず、ただ蛇がいるだけだ。けれども、夢を見るたび朝は気持ちが沈《しず》んだ。

（こんな調子で、なんの解決もないままでは、走湯山へ来たことの意味さえない……）

肩《かた》を落とす思いをしながらも、勤行《ごんぎょう》の日課は守り続けた。社《やしろ》の参拝に出たある日のことだった。頼朝が参拝を終えて戻《もど》るとき、社の境内で、子どもの手を引いて拝《おが》みにきた参拝者に出会った。浮《う》かない気分で考えこんでいたため、最初は母子が来たと思っただけだったが、よく見ると子づれの人物は糸世《いとせ》だった。今はふつうに女人《にょにん》の着物を着ているのだった。場所柄《ばしょがら》にふさわしい清楚《せいそ》な装いであり、村娘《むらむすめ》の野良着とはちがうものだ。

糸世も頼朝に気がついたが、先に声を上げたのはつれている子どものほうだった。

「あっ、あの人知ってる。鬼《おに》じゃなかった人だよ。ばあやは鬼だから見ちゃだめって言ったけど、真奈《まな》は見にいったの」

糸世は吹き出して袖《そで》で口元を覆《おお》い、頼朝はあきれて糸世に言った。

「なぜ、糸世がこの子をつれているんだ。この子は北条の姫《ひめ》だろう」

「そうですよ。でも、偶然《ぐうぜん》仲よくなっちゃったから。ばあやさんは腰痛《ようつう》だし、このかたにはお相手が必要なんです」

笑いをこらえた糸世は、背をかがめ気味にして子どもにやさしく声をかけた。

「真奈さまは、弟君と二人だけでお参りにいらして、とてもたのもしいんですよね」

女の子はうなずいた。

「そうよ。だけど丹生丸《におまる》は、母《かあ》さまがご病気だからって泣いてばかりなの。跡継《あとつ》ぎのくせにへなへなだよ。だから、真奈がみんなのぶんも権現《ごんげん》さまに、ご病気が治るようたくさんお祈《いの》りするの」

「子どもだけが走湯山に来たのか」

頼朝は気の毒になり、不安にも感じた。北条の奥方は、子どもを遠ざけておくような危ない病なのだろうか。

真奈は糸世の手を放し、少し前に進み出た。この子も今は、領主の姫にふさわしい身なりをしている。よく髪《かみ》を梳《と》かしてきれいな着物を着ていると、ずいぶん愛らしいものだ。だが、見映えを気にせず顔をしかめて頼朝を見上げた。

「どうして鬼って言われるようになったの」

流罪《るざい》になったいきさつを語ってもわかるはずがないので、頼朝《よりとも》はたずね返した。

「鬼《おに》じゃなかったって、そなたにはどうしてわかるんだ」

「見ればわかるよ」

「これは、化けているだけかもしれないぞ」

頼朝がおどかすと、相手は一瞬《いっしゅん》目をまるくしたが、すぐに怒《おこ》って足を踏《ふ》み鳴らした。

「ちがうもん。鬼は、化けてたって権現《ごんげん》さまのお山なんかにいないもん。権現さまに退治されちゃうんだから」

「そうだったな」

頼朝は認めたが、女の子はまだ怒っていた。

「真面目に話しなさいよ、まったくもう」

そこで、真面目に話すことにした。

「わしには、鬼がどういうものかわからないよ。だから、自分が鬼じゃないかもよくわからないんだ」

真奈《まな》は目を伏《ふ》せ、少し考えこんだ。それからまた見上げた。相変わらずよく光る大きな黒目だった。

「鬼はね、人に悪さをするの。人を食べちゃうとか、人を病気にしたりとかする。あなたは、悪さがしたいの？」

「したくないよ。だけど、鬼だって本当はしたくないのかもしれないよ」

頼朝が答えると、真奈はかぶりを振《ふ》った。

「ううん、ちがう。鬼はしたくてするの。だって、人じゃないから。人じゃないと人に何しても平気なんだよ」

糸世《いとせ》がほほえんで同意した。

「そうですね。わたしたちだっておなかが空《す》けば、人以外のものは平気で食べますものね。魚や、けものや、木の実や。それを悪さだと思いませんね」

「そういうこと」

この小さな子の口達者《くちだっしゃ》や気の強いところは、糸世によく似ていると思うと、頼朝はおかしくなった。だから気が合って仲よくなったのかもしれない。

「わかったよ。わしはやっぱり鬼じゃないようだ。それなら、わしもそなたの母さまのご病気が治るよう、権現さまに祈《いの》ることにするよ」

喜んでくれるかと思ったら、女の子は厳粛《げんしゅく》な面《おも》もちでうなずいた。

「たくさんのお祈りがいるの。だから、お祈りして。真奈は一日何度もお祈りするのよ」

「それなら、何度も祈るよ」

約束すると、真奈はしげしげと頼朝を見てから言った。

「あなた、いい人みたいだけど、自分が鬼かどうかわからないのは、だめな人だよ」

「だめかな」

「そうよ。でも、またわからなくなったら、真奈がまた教えてあげる」

頼朝《よりとも》は思わず笑い、ありがとうと言って二人と別れた。

しばらくは、無邪気《むじゃき》な生意気さを愉快《ゆかい》に思っていたが、森の道を一人でたどるうちに、浮かない気分がぶり返してきた。北条《ほうじょう》の奥方《おくがた》の病《やまい》が重そうなのは気がかりだった。そして、病状への気づかいばかりでなく、別の側面からの懸念《けねん》にも思い当たった。

（奥方が今、急な病に倒《たお》れ、万一亡くなったりしたら。北条の領主はそれをどう見なすだろう。これまでの流れからして、わしが北条に移ったせいだと考えるのではないだろうか。わしが北条に災厄《さいやく》をつれてきたのだと……）

こうしてはいられない、あせりの気持ちに駆られたが、だからといって何をすればいいか、どう対処すればいいかはわからなかった。密厳院《みつごんいん》での勤行《ごんぎょう》に戻《もど》り、本堂で経を唱《とな》えるしかなかった。

経に集中しているあいだは何も考えずにいることができる。けれども、終われば悩《なや》みは再び襲《おそ》ってきた。奥方の回復を祈るため、薬師如来《やくしにょらい》にも経を捧《ささ》げようと堂を移ったが、どうしても考えてしまう。

（鬼《おに》かどうかわからないのはだめな人間だと、女の子に言われたのに、わしはやっぱりまだ迷う。本当に自分が他人の災厄《さいやく》ではないと、言い切れないのではないかと疑ってしまう）

座って如来像《にょらいぞう》を見上げたが、心が落ち着かずにそんな思いを抱《だ》いていると、背後から声がかかった。

「まだ何か、心の晴れないものがおありのようですな。兵衛佐《ひょうえのすけ》どの」

ふり向くと、いつのまにか別当《べっとう》が姿を見せていた。頼朝に声をかけてきたのは、初日以来のことだ。

別当が話をするべき僧侶《そうりょ》や参拝者は山ほどいるので、たいていは大勢を前にして講話の形で話していた。

頼朝は、少し驚いて自分のわきに腰を下ろす別当を見つめた。直接の指導にあたる僧は別の人物だったので、この人に見られているとは知らなかったのだ。別当は居ずまいをととのえると、穏《おだ》やかに切り出した。

「あなたさまは、大変熱心に行《ぎょう》を続けておられる。ご様子を寺の者からうかがっておりますが、お若いのに敬虔《けいけん》なことです。走湯権現《そうとうごんげん》には、いまだに夢告げをいただけませぬか」

「それが……」

頼朝は言いよどんだが、思い切って打ち明けることにした。

「自分の手首足首に小蛇《こへび》が巻きついた夢を見ました。ずっと気になっているんです」

別当はそれほど驚かなかった。

「それはそれは。どんな蛇だったのでしょう」

「真っ白な蛇です。目や舌は赤っぽく見えます。じつは、わたくしはここへ来る前に、伊東《いとう》の海岸の洞窟《どうくつ》で、闇《やみ》の中に青白く浮かぶ大蛇《だいじゃ》の頭を見ました。同じ闇の中で、自分に巻きついた蛇が青白く光るのも、夢ではなく見たように思うんです」

少し間をおいてから、別当はたずねた。

「それで、兵衛佐どののご自身は、白い蛇の夢をどうお考えになったのですか」

頼朝も、答える前に少し間をおいた。

「……京《みやこ》での暮らしに、蛇と関わるものは何もありませんでした。体験にも親の言い伝えにも縁《えん》あるものは思い当たりません。すべて、伊豆に来てからのことなのです。この土地にわたくしがいることを、暗《あん》に咎《とが》められているのではないかと。わたくしの罪状を、土地神《とちがみ》がお許しにならないのではないかと」

別当《べっとう》は、穏やかな調子のまま言った。

「兵衛佐《ひょうえのすけ》どのの流罪《るざい》は、反乱を起こされたお父君の罪でもありますな。それを、伊豆の神がお許しにならないとおっしゃるのですかな」

「父は戦《いくさ》をするべきではなかったと思いますが、父なら、すでにその身でつぐなっています。寝返《ねがえ》った者に尾張《おわり》で討たれました」

膝《ひざ》に置いた手を握《にぎ》りしめ、自分の言ったことをかみしめてから、頼朝《よりとも》は続けた。

「けれども、わたくしはまだここにいます。そのことを、伊豆の人々だけでなく土地神もお咎《とが》めなのではないですか」

別当は小さく息をついた。しばらく何か考えていたが、やがて、口を開くとまるで異なることを言った。

「兵衛佐どの。この寺の本尊《ほんぞん》には、走湯権現《そうとうごんげん》のご本地《ほんじ》であられる千手千眼観世音菩薩《せんじゅせんがんかんぜおんぼさつ》が祀《まつ》られておりますが、秘めたお姿は、人の建物に収まるものではありません。お山全体に、いや、それよりもさらに広く大地に行きわたるお姿なのです。そのことを、寺のだれかがあなたさまに語りましたかな」

頼朝はまばたきした。

「いいえ。でも、山全体をご神体とすることは、大和国《やまとのくに》にも例のあることですから、それほど不思議には思いません」

「走湯権現の真のお姿を、個人で体得する方法があるのです。これは、修行を積んだ一部の者にしか明かされないものごとです。しかし、兵衛佐どのなら、あるいは体得なさるのかもしれません。拙僧《せっそう》にはそう思えてきました」

頼朝にはそのように言われる理由がわからず、とまどっていると、別当はさらに言った。

「あなたさまには、真のお姿に接して受け入れる度量がおありだし、その資格をお持ちのようだと判断いたします。ほとんどの者がまだ知らぬお姿を、拝見したいと思われますか」

思わずつばをのんで、頼朝はうなずいていた。

「はい。わたくしに拝見させていただけるなら、ぜひ」

第四章　神竜《しんりゅう》と蛇《へび》と

一

別当《べっとう》は、頼朝《よりとも》を伴《ともな》って本堂へ戻《もど》ると、千手観音像《せんじゅかんのんぞう》を祀《まつ》った須弥壇《しゅみだん》の後ろ側へ案内した。ただの参拝客など、足を踏《ふ》み入れてはならない領域だ。頼朝が遠慮《えんりょ》がちに足を運ぶと、奥《おく》の壁《かべ》に小さめの両開きの扉《とびら》があり、錠《じょう》が掛《か》かっていた。

手にした鍵《かぎ》で錠前を開け、別当が扉を両側に開け放つと、そこに部屋はなく、わずかな距離《きょり》をおいて塗《ぬ》り固めた壁《かべ》が見えるだけだ。だが左手に、下っていく通路がある。

地下があるのかと目をみはっていると、別当が言った。

「この下は回廊《かいろう》になっておりますが、明かりを点《とも》すことは禁じられます。真の闇《やみ》の中を、左手で壁に触《ふ》れて左まわりに通ってください。やがて、ご本尊《ほんぞん》の真下に行き着いたところで行き止まりになっています。そこで、両手に香《こう》を振《ふ》って清め、手を合わせて経を唱《とな》えなされ」

頼朝はごく小さな香袋《こうぶくろ》を受け取った。かすかによい香《かお》りがした。

「読経《どきょう》も闇の中なのですね」

「そうです。行き止まりの壁には、走湯権現《そうとうごんげん》の真実のお姿が描《えが》かれていると言われていますが、闇の中ですから目にした者はおりません。それでも、心眼《しんがん》で見る者はお姿をかいま見ることができるのです。おわかりになりますかな」

納得したわけではないが、頼朝はうなずいた。海辺の洞窟《どうくつ》を経験した身に、暗闇《くらやみ》の行《ぎょう》は楽ではないと感じたが、やってみる価値はあった。

言われたとおり、左側の壁を確かめながら下ると、数歩進んだだけで入り口の光はとだえ、何一つ見えない暗闇に包まれた。鼻をつままれてもわからぬとはこのことだ。慎重《しんちょう》に足を出さずにはいられなくなる。

最初のうちは、自分が下っていることを感じていたのだが、そのうちに、下りなのか上りなのか、どのくらい先に進んだかも定かでなくなってきた。壁や床《ゆか》が確実にあるのかどうかさえ、次第に怪《あや》しくなってくる。闇は顔や手に肌触《はだざわ》りを感じるほど濃《こ》いものに思え、今にも体に何ものかが打ち当たりそうだった。回廊の角をまがるたび、新たな恐怖が生まれる。

救いは、ここが寺院の一部であり、得体《えたい》の知れない場所ではないことだ。恐《おそ》れに圧倒《あっとう》されて取り乱すか、それを乗り越《こ》える力があるか、修養の度合いが試されているのだ。頼朝は、早くなりかける息づかいを抑《おさ》え、けんめいに心を静めて進んだ。自分の内部で勝手に膨《ふく》らむ怪異《かいい》や危害に立ちすくみ、逃《に》げ戻《もど》るのは簡単だ。だが、その思いに屈《くっ》してはならなかった。

長い時間がたち、長い距離《きょり》を来たように思えた。だがそれは、足元を確認しながらゆっくりしか進めないせいかもしれない。ようやく、行き止まりまで来たのがわかった。前方に伸《の》ばした右の手が壁《かべ》に当たり、左の壁もたどれば内向きの角になっていたのだ。右の手で広く探り、面前に平らな壁があることを確かめた。

（恐れを克服《こくふく》する力がなければ、さとりも得られないということなんだろうな……）

覚悟《かくご》を決めて、闇《やみ》の中にしっかり腰《こし》を下ろす。

懐《ふところ》から香袋《こうぶくろ》を取り出し、指で探って巾着《きんちゃく》を開け、中身を手のひらに振った。思ったよりたくさん入っていたらしく、下まで散った粉末が異国めいた強い芳香《ほうこう》を広げる。香《かお》る闇の中で手を合わせ、今では暗唱できるようになった般若心経《はんにゃしんきょう》を唱《とな》えた。

座った岩場は地下にふさわしく冷たく、空気は囲まれた場所の冷たい息苦しさをたたえている。だが、般若心経をくり返すうちになぜか温かくなってきた。そして、体が宙に浮《う》くような気がし始めた。心の片隅《かたすみ》で、闇がもたらす錯覚《さっかく》だと考えたが、その感じは消えるどころかさらに強まってきた。

やがて、闇の中に絶えず感じていた壁や天井《てんじょう》の圧迫感《あっぱくかん》が消えた。それは解放されたような心地よさだったので、あまり困る気がしなかった。閉じていた闇が、今では澄《す》み切って広大なものに変化し、上下左右に果てしなく続くように思える。頼朝《よりとも》は、その中で宙に浮《う》かんでいるのだった。不思議なことだったが、不思議だと考えてはいけないと思った。受け入れないときは恐怖が待ちかまえているからだ。自分が、目をつぶっているかどうかも意識していなかったが、いきなり光が射し、はっとして目を開けた。前方に注目すると、確かに小さく赤みがかった光が見える。海辺の洞窟《どうくつ》で見た青白いもやとは異なり、灯火《ともしび》に似た輝《かがや》きだ。小さくても最初から鋭《するど》い光。たいそう遠くにあると見えるが、頼朝はその明かりから熱が射すように思えた。温かくなったのはそのせいだというように。

そして、炎《ほのお》のような光は見る間に大きくなっていった。すごい速さでこちらに向かってくるように感じた。それとともにどんどん熱が放射されてくる。

（まるで太陽みたいだ。でも、なぜ、この地下で……）

目を離《はな》せないまま、頼朝はまだ経を唱え続けていたが、もう少し細部が見えてきたとき、驚きのあまり唱えごとができなくなった。近づくものは、太陽のように丸くはなかった。頭があり尾《お》があり、長く伸びた胴体《どうたい》をくねらせながら宙を飛んでくるのだ。

蛇《へび》に似ていた。

けれども、蛇とも異なっていた。

こちらに向けた頭は蛇のような楔形《くさびがた》ではなく、もっと鼻面《はなづら》が長かった。そして、たなびく二本の細長いひげ、額に二本の角、焔《ほむら》に似たたてがみや背びれがあるようだ。波打つ体の長さに比べると小さめの、鉤爪《かぎづめ》を持つ短い脚《あし》が前後にあるようにも見える。度肝《どぎも》を抜《ぬ》かれて見つめるしかなかった。

（竜《りゅう》……なのか。わしは火竜《かりゅう》を見ているのか）

燃え立つ竜《りゅう》は、今や頼朝《よりとも》より巨大《きょだい》になっており、肌《はだ》がちりちりするほどの熱を感じた。距離《きょり》を測れないが、このままでは喰《く》われるより先に焼け死ぬと思っていると、火竜《かりゅう》はある箇所《かしょ》で急に頭をひるがえし、別の方角へ進んだ。目の前をたくましく長大な胴体が鱗《うろこ》をきらめかせ、なめらかな動きでよぎっていく。

竜が新たに鼻先を向けた方向には、いつのまにか青白い光が生まれていた。やはり体をくねらせて宙を泳ぐ、もう一頭の白い竜がいるのだった。二頭の竜は互《たが》いに向かって突進《とっしん》し、激突《げきとつ》して一瞬《いっしゅん》体をからみあわせ、反対方向に飛び去っていく。そして、再び対決しようと頭の向きを変えた。これをくり返しているのだ。

（走湯権現《そうとうごんげん》の真のお姿が竜ならば、それはどちらの竜なんだ。こうして闘《たたか》い続けるんだろうか。いつ闘いに決着がつくんだろう……）

白い竜が頼朝のそばまで来ることもあった。こちらの竜も姿はよく似かよっていたが、そばに来ると逆に冷気を感じた。青白く輝く体の鱗《うろこ》は真珠《しんじゅ》のような色合いで、角やたてがみ、背びれは銀でふちどられているかのようだ。しかし、竜としての剣呑《けんのん》さは火竜と同様に備えていた。青白さでくっきり見えるせいで、水晶《すいしょう》のような鉤爪《かぎづめ》の鋭さはこちらのほうが恐ろしい。

頼朝は激突を何度も見つめるうち、二頭の竜は格闘《かくとう》しているのではないことに気がついた。これは儀《ぎ》式《しき》の一種であり、これは舞《まい》だった。からみあう竜たちは相手を傷つけてはいない。むしろ、睦《むつ》みあっているのだ。

（……走湯権現を、どちらの竜だと考えるのはまちがいかもしれない。二頭合わせて走湯山《そうとうさん》の権現なの

では。二頭ともが真のお姿なのでは）

　これが本堂の地下にある真実かと思うと、驚愕《きょうがく》してならなかった。

（神は仏の化身だという教えには、まだまだその奥《おく》があったということか。仏の慈悲《じひ》など願えるとは思えないお姿だが、それでも、これもまた仏の化身なんだろうか。伊豆《いず》の大地には、このような神々が日々うごめいているのか……）

　祈《いの》りなど届かなく見える、世にも恐ろしいお姿ではないかと、考える。

　けれども、ちっぽけな人間の判断を遠く超《こ》えたところで、壮絶《そうぜつ》な美しさを持っている竜の舞だった。二頭のなめらかな動き、輝く体の二色の対比、ぶつかりあう激しさのすべてに、なすべきことを余念《よねん》なく行う者たちの崇高《すうこう》さがあった。この世のことわりを見るようだった。

　そこまで思い至ったとき、湯《ゆ》坐《え》のおばばの言葉がよみがえった。

（燃える炎の輝く色をした赤い竜と、真夜中の月の涼《すず》しい色をした白い竜だ。これは、おばばどのが人の気脈《きみゃく》について語っていた竜と同じじゃないか）

　輝く二頭の竜は、ついにからみあったまま離れなくなった。そして、どこかへ昇《のぼ》っていくかのように頼朝の上方に小さくなり、やがては見えなくなった。二頭が闇に消え去ってしまっても、頼朝の目の中にはいまだに体をくねらせ、舞い飛んではからみあう竜たちの姿が浮かんでいた。

（湯坐のおばばどのは、走湯山の教えを知っていたんだろうか。おばばどのが言いたかったのは、崇高な大地の神もわれわれ人間も、根本《こんぽん》は同じ成り立ちをしているということだったのだろうか。わしの気脈では、白い竜《りゅう》が強いとも言っていた。竜に強弱があっては、走湯権現《そうとうごんげん》のお姿が見せたような、美しい舞《まい》を舞うことができないということか……）


「ごらんになれましたかな」

通路を上って元の入り口にたどり着いた頼朝《よりとも》を、別当《べっとう》が出迎《でむか》えた。頼朝は、茫然《ぼうぜん》としたまままうなずいた。

「拝見したように思います。絵ではありませんでした。生きているように宙を舞《ま》っておられました」

「正しくごらんになったようです」

別当はおごそかに告げた。

「これは、走湯山《そうとうさん》の秘めたる奥義《おうぎ》であり、門外不出です。心して口外《こうがい》なさらぬようお願いいたします。考えの浅い者の耳に入れば、よからぬことにも聞こえましょう。けれども、これこそが権現《ごんげん》さまのもっとも大切なお姿です。あのようなお姿で、現にこの地下においでになるからです。お体は、尾《お》を箱根《はこね》の湖に浸《ひた》し、頭をこのお山に置くほど大きいと言われます。そして、出で湯《いゆ》となってわれわれの前に顕現《けんげん》なさるのです」

出で湯となるのかと、頼朝は驚《おどろ》いた。

「それでは、白いほうのお姿というのは」

「水神《すいじん》のお姿です。水神を兼《か》ねていらっしゃらなければ、伊豆《いず》の地は火山の火口付近のように、草木も育たぬところになっていたでしょう」

頼朝はうなずいたが、まだ浮かない表情と察したようで、別当がたずねた。

「お気にかかることがありますかな」

「ありがたくお姿をちょうだいすることができましたが、お告げはありませんでした。わたくしに巻きついた白い小蛇《こへび》をどうすればいいか、この蛇からどう逃《のが》れればいいかは、まだわかりません」

別当は頼朝の顔をしばらく見つめ、確信する口調になった。

「あなたさまは、ご自分が意識なさらないだけで、すでにお告げを受け取っておられるのですよ。兵衛佐《ひょうえのすけ》どのに、権現さまが秘めたお姿をお与《あた》えになったからには、ご加護《かご》のないはずはありません。きっと、おいおいおわかりになることでしょう」

頼朝は、別当に深く礼を述べて本堂から退出したが、すっきりしたわけではなかった。どう考えても、お告げとなる解決法が見つかったとは思えなかった。

(そういえば、今の暗闇の中では、一度も巻きついた白い蛇を見なかったな。竜の舞に目を奪《うば》われたとはいえ、合掌《がっしょう》した手首にいつもの白蛇《しろへび》がいたら、すぐにわかったはずなのに……)

走湯権現の一部が水神だということはわかった。だが、それは竜であって蛇とは異なるもののようだ。では、大蛇《だいじゃ》とはなんなのだろう。土地神《とちがみ》であるはずだが、草十郎《そうじゅうろう》は大蛇の頭を見て、万寿姫《まんじゅひめ》とつぶやいたのだ。考えてもさっぱりわからなかった。

勤行《ごんぎょう》の日課はまだ続き、夕餉《ゆうげ》の前と、さらに深夜にも読経《どきょう》に行く。最近は巻きついた白蛇の夢を見てばかりなので、頼朝《よりとも》は眠《ねむ》るのもいやになっており、深夜に経を唱《とな》えながら、このまま本堂で夜明かししたいとまで思ったが、そうもいかなかった。

しばらく居座ってから、のろのろと宿坊《しゅくぼう》に戻ると、待っていた草十郎《そうじゅうろう》が戸を開けた。深夜の勤行から戻って、草十郎が起きていなかったことはない。音に敏感《びんかん》なので、たとえ眠っていても目が覚めるのだろう。

「お帰りが、いつもより遅《おそ》かったようですね」

「うん。ちょっと考えごとをしていた」

「何かあったのですか。ここしばらくご様子がおかしいし、今日の夕餉にはさらに変でしたよ」

草十郎にはわかってしまうのだと思いながら、頼朝は答えた。

「朝になったらきちんと話すよ。今は、もう遅いから寝《ね》てくれ」

頼朝も寝床《ねどこ》に横になったが、夜明けまでほとんど眠れなかった。舞い飛ぶ竜《りゅう》が目に焼きついて離《はな》れないが、それが自分とどう関わるかは、どんなに問うても出てこない気がする。明け方になって結論を見たのは、お告げに思い至ったからではなかった。無理だとあきらめたからだった。

起き出して身支度《みじたく》をととのえると、頼朝は草十郎と嘉丙《かへい》に告げた。

「聞いてくれ。わしは、走湯山《そうとうさん》でするべきことはあらかた終えてしまったと思う。これ以上滞在《たいざい》しても、ここにいる意味がなさそうなんだ。だから、蛭《ひる》が小島《こじま》に戻ろうと思う」

従者の二人は目をぱちくりさせた。嘉丙が言った。

「それでは、北条《ほうじょう》のご領主のご方針に背《そむ》きますぞ。あちらの指示があってから、北条のお子や郎党《ろうとう》とともに帰れと言われているのに、どうしてそれより早く危険な中州《なかす》に戻りたいのでございますか」

「北条の指示はいつになるかわからない。奥方《おくがた》が病《やまい》では、領主もあれこれ配慮《はいりょ》していられないだろう。子どもたちを走湯山に預けっぱなしにするかもしれない。それを待っていたのでは間に合わないんだ。どうしてかわからないが、そう思えてならないんだ」

「戻っても、向こうはまだ小屋の用意もできていないんですぞ」

「先の書状に、ほぼ完成していると書いてあったはずだ。その後《ご》は放っておかれたとしても、移築は終わっているんだろう」

　頼朝が言うと、草十郎が静かにたずねた。

「ここ最近考えておられたのは、そのことだったんですか」

「このままではだめだというのは、そのとおりだよ。だけど、昨日になってはっきりわかった。この場所で得られるものはもう得たのだと。これ以上居座り続けるのは、ただの逃げになってしまう」

「何からの逃げですか」

　草十郎の問いに、頼朝は少しつまった。声を落として答えた。

「わし自身の命運や因縁《いんねん》だよ。今、何かを決する時が来ていると思える。わしの本当の生死は、そこで定まるのかもしれない」

草十郎《そうじゅうろう》の目が少し鋭くなった。

「何か、対策をつかんでおられるのですか」

「いや、残念ながらわからなかったよ。わからないけれど、もう、ここにいても役に立たないんだ。与えられた場所に戻り、与えられた命運に直接向きあわないと、どうするかも浮かばない気がするんだ」

そう言いながら、いまだに巻きついた白蛇《しろへび》の話ができない自分を少し恥《は》じた。けれども草十郎は、これを聞くとすぐにうなずいた。

「わかりました。それなら、おれも蛭《ひる》が小島《こじま》に戻ります」

嘉丙《かへい》はたじろいでいた。

「今すぐ戻ってどうなさるんです。運よく漏《も》らない屋根があったとしても、生活に必要な品が何もございません。食料もない」

「そのことなら、糸世《いとせ》とおかたさまが放っておきませんよ」

草十郎が言い返した。

「数日、もたせればいいんです。斜面《しゃめん》の穴蔵《あなぐら》に穀物をふた袋隠《ふくろかく》してあることだし、鍋《なべ》と道具が少しはあるんだから、二、三日くらいなんとでも過ごせますよ」

頼朝《よりとも》はうなずいた。

「つくづく援助《えんじょ》のご厚意がありがたいよ。それならすぐに発《た》とう。別当《べっとう》どのに、おいとまを告げてくるから」

草十郎がこのことを糸世に伝えると、糸世はためらうことなく、自分たちもすぐに出発すると言った。ゆっくり草十郎と会っていられる走湯山《そうとうさん》だったというのに、少しも反対しないその態度は、何かを感じ取っているかのようだった。だが、三島《みしま》へ向かうには街道を行くほうがずっと早かったので、帰り道は分かれることになった。

「必ず、早いうちに食べ物や日用品を届けるようにします。まかせておいてください」

走湯山をいっしょに下ってきたあとで、糸世は頼朝にそう言い、日満《にちまん》と二人で早々に別れていった。


帰路は雨に降られたが、こぬか雨だったので道に難渋《なんじゅう》するほどではなかった。

山中で出くわした霧《きり》も、危険で進めないような濃霧《のうむ》ではなかった。そして、今回は敵対する者がだれも待ちかまえていなかった。頼朝《よりとも》たちは順調に山越えをして、その日のうちに蛭《ひる》が小島《こじま》に到着《とうちゃく》した。

季節はとうに梅雨《つゆ》に移っており、ぐずついた天気が毎日のようにあった。しばらくぶりに中州に戻る三人は、川の増水を気にしていたが、浅瀬《あさせ》の渡《わた》り場に来てみると、そばに杭《くい》と板きれで簡単な堰《せき》がこしらえてあったので、びっくりして見つめた。

たぶん、家の木材を運んで行き来した人々が、足元をよくするために作ったのだろう。間に合わせの雑な造りであり、長くもちそうにはなかったが、水が一度せき止められるので渡り場の流れはゆるく、増水もそれほど感じずに渡ることができた。

「橋ができていたら、それに越したことはなかったんですがね」

草十郎《そうじゅうろう》は言ったが、本人も北条《ほうじょう》にそこまで期待をかけていなかった。小屋がまともに建っていたら御《おん》の字なのだ。

その小屋はと見ると、時政《ときまさ》の文《ふみ》は嘘《うそ》ではないとわかった。茅葺《かやぶ》き屋根の家が、見たところ完成した形で建っていた。その外見は以前の家とそっくりだ。さっそく中に入ってみたが、板間が乾《かわ》いた泥《どろ》で汚《よご》れているとはいえ、掃除《そうじ》すれば住める程度だった。

焼けた家との広さの差は、ほとんどないと言えた。このへんの民家の標準なのだろう。一番大きなちがいは、板間と土間の境《さかい》にいろりが切ってあることだ。以前の家はただの板間だった。しかし、家の裏に附属《ふぞく》の設備がなく、家一軒《けん》建てたきりだとわかると、いろりがあるのはなかなかありがたかった。前の住人に使われていたのか、煤《すす》で黒くなった年季ものの自在鉤《かぎ》がついており、鍋《なべ》を掛《か》けられたのだ。

道中の疲《つか》れを癒《いや》してくつろぐ暇《ひま》はなく、三人は暗くなるまで居場所作りに立ち働かなければならなかった。だが、家がまともで助かったとだれもが考えているので、あまり不満は出なかった。今はそれだけでいい、よけいなことは考えるまいと、頼朝《よりとも》は心に思った。

翌日も一日中同じ仕事だった。薪《たきぎ》集《あつ》めと掃除と整備。この日も雨が降ったりやんだりで、しばらく無人だった家にはひどく湿気《しっけ》がこもっていた。火を焚《た》き続けるのが一番だったが、集めてきた薪もたっぷり濡《ぬ》れているので、屋内で焚くのは厄介《やっかい》だった。燻《いぶ》されそうになってあわてて逃げ出すこともあった。

三日目の朝はようやく雨が上がり、雲が多いものの青空も見えた。頼朝たちも少し余裕《よゆう》が出てきて、火事から救い出した麻糸《あさいと》で釣《つ》り竿《ざお》を作り、数匹《すうひき》の魚を得ることができた。

昼になると、嘉丙《かへい》が言い出した。

「わたくしは、降らない今のうちに村へ行き、必要なものを分けてもらってきます。塩がぜんぜんありませんし、灯火《ともしび》の油もないし、中州に降りこめられたときを考えれば、備蓄《びちく》の食料だって心配です。もちろん、糸世《いとせ》どのが手配してくださるとは思いますが、万が一のことがあります。もしも川が荒《あ》れて荷を渡せなくなったら、もとも子もございませんよ」

頼朝はためらった。

「それはわかるが、わしが勝手に戻ってきたというのに、近くの村人が快く分けてくれるだろうか」

「大丈夫《だいじょうぶ》、これがあります」

嘉丙は土間の隅《すみ》へ行き、自分が背負ってきた荷箱から反物《たんもの》を一本取り出した。

「尼御前《あまごぜ》が恵《めぐ》んでくださる絹《きぬ》は、上物《じょうもの》ですからな」

頼朝も草十郎も目をまるくした。

「走湯山《そうとうさん》に奉納《ほうのう》した品じゃないか」

「兵衛佐《ひょうえのすけ》どの。手持ちの品をそっくり奉納してしまうなどとは、賢明《けんめい》な人物のすることじゃございませんよ。ご自分のために少し残しておくのが、生きる者の知恵《ちえ》というものです」

どこ吹《ふ》く風の嘉丙は、頼朝にさとし聞かせまでずると、胸を張って出かけていった。

見送った草十郎が、小声で言った。

「あきれた。いつのまに盗《と》っていたのか、おれもまったく気づきませんでしたよ」

頼朝《よりとも》は肩《かた》をすくめた。

「だが、まあ、嘉丙《かへい》がいるおかげで助かるのはたしかだよ。わしも魚には塩が欲しいよ」

二人はそれですませてしまい、あとは穴蔵《あなぐら》の雨漏《あまも》りを点検したり、丘《おか》に上って薪《たきぎ》の材料や木苺《きいちご》などの実を探して過ごした。だが、嘉丙が戻《もど》らないうちに天候は変わり始め、いやに暗くなったと思うと稲《いな》光《びかり》が射した。少し間をおいて、遠雷《えんらい》の不穏《ふおん》な音が響《ひび》く。

「戻りましょう。降り出しますよ」

草十郎《そうじゅうろう》が言い、丘を下り始めたが間に合わなかった。大粒《おおつぶ》の雨が落ちてきて、見る間に激しい降りになり、軒下《のきした》にたどり着いたときには二人とも川に落ちたようなずぶ濡《ぬ》れだった。

いろりの火をおこして体を乾《かわ》かしながら、外の様子をうかがっていたが、激しい雨はなかなか勢いが衰《おとろ》えなかった。それどころか風も強くなり、嵐《あらし》めいてきた。ときおり家を揺《ゆ》さぶるほどの風が吹《ふ》きつける。

「嘉丙は、今どのへんにいるのかな。村を出たあとだったら、難儀《なんぎ》しているだろう」

頼朝が口にすると、草十郎も同じことを考えていたようだった。

「この調子で雨が降り続けば、嘉丙が川を渡れるかも怪《あや》しくなりますね。上流の雨の降り方によって、川は急に膨《ふく》れ上がるんです。渡り場も危険かもしれない」

そう言うと、ふいに立ち上がった。

「浅瀬《あさせ》の様子を見てきます」

「草十郎、体が乾いたばかりなのに」

頼朝は思わず言ったが、草十郎は生乾《なまがわ》きの衣《ころも》をはおってほほえんだ。

「濡れるくらいたいしたことじゃないですよ。やばいとしたら風ですね。薪を家の中に入れてあってよかった。半端《はんぱ》な置き場を外に作ってそれが吹き飛ばされたら、家を壊《こわ》されたり人に当たったりしますからね」

頼朝は同行を止められたので、ここはおとなしく待つことにした。草十郎はそれほど時間をかけずに引き返してきたが、やはりびしょ濡れで、風が吹きつけた木の葉をいくつも体にはりつかせていた。

「浅瀬は渡れません、堰《せき》などもう役に立たない。じきに押し流されてしまうでしょう。嘉丙はきっと、戻りかけたとしても村に引き返しますよ。身を守ることには才能のある人物なんだから」

今度はすぐに衣を脱《ぬ》ごうとせず、草十郎は土間にしゃがんで炎《ほのお》に手をかざした。足元に少しずつ水たまりが広がる。その体勢で、言葉を続けた。

「才能がありすぎるから、今日も嗅《か》ぎ取って、ことが起こる前に蛭《ひる》が小島《こじま》を逃《のが》れたとも考えられますね。これで、島に孤立《こりつ》したのは佐《すけ》どのとおれだけになりました」

頼朝は目を伏《ふ》せた。

「すまない」

「いや、おれもそうとうだめなやつです。嘉丙が村へ行くと言ったとき、兆候《ちょうこう》に気づいて、佐どのをつれて川を渡るべきだったんです。今となっては手おくれで、なりゆきを待つしかなくなってしまいました」

下を向いたまま、頼朝《よりとも》はもう一度言った。

「すまない。そなたを巻きこんでしまった」

草十郎《そうじゅうろう》は顔を上げ、板間に座る頼朝を見つめた。

「どうして、おれにあやまるんです。佐《すけ》どのは、こうなることを知った上で、蛭《ひる》が小島《こじま》に戻《もど》ることに決めたとでもおっしゃるんですか」

頼朝はかぶりを振《ふ》った。

「予知などできなかった。けれど、雨の多い時期の中州《なかす》が危険なことくらい、だれにだってわかる。わしは、戻れば決定的なことが起きるという覚悟《かくご》ならしていた気がする。けれども、それに向きあうのはわし一人でよかったんだ。そなたたちが戻るのを断らなかったのは、わしの甘《あま》えだった」

「ちがいますよ。おれはおれで、自分の決着のつけどきだという気がしたから、佐どのとともに戻ったんです。逃げそびれたのも、たぶんそのせいです。こうなると、嘉丙《かへい》は難を逃《のが》れてよかったと言いたいですね」

いつもと同じ、気負いのない調子で言ってから、草十郎は静かにたずねた。

「佐どのは、戦《いくさ》のように、潔《いさぎよ》く死ぬお覚悟で戻ってこられたのですか」

「ちがう」

頼朝は息を吸いこみ、頭を起こして草十郎を見つめた。

「自分を見捨てるなと言ったのは、そなたじゃないか。わしは、あるかないかまだよく知らない自分の可能性に賭《か》けてみる気になったんだ。たとえ土地神《とちがみ》が相手だろうと、おとなしく贄《にえ》になるつもりなどない。どうすればいいか、まだわかってはいないけれど」

草十郎はかすかにほほえんだ。

「おれも同じです。自分が死ねばすむなどとは少しも思いませんから。だから、それを聞いてずいぶん安心できます」

立ち上がった草十郎は、吹《ふ》っ切れたように言った。

「それなら、丘の様子を見てきます。いざとなったら家を出て、丘の上まで避難《ひなん》するべきですよ。たとえ川があふれても、この丘をすっぽり隠すほどの洪水《こうずい》はめったにないでしょうから」

草十郎が戸口に向かおうとしたときだった。戸が勝手に引き開けられ、菅笠《すげがさ》から水をしたたらせた人物が飛びこんできた。袴《はかま》の裾《すそ》を膝下《ひざした》でくくり、脚絆《きゃはん》をつけていたが、声を発すると男ではなかった。

「草十郎、兵衛佐《ひょうえのすけ》さま、遅《おそ》くなってごめんなさい。急にずいぶん降り出しましたね」

菅笠を脱いだのは、若者姿をした糸世《いとせ》だった。草十郎も頼朝も目をみはったまま動けなくなったが、糸世は明るい声で元気よく続けた。

「日満《にちまん》もそこまで来ていますけど、荷馬が急に逆らって前に進まなくなってしまって。やきもきするから、わたしだけ先に川を渡ってきちゃったんです。馬の扱《あつか》いなら、草十郎を呼んだほうが早いと思ったから」

背負っていた大きな袋《ふくろ》を床《ゆか》に下ろした糸世《いとせ》は、あたりを見まわした。

「あら、嘉丙《かへい》さんは」

ようやく声を出せるようになり、草十郎《そうじゅうろう》がかすれた声でたずねた。

「糸世、どうやって川を渡ったんだ」

糸世はけげんそうに見やった。

「どうやってって、いつもの場所を渡ってきたのよ。浅瀬《あさせ》のところ」

「渡るのは無理だ、雨で増水している。洪水《こうずい》になりそうな勢いだったぞ」

きょとんとするばかりの糸世だった。

「もちろん、雨で少しは増えていたけれど、渡れないほどじゃなかったのよ」

「考えられない」

草十郎はあえぐように言い、戸口を出ていった。自分の目で確かめてくるつもりなのだ。糸世はあわてて笠《かさ》を被《かぶ》りなおしてあとに続き、頼朝《よりとも》も座ってはいられなかった。追って戸口を飛び出した。

雨は今もどしゃ降りだった。まだ日暮れにならないはずだが、雲の厚さに薄暗《うすぐら》い。風も吹きつけ、頼朝がずぶ濡《ぬ》れになるのも一瞬《いっしゅん》だった。かまわず走って糸世に追いつくと、糸世は足を急がせながら、頼朝に言った。

「向こうの草原《くさはら》を来るあいだ、ずっと小雨だったんですよ。だから、日満《にちまん》だって川が渡れないなどとは思っていません。ただ、荷馬たちがなぜか近づきたがらなくて」

雨の中に立つ草十郎の後ろ姿を見つけ出す前に、激しい雨音を貫《つらぬ》いて恐ろしいような川音が響《ひび》いてきた。茶色く濁《にご》った水の勢いが発する音だった。

そして、頼朝も草十郎が見ているものを見た。ふだんとは激変した、膨《ふく》れ上がった川の姿だった。水位が上がって川幅《かわはば》がいつもより広がり、以前の岸辺は消え、流れに浸食《しんしょく》されている。どんな豪《ごう》の者でもここを渡るのは無理だろう。

念のために聞いてみる。

「激流に見えるが、糸世にはどう見える」

「たしかに激流ですね。わたしが渡った川とはちがいます。でも、わけがわかりません。だって、わたしはこうして蛭《ひる》が小島《こじま》に来ているんですもの」

草十郎は、足場に用心しながら、足先を伸ばして川の水に触《ふ》れてみることさえした。幻影《げんえい》かもしれないと思ったのだろう。だが、かなり危険なので長くは続けられなかった。

ふり向き、糸世と頼朝がいることを知ると、引き返してきて言った。

「渡れないのはたしかです。みんなで雨の中にいることはない、屋根の下に戻りましょう」

再び家に入ったが、三人ともしずくをしたたらせており、土間に立ったまま互いを見つめあった。

「これはどういうことなのかしら」

糸世が口を開いたが、不安というより不思議でたまらない声だった。草十郎は妻を見つめた。

「おまえは、本当に本物の糸世《いとせ》なのか」

「わたしがにせものに見えると言うの」

糸世が聞き返した。頼朝《よりとも》は、急に背筋《せすじ》が寒くなった。糸世が来たことに驚いてはいたが、その疑問は思い浮かばなかったのだ。だが、本来起こらないことが起こったのだから、何があってもおかしくないのだった。

二

たずねた草十郎《そうじゅうろう》も、確信を持って言っているわけではなさそうだった。

「いや、おれには糸世《いとせ》に見える。だが、糸世は来られないはずなんだ。おまえが本当の糸世だと安心させてほしい」

「わたしがあやかしではない証明って、何をすれば一番気がすむかしら。舞《ま》えばいいのかしら。それとも、悪霊退散《あくりょうたいさん》の真言《しんごん》で消えないことを見せればいいかしら。それとも、夫婦でなければだれも知らない、草十郎の癖《くせ》をばらせばいいのかしら」

糸世は半分おもしろがるように言った。あとの半分は、やはりむっとしているのだろう。

草十郎はため息をついた。

「悪い。本物の糸世なら、苦心して援助《えんじょ》の品を持ってきたとたんにこの扱《あつか》いでは、腹を立てるのが当然だ。だけど、どうにかして、万寿姫《まんじゅひめ》がよこした幻《まぼろし》じゃないとわからせてほしいんだよ」

それを聞くと、糸世も急に納得したようだった。口調が穏《おだ》やかになった。

「万寿姫がけっして知るはずなく、わたしだけが知っていることを言ってほしいのね。そうね……」

少しのあいだ考えをめぐらせた糸世は、やがて言った。

「あなたの一番大切な友で、だれにも言わない名前を言うのはどうかしら」

「だれのことだ」

「鳥彦王《とりひこおう》」

ようやく草十郎は表情をゆるめた。

「すまなかった」

そして、そのまま糸世を抱《だ》きしめた。糸世は満足そうだった。

「許してあげる。本物の糸世は心が広いから」

頼朝《よりとも》は、部外者はここで目をそらすべきかと迷ったが、草十郎は抱きしめただけで糸世をそっと放《はな》した。低い声で続ける。

「糸世が島に来られたとなると、幻はこの川やこの嵐《あらし》のほうだということになる。けれども、足を入れたら実際に水の流れを感じたし、雨にもこうして濡《ぬ》れそぼっているんだ。だから、渡《わた》ればやっぱり溺《おぼ》れるんだろう。おれたちは、この三人になるよう仕向けてここに閉じこめられたらしい。何者かの意図で」

思わず頼朝《よりとも》は口をはさんだ。

「草十郎《そうじゅうろう》は、万寿姫《まんじゅひめ》のしたことだと思うのか」

「はっきりしません。人にはできないということだけ確かです」

糸世《いとせ》もため息をついた。

「日満《にちまん》をつれてくればよかった。あの人なら幻術《げんじゅつ》にくわしいし、魔《ま》を払《はら》う真言《しんごん》を知っていたはずなのに。置き去りにして先に来ちゃう癖《くせ》、直しておかないとだめね」

それは本当にそうだと、頼朝も考えた。いつだって糸世はすごい勢いで草十郎に会おうとする。糸世に言った。

「そなたは、蛭《ひる》が小島《こじま》が今にも襲《おそ》われるというときだけ、まるで選んだようにやってくるな。感心するくらいだよ」

草十郎は再び顔をくもらせていた。

「おれと糸世と佐《すけ》どのが、一つに集まって何かをしてはならないと、以前、湯坐《ゆえ》のおばばどのに忠告を受けていたんです。万寿姫の因縁《いんねん》を刺激《しげき》しすぎるだろうと。だからいつも、三人では長く居続けないよう気をつけていたのに。今は、まんまとだれも離れられなくなったわけですよ」

糸世は、やけにさばさばした口調になった。

「でも、来てしまったものは、もう言ってもしかたないわ。来たからには、わたしも少しはお役に立ちますよ」

早くも居なおったらしい。かついできた袋《ふくろ》に歩み寄ってひもを解き始めた。

「二人とも、火でよく体を温めて、そしておなかを満たしてください。ろくに食べていないだろうと思って、わたし、すぐ食べられるものをたくさん背負《せお》ってきたんですよ」

草十郎が注意した。

「あまりゆっくりしていられないんだ。ここにも水が来るかもしれない」

「あと少しは時間があるわよ、まだ夜になっていないもの。危険が迫《せま》っているなら、なおさら今のうちに食べておかないと。肝心《かんじん》かなめのときに底力が尽《つ》きたら困るでしょう」

言われて初めて、頼朝は空腹に気がついた。嘉丙《かへい》の帰路を気にするあまり、頼朝も草十郎も夕餉《ゆうげ》の準備すらしていなかったのだ。

糸世は板間に色布を広げ、袋から取り出したものを楽しげに並べていった。季節の果実や、小さく丸めた豆餅《まめもち》や草餅《くさもち》、殻《から》のままゆでた鶏《にわとり》の卵や干し肉などがあった。糸世が種類ごとに積み上げるのを見守って、頼朝はふと連想した。

「なんだか、お供《そな》えみたいだ」

耳にした草十郎が小さく吹き出した。

「糸世、運んでくるものがカラスと似ているよ」

糸世《いとせ》は草十郎《そうじゅうろう》にそっぽを向いた。

「あなたはどうせ、わたしのことよりカラスにくわしいんでしょうよ。兵衛佐《ひょうえのすけ》さま、どうぞ早く召《め》し上がってくださいな」

だが、もちろん草十郎はあれこれ食べたし、頼朝《よりとも》もあれこれ食べた。嘉丙《かへい》の留守を知ったので、糸世自身も一つ二つつまんだ。外では雨が降りしきり、ときどき風がうなって家全体を揺《ゆ》さぶったが、糸世が来たせいでいきなり団欒《だんらん》になったようだった。

しかし、団欒を長く続けるわけにはいかなかった。夜が来るのだ。

草十郎が気にして何度も戸を開けてみるので、暗くなる気配はすぐに見て取れた。雨の中でもまだ判別がついた色彩《しきさい》がどんどん失せて、景色が同じ薄墨《うすずみ》に沈《しず》んでいく。

決意して草十郎が言った。

「楽なことではありませんが、丘の上に移りましょう。今のうちに登らないと、何も見えなくなっては、それもできなくなります」

糸世は、すでに残りの食べ物を防水の油紙に包んでおり、袋《ふくろ》に戻して背負った。嘉丙のように抜け目ないところもあるのだった。

「準備いいわよ。兵衛佐さま、それでは行きましょう」

頼朝が土間に立ったそのときだった。

《来て……》

頼朝の間近で、女性の声がした。驚いて身動きを止める。

《早く来て……》

やさしいささやき声だが、頼朝の体から聞こえるのが不気味だった。思わずふり返り、肩先《かたさき》にだれもいないことを確かめた。

「佐《すけ》どの、今のは」

草十郎が鋭くたずねた。耳ざとく聞き取っているのだ。

「わしじゃない。どこからか聞こえるんだ」

《ここへ来て……草十郎》

頼朝は息を止めた。名を呼ばれた草十郎も身動きを止め、いくぶん青ざめた。

背中の荷を揺《ゆ》すり上げた糸世は、不思議そうに二人を見た。

「なんのこと。何が聞こえるんですか」

草十郎はすばやく気を取りなおした。

「いいんだ、糸世。佐どのもお気になさらず。丘へ急ぎましょう」

まだ木や草の見分けがつく光が残っていたが、それでも豪雨《ごうう》の中で茂《しげ》みを登るのは大変だった。草《そう》十郎《じゅうろう》が先頭に立ち、覆《おお》った枝やじゃまな蔓《つる》を小刀で切り払《はら》ったが、水を含《ふく》んだ斜面《しゃめん》はすべりやすく、だれもがときどき幹や草株にしがみつくことになった。

けんめいに斜面を登りながらも、頼朝《よりとも》は今の声のぬしに思いをはせていた。

(わしの体から聞こえてきた。あれは巻きついた白蛇《しろへび》が声を出したにちがいない。みずから声を発するほど、大きく強くなったのか……)

そしてあれは、万寿姫《まんじゅひめ》の声でもあった。そのこともまちがいなかった。

(……万寿姫が白蛇の正体だったんだ。今となってはそれしかない。血縁《けつえん》のわしのもとに居着いて、草《そう》十郎《じゅうろう》をねらっていたんだろうか)

それを事実とするならば、草十郎は、頼朝をつれて丘《おか》へ逃げてもむだになってしまう。あとに残していくべきだったのだ。糸世《いとせ》の健気《けなげ》な努力もむだになってしまう。そう考えると頼朝は動揺《どうよう》した。どうしていいかわからなかった。

自分だけ引き返そうにも、後ろをすぐ糸世が登ってくる。結局は、頼朝もいっしょに丘の頂《いただき》までたどり着いてしまった。そこから見下ろすと、斜面の下方はすでに暗がりに沈み、茅葺《かやぶ》き屋根が灰色に浮かぶだけで、他はよく見えなかった。

三人は、なるべく葉の茂った木を選んでいっしょにその下に立ったが、風が吹きすさぶため、それほど雨粒《あまつぶ》が防げるわけではなかった。草十郎が言った。

「体を寄せあっていましょう。ここにじっとしていると冷えこむし、何も見えない夜になれば、はぐれると危なくなります」

背負っていた袋《ふくろ》を木の根元に下ろしながら、糸世がたずねた。

「今さら聞くけれど、あなたがた、笠《かさ》を持っていなかったの」

「北条《ほうじょう》どのにもらったが、走湯山《そうとうさん》へ行く途中《とちゅう》でなくした」

「男の人たちらしいわね」

糸世は評し、菅笠《すげがさ》を脱いだ。身を寄せると他の者にしずくが落ちかかるからだ。そして、笠を頼朝に渡した。

「これは兵衛佐《ひょうえのすけ》さまがお持ちになって、雨が横なぐりになったときにかざしてください。少しは足しになるかも」

頼朝の背中側に、草十郎と糸世が並んで寄り添《そ》う形になった。二人の濡れそぼった衣《ころも》とその下に息づく体温が両方から伝わってきた。刻一刻と暗くなる野外にあって、その温かさは、驚くほどいとおしいものに感じられた。

（失いたくない。こんなにも）

目を閉じて頼朝は考えた。ここにいてはいけないという思いが強まっていく中で、それと同じくらい二人といっしょにいたかった。うら若い夫婦だが、両親を失った頼朝にとって、今感じるのはもっとも父母に近い慕《した》わしさだった。

心の葛藤《かっとう》の末、頼朝はついに口を開いた。

「草十郎、糸世。わしは、そなたたちにまだ……」

そのとき草十郎《そうじゅうろう》が鋭く息をのんだ。頼朝《よりとも》の言葉を気にとめず、注意をうながす。

「見てください、水が押し寄せている。あんなにも早く」

すでに光はほとんどないのだが、頼朝にも見えた。地面とは明らかに異なる、真っ黒な絹地《きぬじ》を広げたように波打つものが、今では裏手の窪地《くぼち》に達していた。みるみる家を浸《ひた》していくようだ。

糸世《いとせ》が小声で草十郎にたずねた。

「家が沈むほどの洪水《こうずい》だったら、この場所は本当に大丈夫《だいじょうぶ》?」

「崩《くず》れない限り大丈夫と思いたいが、なんとも言えないよ」

頼朝は、窪地を見るのをやめて遠くへ目をやり、空を見定めようとした。雨が降りしきり、この雲では月など出るはずがないのに、少しだけ明るい気がしたのだ。そして、月ではないことに気がついた。

「大蛇《だいじゃ》がいる」

つぶやいた言葉に、後ろの二人がはっと身を硬《かた》くした。触《ふ》れているので、それらもはっきり感じ取れた。

「佐《すけ》どのには見えるのですか。どのへんに見えるんです」

「まだ見えはしない。でも、すぐに来る。わかるんだ、あれは大蛇だよ、草十郎」

心を励まして、頼朝は言葉を続けた。

「そして、万寿姫《まんじゅひめ》でもある。この地で万寿姫は、たぶん土地神《とちがみ》と一体化したんだろう。土地神の意志を乗っ取ったのかもしれない。そして、水を操《あやつ》る力まで自分のものにしたんだ」

今や、黒い水の中から青白く輝く鎌首《かまくび》が現れていた。

楔形《くさびがた》の頭はみるみる大きくなり、窪地に到達《とうたつ》したときには、海辺の洞窟《どうくつ》にいた大蛇より大きく見えた。月のように輝く鎌首のせいで、水の高さがよくわかる。真っ黒な水が大蛇の動きにさざ波立ち、波紋《はもん》を広げる様子まで見える。水位はすでに丘の半分以上に達していた。茅葺《かやぶ》き屋根は完全に水没《すいぼつ》しており、丘の頂《いただき》はちっぽけな小島になっている。

《来て。わたくしの手を取って》

家で聞こえた女性の声が、歌うように告げた。しかし、今度は頼朝の体から聞こえるのではなく、大蛇が語りかけたように聞こえた。目の前では、黒い舌を吐《は》いているだけの大蛇なのだが。

《草十郎が、わたくしを選んでくれるなら、あとの二人を見逃《みのが》してもいい。けれどもあなたが拒《こば》むなら、そろって水に沈《しず》むでしょう》

草十郎は身を硬くしたまま言葉に聞き入った。頼朝は急いで言った。

「聞いちゃだめだ、まやかしに決まっている。あの大蛇は、最初からすべてを呑《の》みこむつもりだったんだ。取り引きなんかできっこない」

「佐《すけ》どの、これはおれが引き起こしたことなんです」

ゆっくり息を吐き、草十郎は静かに続けた。

「あの人を選ばずに糸世の手を取ったことを、万寿姫はどうあっても忘れてくれないのでしょう」

その隣《となり》で糸世が叫《さけ》ぶような声を上げた。

「何を言ってるの、草十郎《そうじゅうろう》。いったいどうしたというの。何を聞いたの」

草十郎の体を揺《ゆ》さぶる。草十郎は糸世《いとせ》の肩《かた》を抱《だ》き、それから苦しげな声で言った。

「おまえを異界から取り戻したとき、おれは代償《だいしょう》を払《はら》った気でいたんだ。だけど、まだ足りなかったらしい。あのときは、おまえが生きて帰るなら、命に替《か》えてもいいと本気で思っていた。それが今に延びたというだけなのかもしれない」

「じゃあ、万寿姫《まんじゅひめ》のところへ行くの」

「おれのせいで、おまえと佐《すけ》どのを二人とも死なせるくらいなら……」

「ばかね、まだわからないの」

糸世は肩の手を払《はら》いのけ、あとの二人から体を離して、草十郎に向かいあっていた。頼朝《よりとも》も向きを変えたくなったが、大蛇《だいじゃ》に背中を向けるのも恐ろしく、そのまま立っていた。

「これだけいっしょに暮らして、万寿姫に追われ続けて、まだ気づいていなかったの。あの子がけっしてあなたから離れない理由。それは、わたしが草十郎といっしょにいるからよ。あの子がわたしの影《かげ》で、半身で、もう一人の糸世だからよ。わたしはとっくに知っていた。でも、言えなかったの」

糸世の言葉に、草十郎は驚いたようだった。

「それはちがうだろう。万寿姫は別人だった。糸世とは何もかもちがっていたじゃないか」

「万寿姫が生きているあいだはそのとおりよ。でも、わたしが異界へ飛んでから、何かが結ばれてしまったの。あの子は、選ばれなかった糸世になってしまった」

声が悲しげにくもった。それでも糸世は言った。

「だから、草十郎があの子と本当に縁《えん》を切るためには、わたしが万寿姫と一つになるのが一番なのよ。苦しめていたのはこのわたし。だから、あなたを万寿姫のもとへやるくらいなら、わたしが行きます」

糸世がそのまま離れようとしたのか、草十郎があわてた。

「糸世、だめだ。呼ばれているのはこのおれなんだ」

「あなた、本当にわたしを好きだったら、どうしていっしょに死のうと言ってくれないのよ」

今にも泣き出すかに聞こえた糸世だったが、実際はその逆で怒《おこ》り出していた。

「どちらにしろ、あなたが死んだらわたしは自分で死ぬわよ。そしてそれが、あなたが万寿姫と行ってしまったあとだったら、わたしは永遠に選ばれなかった糸世になるのよ。それでもいいの？」

「無茶を言うなよ」

「言うわよ。わたしと死ぬより、あの子といるほうがいいって思っているじゃないの」

こうなると、草十郎のほうが不利だった。いつもが不言実行の草十郎は、言葉で言いくるめるのが苦手なのだ。

相手が何も言えないのを見て取ると、糸世はやさしい声で言った。

「さようなら、草十郎。今までのことは、いろいろ許《ゆる》してね」

言えなくても、行動ならすばやい草十郎は、暗がりで正確に糸世の腕《うで》をつかんで引きずり寄せた。

「行かせない。それだけはたしかだ」

頼朝《よりとも》の前では、まだ青白い大蛇《だいじゃ》がやさしくささやいている。

《来て、草十郎《そうじゅうろう》。ここへ来てくれないの……》

(万寿姫《まんじゅひめ》……)

大蛇を見つめると、頼朝は、忌《い》まわしく恐《おそ》ろしい中にも悲しかった。

(これは、わしの姉上の変わり果てた姿なのだ。伊豆の土地神《とちがみ》だが、青墓《あおはか》の姉上なのだ。みずから命を絶ち、その後《ご》にこの世への恨《うら》めしさと執着《しゅうちゃく》だけが留《とど》まり、今なおこの世で草十郎を追い続ける、お気の毒な姉上だ)

(わしの手首足首に巻きついた白い小蛇《こへび》は、あの大蛇から分かれていたのだ。それならば、このわしも大蛇の一部なのではないか。姉上とわしは、よく似た性質を持って生まれ落ちたのではないか。希望を手放して死を求めるという、共鳴する性質を持つからこそ、わしのもとに取り憑《つ》いたのでは……)

そう思い当たると残念でたまらなかった。それなのに、草十郎と糸世《いとせ》は互いに自分のせいだと言い争っているのだ。

決意して、頼朝は口を開いた。

「草十郎も糸世も、どちらも行く必要などないよ。行くのはこのわしだ」

「何をおっしゃるんです」

「言えなくてすまなかった。これはわしがやるべきことだ。行かせてくれ」

草十郎は止めようとしたが、糸世を両手でつかまえていたために一瞬《いっしゅん》遅《おそ》くなった。

その手がかすっただけで、すでに頼朝は斜面から飛び出していた。

「兵衛佐《ひょうえのすけ》さま」

背後に聞いた糸世の悲鳴が最後だった。


頼朝《よりとも》は、闇《やみ》の中に浮かんでいた。

かなり近くまで水面が上がっていたので、飛び出したときはすぐ水に落ちると思っていた。ところが、いつまでたっても水しぶきが上がらず、溺《おぼ》れそうな感じもしない。

とはいえ、足がどこにもついていなかった。密厳院《みつごんいん》の地下で経を唱《とな》えたときのように、宙に浮いたままだ。

まわりは一面の闇だった。だが、青白く光る大蛇《だいじゃ》だけは、さっきと同じ大きさで目の前に見えていた。今では鎌首《かまくび》から下の胴体《どうたい》も、くねった先の尾のほうまで見て取ることができる。大蛇もまた、闇に浮いているのだった。

みずからの発光で、蛇《へび》の姿が目にはっきり映るものの、その光は頼朝の体を照らさなかった。こちらは闇に溶《と》けこんで、おのれの手足がどこにあるかも定かでなかった。

(この大蛇は、走湯権現《そうとうごんげん》の竜《りゅう》のお姿とはちがっている。二頭で舞っていた竜は、人がどうにもできないものだからだ。人智《じんち》を超《こ》えた大きな存在が取ったお姿の一つなのであり、かいま見ることだけ許されたのだ。今、わしが見ている大蛇《だいじゃ》も水神《すいじん》かもしれないが、人だったわしの姉上が重なっている。そのちがいなんだ……）

そんなことを考えていると、察したかのように万寿姫《まんじゅひめ》の声が響《ひび》いた。

《そなたも、わたくしと一つになりたいの。いいでしょう、呑《の》んであげる。わたくしと一つにおなりなさい》

頼朝《よりとも》は、大蛇に話しかけてみることにした。

「姉上、頼朝です。わたくしをごらんになれますか。一度もお会いできなかったわたくしのために、姉上の人としてのお姿を見せていただけませんか」

相手の歌うような調子は、まったく変わらなかった。

《頼朝、そなたも呑んであげる。わたくしと一つにおなりなさい》

「姉上、どうか、人としてのお姿をお見せくださいさい」

《わたくしと一つにおなりなさい》

埒《らち》が明かないようだった。大蛇の身になっては、対話は無理なのだとわかった。それでも、頼朝は語り続けた。

「姉上、わたくしは一つまちがいを犯しました。父上の冥福《めいふく》を祈《いの》り、兄上たちの冥福を祈り、自分のまわりで死んでいった忠義な郎党《ろうとう》のために冥福を祈っていましたが、心から祈れないことに気づきました。けれども、姉上の供養《くよう》をしようと思い立ったことが一度もなかったのです」

大蛇から返ってくる言葉は同じだった。

《わたくしと一つにおなりなさい》

気にしないことにして、頼朝は続けた。

「姉上は、これほどわたくしの身近にいらしたというのに。今も苦しんでいらしたというのに。わたくしは蛇《へび》だけを見て取って、恐《おそ》れ憎《にく》んでいたのです。大きなまちがいでした。それをさとったからには、今からでも、姉上に供養を捧《ささ》げたいと思います」

《呑んであげる。わたくしと一つにおなりなさい》

頼朝も今では腹が据《す》わった。声を強めて言った。

「けっして姉上と一つにはなりません。たとえ呑まれようとも、わたくしを同化することはできません。姉上に必要なのは、その冷たい水を忘れさせる炎です。姉上が水神の蛇になられたというなら、わたくしは火炎《かえん》の蛇になります」

こんな突拍子《とっぴょうし》もないことを、確信を持って言えるはずもなかった。勝手に口から飛び出したのだ。走湯権現《そうとうごんげん》の二頭の竜《りゅう》を思い浮かべ、湯坐《ゆえ》のおばばの気脈《きみゃく》の竜を思い浮かべ、そのまま想念が流れたのだった。

青白い大蛇は鎌首《かまくび》を引いて持ち上げたように見えた。獲物《えもの》にねらいをつけるしぐさだ。

走湯権現の加護《かご》を祈りつつ、頼朝は考えた。

（きっと姉上も、わしと同じく、気脈に白い竜がまさるお人柄《ひとがら》だったにちがいない。けれども、わしの体にだって赤い竜《りゅう》がいないわけじゃない。おばばどのもわしに、赤い竜をもっと見出《みいだ》せと言っていた。ここに赤い竜を呼べばいい。姉上とは反対になる竜を）

水神《すいじん》に喰《く》われるか否《いな》か、今こそ生死の瀬戸際《せとぎわ》だとさとった。頼朝《よりとも》が自分の中に父や義平《よしひら》と同じ赤い竜を見出せないなら、ここで虚《むな》しく消え果てるしかないのだ。

青白い大蛇《だいじゃ》の牙《きば》が、一瞬にして迫《せま》った。冷たく生臭《なまぐさ》い風が押し寄せた。そのあとは何が起こったのかよくわからなかった。

次に気がついたときは、頼朝の体は燃え立ち、大蛇の姿となって伸び上がっていた。尾の先ははるか遠くにあり、青白い大蛇と互角《ごかく》に長い燃え立つ蛇だ。だが、それを自分としながらも、いくぶんはそばでながめている感覚があり、そちらの頼朝は、激しく燃える体を少しもてあましていた。焔《ほむら》が実際に体から放たれ、背びれのように背筋《せすじ》に並んで立っている。ありえないことなので、この強烈《きょうれつ》な体温にとまどう。

万寿姫《まんじゅひめ》の大蛇は、呑《の》みこむ寸前に姿を変えた相手に驚き怒《いか》り、氷のような牙《きば》を突き立ててきた。しかし、火炎《かえん》をなびかせる鱗《うろこ》が覆《おお》った蛇体《じゃたい》には牙が通らない。それがわかると、相手は青白く冷たい胴体《どうたい》を巻きつけて絞《し》め殺《ころ》そうとした。

攻撃《こうげき》されると、本能のままに動く火炎の蛇は、同じ激しさでのたうって反撃《はんげき》にかかる。だが、かたわらにいる頼朝の意識のほうは、そうではなかった。

（闘《たたか》いに来たんじゃない。闘わなくてもいい。これは、自分なりに姉上を供養《くよう》する方法なんだ。姉上を我執《がしゅう》の苦しみから解放し、冷たい蛇からお救いする。それは同時に、わし自身も我執から解放することになるんだ……）

反撃にひるんだ万寿姫の大蛇は、巻きつけた体をほどいて逃げ出した。火炎の大蛇がその後ろを追いかける。ようやく追いついて体を巻きつけ、引き止めると、青白い大蛇は猛烈《もうれつ》な逆襲《ぎゃくしゅう》に出た。死闘《しとう》になっては困るので、頼朝の大蛇が逃げ出す。すると青白い大蛇が追いかける。ついに巻きつかれたので、やむなく反撃に出た。

そのくり返しだった。二頭の竜に見てきた、優雅《ゆうが》で儀式的《ぎしきてき》な舞にはほど遠いものだ。

けれども、それでも、相手とからみあうごとに、燃えさかる蛇体の熱が少しずつ奪《うば》われていくのを感じた。そのぶんだけ、万寿姫の大蛇のほうは温められているはずだった。

これもある意味では、一つになることかもしれないと、頼朝は考えた。

（だが、わしは呑まれてはいない。姉上とわしが、双方《そうほう》とも変質していくのだから。水神として荒《あら》ぶる力も、火神《かしん》として荒ぶる力も、中和されて穏《おだ》やかになっていくのだから）

双方が同じ体温になったあと、どうなるかはまったくわからなかった。しっかり考える暇などなかった。今はただその到達点《とうたつてん》をめざして、争い続けることしかできなかった。

追って追われて反撃することを、どれほど長く続けたか、それも忘れ果てそうになったころ、ついに相手の逆襲がにぶってきた。最初より動きが遅くなっている。「ぬるく」なってきたのだ。

しかし、それは頼朝の大蛇にも同じことが言えた。焔《ほむら》が小さくなり、体がだるく感じられる。鋭い突きはもう無理だし、それをかわすことも怪《あや》しかった。それでも宙を追いかけることはできると思い、追いすがって巻きつくと、相手の大蛇《だいじゃ》はとうとう襲《おそ》うのをやめた。巻きつかれても、胴体をくねらせてこちらをふり向こうとしない。

今や万寿姫《まんじゅひめ》の大蛇は、凄《すご》みのある青白い輝きを持たなくなっていた。ただ鱗《うろこ》の白さが際立《きわだ》つ色合いになり、それこそ真夜中の月に見える。頼朝《よりとも》の大蛇はまだ赤く輝いていたものの、すでに炎を上げることはなく、熾火《おきび》に似た赤さだった。熱を放出し切ったかのように見えた。

相手が逃げもせず攻撃《こうげき》もしないとわかり、頼朝は巻きつけた自分の体をほどいた。今なら届くと思って声をかけてみる。

「姉上、わたくしがここにいることをお感じになれますか。姉上にお会いしようとここへ来たことを、どうかわかっていただけますか」

月のように白い大蛇は、ゆっくり頭部を曲げてこちらを見た。蛇《へび》なので感情の動きは見て取れない。だから頼朝も、大蛇に今の言葉が伝わったのか、単に攻撃の隙《すき》をうかがっているのか、見分けがつかなかった。わずかも油断ができないまま、しばらくのあいだ見つめあった。

待っていたのに、万寿姫はなんの言葉も発しなかった。ただ、ふいに頭を背《そむ》けたと思うと、闇の中を全力で飛び去っていった。頼朝には、あとを追うことができなかった。白い大蛇にその余力があることにびっくりしたくらい、自分は力を使い切っていた。

（……とうとう最後まで、きょうだいの対話ができなかったな）

がっかりしたせいで、体がいっそう重く感じられる。もう動けなかった。

（わしのしたことは、本当にこれでよかったんだろうか。姉上は救われたんだろうか、救われなかったんだろうか。二度と人のお姿には戻れないのだろうか。そうだとしたら、わしもこの大蛇に成り変わったままなんだろうか……）

あれこれ考えたが、考えても答の出ないことばかりだった。

今や、広大な闇にいるのは頼朝の大蛇だけだ。しかし、大蛇の身はこれを淋《さび》しいと思っていなかった。とことん格闘《かくとう》をしてのけたことで、疲《つか》れてはいるがどこかすっきりしている。長いあいだ、これほど暴《あば》れることのできない身柄《みがら》だったからだ。

（わしが、隠していたからだろうな）

かたわらの意識では、なんとなくそう考えた。蛇体《じゃたい》の体温が下がってしまったので、次第に眠けが押し寄せてくる。回復するまで休むべきなのだ。頼朝は長い体を丸めて頭を垂れると、自分がどうなるかという心配も忘れ、闇の中で眠りに落ちた。

笛の音《ね》で目が覚めた。

草十郎《そうじゅうろう》が篠笛《しのぶえ》を吹《ふ》いている。何度も聞いたわけではないが、音色からすぐに察した。澄《す》んでいるのに柔《やわ》らかで、鳥の声やせせらぎの響《ひび》きになじんで聞こえる音色。彼でなければ出せない音だ。

頼朝《よりとも》は目を開けたが、見知らぬ場所に寝ていると思ってぎょっとした。あわててよく見ると、なんのことはない、見えているのは蛭《ひる》が小島《こじま》の新しい小屋の屋根裏だった。

（だけど、この家は屋根の上まで水に浸《つ》かったんじゃなかったか）

完全に水没《すいぼつ》した夜の光景を思い、それから自分が大蛇《だいじゃ》に変身したことを思い出した。急いで半身を起こすと、小袖《こそで》を着た自分のいつもの手足を驚嘆《きょうたん》するように見つめる。頼朝は元の人間に戻《もど》っていた。

（どうやって戻ったんだろう。それに、洪水《こうずい》はどうなったんだ。姉上はどうなったんだ。あれから草《そう》十郎《じゅうろう》と糸世《いとせ》は……）

小屋の明かり取りから、金色の光が射しこんでいる。外で小鳥たちがさかんにさえずっているので、早朝だと思われた。頼朝は立ち上がり、支障なく動けることを確かめてから、土間に下りて戸を開けた。

すがすがしく晴れわたった雨上がりの朝だった。梢《こずえ》から漏《も》れる光は澄《す》み切って輝《かがや》き、木々の青葉も草の青葉もたっぷりの水を吸って生気を増している。そんな木立に囲まれて、糸世が扇《おうぎ》を広げ、草十郎の笛に合わせて舞っていた。

若者姿の糸世は、袴《はかま》と袖《そで》が少々泥《どろ》で汚《よご》れており、前庭の舞台《ぶたい》にはあちこちに水たまりがあったが、水たまりは青い空を映《うつ》して、舞の美しさを損なうことにはならなかった。舞姫《まいひめ》は、初めて大空に飛び立った小鳥のように見えた。多彩《たさい》な世界に驚嘆《きょうたん》し、はばたきながら歓喜《かんき》している小鳥。見守っただけで頼朝には、草十郎と糸世が苦難をしりぞけたのがわかった。万寿姫《まんじゅひめ》は悪さをせずに去り、二人の憂《うれ》いはなくなったのだ。

ひとしきり舞った糸世が扇を納め、草十郎も笛を放すと、彼らは戸口の頼朝のもとに駆《か》けつけた。

「兵衛佐《ひょうえのすけ》さま、お体は」

「痛むところはありませんか。どこか打ったのでは」

頼朝は自信なく聞いてみた。

「わしはどうなったんだ。それに、洪水はいつ引いたんだ」

草十郎が表情をゆるめた。

「佐《すけ》どのが丘を飛び下りて、いくらもたたずに、嵐も洪水も消えてしまったんです。おれたちに迫《せま》るほどの水かさも、荒れ狂った風の音も、幻《まぼろし》だったようになくなりました。まだ小雨が残っていましたが、静かなものでした。そして、万寿姫もどこにもいなかった」

「わしをどこで見つけた？」

糸世がずっと黙《だま》っているはずはなく、今度は糸世が早かった。

「それほど苦労せずに見つけ出しましたよ。水に沈んだのは幻だったと気づいたので、二人で丘を下りながら捜したんです。もう暗かったけれど、注意深く手で探れば、兵衛佐さまがすべり落ちた跡《あと》は見つかりました。お体もまもなく。でも、気を失っていらして、家につれて戻《もど》ってもひと晩中目を覚まされなかったんです。大きなおけがはなさそうだったのに」

「大丈夫《だいじょうぶ》だ、どこも痛むところはないよ。そうか、気を失っていたのか」

体を捨てて魂《たましい》だけがあの空間へ飛び、火炎《かえん》の大蛇《だいじゃ》になったのかと、頼朝は内心驚いた。そういえば闇の中で、人としての自分の手足は一度も目にしなかった。

「意識がなかったのは、わしの中身だけが万寿姫《まんじゅひめ》に会いにいったからだよ」

極限をともに味わった二人なので、頼朝《よりとも》は自分の体験を隠さずに語ることにした。走湯権現《そうとうごんげん》の真の姿に関しては言及《げんきゅう》を控《ひか》えたが、途中《とちゅう》で権現の加護を願ったことははぶかなかった。

草十郎《そうじゅうろう》と糸世《いとせ》は真剣《しんけん》に聞き入った。二人とも、疑問を一切さしはさまない態度だった。頼朝が話し終えると、糸世がため息をついて言った。

「そうじゃないかと思っていましたけれど、やはり、最後は兵衛佐《ひょうえのすけ》さまが救ってくださったんですね。万寿姫がわたしたちから離れていったのを感じたんです。それはきっと、兵衛佐さまが思いやりを持っていらしたからだわ。あの子は初めて温められて、しこりを忘れることができたんでしょう」

頼朝にはまだ確信できなかった。

「だが、姉上はそう言ってくださらなかった。白い大蛇《だいじゃ》はただ去っていっただけで、どう感じていたかはわからないよ」

しかし、糸世は断言した。

「いいえ、迷いが晴れたからこそ黙って去ったと言えるんです。この世への執着《しゅうちゃく》をなくして、ふり返らずに行くべきところへ向かえたんです。そういうとき、霊《れい》はわき目もふらないものですよ。お別れを言ったら人間の情が残ってしまいます。これでよかったんですよ」

草十郎も、今朝はずいぶん晴れやかな顔をしていた。楽しげに言った。

「佐《すけ》どのは、おれたち二人の恩人ですね。どんなに感謝しても足りないくらいです。あなたのなさったことは、他のだれにもまねのできないことでしたよ。万寿姫を癒《いや》してくださったこともそうですが、昨晩起きたことは、ちょっとした夫婦の危機でもあったので」

「危機だったのか？」

「そうですよ。けれども、佐どのが丘から飛び下りたせいで、その後《ご》は二人とも頭から吹《ふ》っ飛びました」

頼朝は驚いて糸世を見やったが、妻のほうはすましていた。

「過ぎたことです。この程度のけんかを気にしたら、夫婦はやっていけません」

どの程度の危機だったにしろ、今しがた鑑賞《かんしょう》した舞《まい》と笛《ふえ》の調和を思えば、もとの鞘《さや》に収まっているのは確実だった。頼朝は、今こそ自分も肩《かた》の力を抜ける思いがした。三人は三人とも無事に生き延びたのだ。今はこうして、まばゆい日射しの下に立っていられるのだ。

だが、姉の万寿姫を悼《いた》むことも忘れてはならないと思った。

（これからわしは、姉上のために毎日経を読むことにしよう。供養《くよう》をずっと続けよう。何年たとうと、この弔《とむら》いをけっして忘れないようにしよう）

なぜなら、ゆうべは、頼朝の一部を弔ったのと同じだからだと、静かに考えた。

姉とともに闇を去ったのは、白い小蛇《こへび》に巻かれた白い竜《りゅう》のまさった頼朝だ。

今の頼朝は、土地神の咎《とが》めに怯《おび》えずに生きることができる。喰《く》われない自分がいることに確信が持てる。この世への絶望にのみこまれず、踏《ふ》みとどまることができる。

そして、父義朝《よしとも》に好かれないとひがむことも、もう、これからはしないですむのだった。


糸世《いとせ》の袋には、まだ食べ物が残っていた。三人が朝餉《あさげ》代わりにつまんでいるところへ、荷馬を二頭引いた日満《にちまん》と包みを背負った嘉丙《かへい》が、つれ立って姿を現した。村を出たところで行き会ったそうだ。前庭の木に馬をつないでから、日満が言った。

「まったく昨日はなんだったんでしょうな。馬どもが目をむいていやがって、へたをすると積み荷をだめにしそうだったので、近くの村へ引き返して宿を乞《こ》いました。今朝になったらおとなしいものです」

勝手に先に行ってしまった糸世を責めないところが、この人物の度量だった。嘉丙のほうは、昨日の異変を何一つ知らないことがはっきりした。

「いやいや、尼御前《あまごぜ》の反物《たんもの》に御利益《ごりやく》がありすぎまして。村人に馳走《ちそう》になってしまって、そのまま泊《と》まることに。帰りが遅くなってしまいましたが、糸世どのから差し入れをいただいていて、何よりでした」

ここまで図太いと、頼朝《よりとも》も草十郎《そうじゅうろう》も、もはや何を言う気も起こらなかった。嘉丙はこれで通していいのだろう。

日満の荷箱にも食料や必需品《ひつじゅひん》がつまっており、小屋は突然《とつぜん》豊かになったようだった。さっそくみんなでつつく鍋料理《なべりょうり》の用意をしながら、嘉丙がふと教えた。

「雨が続いたというのに、今朝は近くの川の水量が減ったと、村の人が不思議がっておりましたよ。この渡し場も静かなものです。ちょっと見ないことですな」
二、三日するうちに、静かな川ではすまないことがわかってきた。
蛭《ひる》が小島《こじま》を中州にした二本の川は、どちらも細くなっていた。特に浅瀬のある手前の川がひどく、すぐに川床《かわどこ》のあちこちがむき出しになり、やがては完全に涸《か》れてしまったのだった。

三

川が涸《か》れ、石ころだらけの窪《くぼ》みになってしまったころ、そこを横切って北条時政《ほうじょうときまさ》がやってきた。いきなりだったので、糸世《いとせ》がいなかったのは幸いだった。糸世と日満《にちまん》は支援《しえん》の第二弾を運ぶため、馬を引いて戻ったところだったのだ。

頼朝《よりとも》と草十郎《そうじゅうろう》、嘉丙《かへい》を見て、北条の領主は苦虫をかみつぶした顔で言った。

「おぬしたち、どうしてそんなに蛭《ひる》が小島《こじま》が好きなのだ。密厳院《みつごんいん》の別当《べっとう》どのが文《ふみ》をくださって、あきれてものが言えなかったぞ。梅雨が終わる前に気が知れん」

頼朝は言い返した。

「しかし、川はなくなってしまいましたよ」

「そうだ。こともあろうに、狩野川《かのがわ》の本筋が流れを変えたのだ。先ごろ上流で岸辺の崖崩《がけくず》れがあったそうだが、それが原因かどうかはよくわからん。もともと狩野川の下流は暴《あば》れ川で、ちょくちょく洪水《こうずい》になってはは川筋が変わっていたが、これほど大きく本流が動いたのは初めてだ。北条《ほうじょう》の丘の西側へ、蛭《ひる》が小島《こじま》を大きく迂回《うかい》して流れてしまった。丘の西側も、以前から支流のあった場所ではあるが、今ではそちらが大川に変わっている。元の川筋も残っているが、めっきり穏《おだ》やかだ。おぬしたちがわざわざここに戻ったせいだとしたら、たまげる他はないな」

「北条郷《ほうじょうのさと》を本流が流れなくなって、お困りなのでしょうか」

用心深くたずねると、時政《ときまさ》は奇妙《きみょう》な目つきで頼朝《よりとも》を見つめた。そして、少したってから口を開いた。

「低地がひんぱんに洪水に襲《おそ》われ、田畑や民家を置けないのが北条の悩《なや》みだった。だが、これからは耕せるようになるだろう。たぶん人も増えていくだろう。このあたりの葦原《あしはら》も、洪水地域でなくなるなら平坦《へいたん》でいい耕地に変わる。降ってわいた幸運と言いたいところだ。蛭が小島が中州ではなくなったことを抜《ぬ》きにすればな」

表面上は努めてさりげなく、頼朝はたずねた。

「では、再び住みかをどこかへやられるのでしょうか」

「この私が、二度目の家を移築したばかりで言えるか、そんな手間も費用もかかること。北条には、おぬしに与《あた》える場所がそんなにあり余ってなどいない。それに、第一おぬしは、葛見入道《くすみのにゅうどう》どのが下した試みに打ち勝ってしまったではないか。つまり、これが狩野川の大川主《おおかわぬし》の御沙汰《ごさた》だったというわけだ。あの日、伊東《いとう》の館《やかた》で話を聞いていた者なら、だれもがそう考えるだろうよ」

「はあ……」

時政が憤慨《ふんがい》しているのか賞賛しているのか、今一つわからず、あいまいな返事しかできなかった。だが、ひとまず安心できそうな気配だった。けっして住みやすい場所ではないが、なんとなく蛭が小島に愛着を感じ始めていた。また窮屈《きゅうくつ》な思いをする場所に変えられるのはごめんだった。

「ここに住み続けられるのなら、助かります」

また奇妙な目で見てから、時政は言った。

「おぬしはおかしな御仁《ごじん》だな。だが、伊豆の土地神《とちがみ》がお認めになったのだから、私がどうこう言う筋合いではない。これからは、できる限りの援助《えんじょ》もしよう」

「今までだって、していただきましたよ」

頼朝は、お愛想《あいそ》でなくそう言えることに気づいた。時政は豊かではない身ながら、いつもできる限りのことをしてくれたのだ。頼朝に好意を持っていなくても、これだけ世話をしてくれたのだから、たいしたものだった。

気持ちが和《やわ》らいだので、思い切ってたずねてみた。

「奥方《おくがた》が病《やまい》に伏《ふ》せっておられるとうかがいましたが、その後のお加減はいかがですか」

気に障《さわ》った様子もなく、時政はすんなり答えた。

「もともと病気がちでな。子ができてからめっきり弱くなった。これはいつもの病《やまい》なのだ。もしかすると長く生きられないかもしれないが、今すぐのことではない」

姫《ひめ》はあれほど威勢《いせい》がいいのにと思うと、奥方《おくがた》にも子どもにも気の毒だった。

「走湯山《そうとうさん》のお社《やしろ》で、姫君をお見かけしました。今も、あちらにおいでですか」

「つれて帰るために、これから私が出向くところだ。淋《さび》しい思いをさせてしまったからな」

時政《ときまさ》はそう言って屋敷《やしき》に戻《もど》っていった。

北条《ほうじょう》の領主が立ち去ってから、頼朝《よりとも》は草十郎《そうじゅうろう》に言った。

「この件を、わしが土地神《とちがみ》に認められたと、地元の人たちはそんなふうに受け取るんだな。実際は、そういう問題じゃなかったのに」

「そういう問題かもしれませんよ」

草十郎は気楽に言った。

「佐《すけ》どのが、洪水を起こす川をねじ伏せて遠ざけられたんですからね。人々が土地神のご意志と感じるならば、佐どのは、伊豆の住人として認められたということですよ。晴れて地位を勝ち取ったんです」

「わしは、流罪人《るざいにん》だよ」

「佐どのが罪を犯したと思っている者は、一人もいませんよ。それに東国《とうごく》では、京《みやこ》でどう判決された人物かは、本当はどうでもいいんです。くだらない場合もよくありますから」

糸世《いとせ》たちの二度目の荷物が届くと、材料にも事欠かなくなったので、草十郎《そうじゅうろう》は再び弓矢を作り始めた。蛭《ひる》が小島《こじま》には、以前のような暮らしぶりが戻ってきた。

梅雨も明けて、本格的な夏の日射しが降りそそぐようになっていた。こうなると、元の川の流れも少しばかり恋《こい》しかった。だから、裏手の流れが完全に涸《か》れなかったのは、とてもありがたいことだった。水量は減って流れの静かな川になっていたが、前なら手前の川で行っていた水浴びを、今はこちらで行うことができた。水汲《みずく》みや洗濯《せんたく》も、家の近くに流れがあるほうが便利だ。

そして、これまでになかったことだが、涸れた川の対岸で村人を見かけることが増えてきた。忌《い》み嫌《きら》うことをやめてしまえば、かえって好奇心《こうきしん》がわいて様子を見にくるものらしい。

嘉丙《かへい》はすでに顔見知りが多かったので、積極的に相手をしていると、畑の青物を届けにくる者まで現れた。これまで言葉を交わしたことがなかった頼朝も、今は挨拶《あいさつ》を交わし、ひと言ふた言しゃべるようになった。

そんなある日の昼近くだった。頼朝と草十郎が前庭にいたとき、村娘姿の糸世が駆《か》けこんできた。

「涸れ川の向こう岸を、大きな馬に乗った仁王《におう》さまみたいな人が、こちらに向かってくる。たった一騎《いっき》だけど、一人で十人くらい倒《たお》しそうな人。兵衛佐《ひょうえのすけ》さま、あの人危険じゃありませんか」

頼朝と草十郎は顔を見あわせた。草十郎が糸世に言った。

「一人なら、ふつうは襲撃《しゅうげき》じゃないだろう。そんなに凶悪《きょうあく》な面《つら》がまえなのか」

「歴戦の武者《むしゃ》って感じではあるわ」

穏《おだ》やかでないので、頼朝《よりとも》と草十郎《そうじゅうろう》は渡《わた》り場があったあたりへ出ていって、相手の様子をうかがうことにした。訪問者はちょうど対岸から馬を進めたところだった。頼朝たちが見れば、素性《すじょう》はすぐわかった。狩野《かの》の領主であり、伊豆武士団頭目《とうもく》の狩野茂光《かのうもちみつ》だ。仁王と評した糸世《いとせ》の表現が言いえているので、頼朝は笑いをこらえた。けれども、郎党《ろうとう》もつれずにこの人物がやってきたのは驚《おどろ》きだった。

島の岸に上ると、狩野の領主は馬から下りた。乗る男の巨体《きょたい》にふさわしい、太い胴《どう》とたくましい脚《あし》をした鹿毛《かげ》の牡《おす》で、じつに見事な馬だった。草十郎は心を奪《うば》われたように馬を見つめ、頼朝も見とれそうになって、あわてて領主に注意を戻した。

「このような場所へわざわざのお越《こ》しを。狭《せま》い住みかですが、どうぞ中へ」

茂光は割れた太い声で答えた。

「なに、ここでかまわん。おぬしの顔をちょっと拝《おが》みに寄っただけだ。それと、干上がった川を見にな」

「何ゆえ」

頼朝はいぶかったが、茂光は自分の言葉どおりにして、しげしげと頼朝の顔に見入った。

「伊東の館以来だが、あのとき見かけたおぬしよりは、少々たくましくなっているようだな。それでも色が白いし豪傑《ごうけつ》には見えないが、一人前の男には見える」

「あちらの館とはちがって、ここにはすることがたくさんありますから」

茂光は濃《こ》いひげの中でにやりと笑った。

「土地神を打ち負かすこともその一つか。いやいや、わしはどうやらおぬしを見くびりすぎていたようだ。どう見えようとも、お血筋は争えんな。しかし、どのようなことをして川をどかしてしまったのか、おぬしの成《な》したことの見当がつかん」

頼朝は口ごもった。

「それは……うまく言うことができません。川の流れを変えるつもりはなかったのです」

「まあいい。とにかく、これほど明らかな神意《しんい》を見せつけられたからには、おぬしに手出しできる者はいないだろう。おぬしがそこまでの器《うつわ》とは、だれも考えもしなかった。これには詫《わ》びを言わねばならん、すまなかった」

茂光はてらいもなく言った。大きな地声で無遠慮《ぶえんりょ》にものを言う人物ではあったが、そのぶんよけいな気取りも持っていないようだった。

頼朝がどう返答しようか迷っていると、狩野の領主ははやばやと再び馬にまたがってしまった。これを言うためだけにやってきたらしい。それから、ふと気づいたように馬上から声をかけた。

「兵衛佐《ひょうえのすけ》どの、そのうち狩野の牧《まき》を見にこないか。ここより上流の山あいだが、何十頭も馬を育てておる。見たくないか」

これには、頼朝も素直《すなお》に答えられた。

「それはぜひ、拝見したいものです」

「もしも気に入った馬がいれば、進呈《しんてい》してもいいぞ。詫《わ》びのしるしだ」

最後にそう言い残すと、茂光《もちみつ》はたづなを繰《く》って去っていった。

その馬上姿を見送りながら、頼朝《よりとも》は思わずつぶやいた。

「信じられない。このわしに、本当に馬をくださるおつもりだろうか」

「道筋ができましたね」

後ろで草十郎《そうじゅうろう》が静かに言った。けげんに思ってふり返ると、草十郎は何か思い当たった表情をしていた。

「道筋ってなんだ」

「いずれ佐《すけ》どのが、伊豆武士団を配下に置くための道筋です。おれたちは、もう糸を結んでいるんですよ。未来の糸につながる糸を。たぶん、もう大丈夫《だいじょうぶ》です」

頼朝にとっては面《めん》くらう発言だった。

「そなたは、今でもたまにとんでもないことを言うな。そんな大それたもの言いが、どこから出てくるんだ」

変わったことを口にするときはたいていそうだが、草十郎は説明しようとしなかった。ただふかぶかと息をついて言った。

「将来きっとおわかりですよ。今は、おれが胸をなで下ろしたってことだけ、わかってくだされば」

頼朝は拗《す》ねたくなった。

「わしは、そなたに包《つつ》み隠《かく》さず、大蛇《だいじゃ》になったことすら打ち明けたのに、そなたときたらすぐに秘密を作る」

「申しわけありません」

あやまりながらも、草十郎は笑っていた。拗ねたのがおかしかったらしい。こんなふうに突《つ》っかかることは、以前の頼朝にはできないことだった。前より表情が豊かになり、自分の感情をさまざまに示すようになっていたのだ。これも最近のことだった。

村人との交流ができ始めたので、頼朝《よりとも》も、ときには嘉丙《かへい》といっしょに村まで出かけることにした。草《そう》十《じゅう》郎《ろう》がそうするよう勧《すす》めたのだ。

糸世《いとせ》と日満《にちまん》はこのところ、日満が泊《と》まって顔見知りとなった村人に宿を借り、そこから蛭《ひる》が小島《こじま》に日参するようになっていた。けれども、草十郎自身はけっして村に出ようとしなかった。何か思うところがあるらしい。

村人は気さくに嘉丙を迎《むか》えたが、頼朝にはうやうやしい態度を取った。崇《あが》めるような扱《あつか》いにとまどったが、直接言われはしないものの、陰《かげ》で「大蛇《だいじゃ》を退治したお人」とささやかれているようだった。これはかなり照れくさかった。過大評価にも思える。

畑の作物をみやげに持たされ、嘉丙と葦原《あしはら》の帰り道を歩くうちに、まだ慣れない頼朝の気持ちも上向いてきた。誤解による過大評価があるにしても、他者に歓迎《かんげい》されたのは久しぶりだった。やはり心温まるものだ。

顔を上げ、丈《たけ》高い草の原を見晴らし、夏の森が黒々と覆《おお》った中央の山地をながめた。わた雲が浮く空から日射しがそそぎ、むせるような草いきれがあたり一面に青くさく満《み》ちている。草の葉を揺らして細道を歩くと、野ウサギなどが走って逃げていく。

来たばかりのころは違和感《いわかん》を持った風土も、今ではかなり見慣れていた。大地も水も人も、いとも簡《かん》単《たん》に動いて変化していく国。神々が、地下でさかんに呼応《こおう》している国——伊豆国《いずのくに》。何ものも定着しないような、土地そのものが持つ荒々《あらあら》しさは、京《みやこ》では知ることのできない躍動感《やくどうかん》にもつながる。

ここで生きるなら、頼朝《よりとも》が自分を変えていくこともふさわしいように思えた。今もこれからも、思いもよらない変わり方をしていくのかもしれない。それもまた、おもしろいことではないか。

（わしは、どうやら西伊豆の住人になれそうだ。ようやくそんな気がしてきた……）

そのとき、嘉丙《かへい》が突然《とつぜん》言った。

「あれは何やつでしょう。涸《か》れ川のこちら側に、馬と武士がおりますぞ」

頼朝も、馬の体が見えるのに気がついた。栗色《くりいろ》の体色に少し白い毛が混じる、栗糟毛《くりかすげ》のようだ。乗り手は鞍《くら》を下り、蛭《ひる》が小島《こじま》のほうをながめながら立っている。

「狩野《かのう》どのに続いて、今度はだれかな」

「もしや、兵衛佐《ひょうえのすけ》どのの敵、河津《かわづ》の大将では」

頼朝はどきりとした。武士団頭目が親しげな態度を見せたのはうれしかったが、伊豆の一族にはまだ伊東《いとう》の親子がいるのにと、何度も考えていたのだ。

もう少し近づくと、確かに河津三郎祐泰《かわづさぶろうすけやす》だとわかった。背が高く肩幅《かたはば》もあるが、若者らしく落ち着きのない身じろぎをしている。一騎《いっき》で来たように見えるが、この人物の場合は草の中に伏兵《ふくへい》がいてもおかしくなかった。だが、たとえそうであっても、自分の住みかの前で引き返すのはしゃくだった。

「行こう。まさかここで悪さはできないだろう」

そう言って嘉丙をふり返ると、すでに消え失せていた。相変わらずすばやいものだった。

一人で進んでいくと、河津三郎も気づいた。向きなおって頼朝だと確認し、どこかほっとした表情を浮かべる。

「なんだ、出かけていたのか」

「蛭が小島になんの用だ」

厳しくたずねると、河津三郎も胸を張りなおした。

「正々堂々と、あやまりにきた」

えらそうに言われたので、頼朝は一瞬意味を取りかねた。目をまるくしてしまう。

「えっ……」

相手はかまわず言葉を続けた。

「この前の非礼は大変すまなかった。長老さまはおぬしを、左馬頭義朝《さまのかみよしとも》どのをしのぐ傑物《けつぶつ》だろうと断言なさったよ。もうちょっかいは出すなと。だけど、おれは長老さまがおっしゃる前から、この前のことは悔《く》いていたんだ。おぬしは、大蛇《だいじゃ》の洞窟《どうくつ》から生きて戻《もど》ったじゃないか。手助けできないよう縛《しば》ったはずのおぬしの従者も、いつのまにか消えていたし。それがわかったときから、これはただ者じゃないと思い始めたんだ」

頼朝《よりとも》は驚いていたが、用心して厳しい口調をゆるめなかった。

「一応詫《わ》びは受けておく。用はそれだけか」

「ええと」

河津三郎《かわづさぶろう》はためらってから、それまでより自信なく言った。

「もしよかったら、そっちの一番得意とする分野で、あのときの勝負をやりなおしてもいいですよ。それがなんだろうと、負けた罰《ばつ》がなんだろうと、おれは逃げないことにします。兵衛佐《ひょうえのすけ》どの」

自分でも意外なことに、頼朝は笑いがこみ上げてきた。

「そなたが兵衛佐どのと言うとおかしい。頼朝でいいよ。前にもそう言っただろう」

「そういうわけにはいかんよ。今は下手《したで》に出ないと」

河津三郎は答えたが、笑った頼朝を何やらまぶしそうに見やった。頼朝の次の言葉は、ごく自然に出てきた。

「わしはそれよりも、そなたに相撲《すもう》の稽古《けいこ》をつけてほしいよ。京《みやこ》でも教わらない巧《たく》みな技《わざ》だった。わしもぜひ身につけたいと思ったんだ。それから、そなたの仲間とも知り合いになりたい。年ごろが同じくらいなんだから」

　これを聞くと、河津三郎の顔がにわかに明るくなった。

「本当に、仲間をつれてまたここへ来てもいいか？」

「いいよ。北条《ほうじょう》どのに断っておいてくれさえすれば」

　うれしそうに河津三郎は言った。

「稽古をつけるのはまったくかまわんよ。おれは、今年になって東伊豆で相撲に負けたことが一度もないんだ。そのうち、伊豆国《いずのくに》一番になってやるつもりだ。だから、おぬしが相撲でおれに負けたのは、少しも恥《はじ》なんかじゃない。それどころか、見かけのわりにしぶといなと、密《ひそ》かに感心していたくらいだ」

　お互《たが》いに硬《かた》さが取れると、若い同士は打ち解けるのが早かった。頼朝は、敵対していてさえうっすら感じたとおり、この人物は素朴《そぼく》で明るい性質だと知った。

　河津三郎は、立ち入った身内の話まで頼朝に打ち明けた。

「おぬしが、おれの父を悪く思うのは当然だ。だが、伊東《いとう》の大叔父《おおおじ》の死があまりに急だったから、葛見《くすみの》荘《しょう》の住人にもあれこれうわさを流す者がいて、父はいろいろ必死だったと思う。おれの父は、もともと長老さまの嫡子《ちゃくし》の嫡子なんだよ。でも、幼いうちに父親が死んでしまい、長老さまの家督《かとく》は祐次大叔《すけつぐおおお》父《じ》にゆずられた。父は河津郷《かわづのさと》で育てられ、河津郷をもらった。

　けれど、祐次大叔父は、長老さまと後妻の連れ子のあいだにできた息子だった。家督《かとく》を継《つ》ぐ権利なら、父のほうが正統だったんだ。だから、伊東の館を奪《うば》い返す機会をねらっていたと言われても、嘘《うそ》じゃないかもしれない。ただ、手を下したのが父だとは、おれはぜったいに信じないがな」

「そうだったのか」

頼朝《よりとも》は、今ようやく伊東祐親《いとうすけちか》の心情がわかるような気がした。すでに、地元の人から毒殺したのではとささやかれていたのだ。そこへもってきて頼朝が、面と向かって祐親が殺したと言ったものだから、のちのちまでしつこく亡きものにしようと図ったのだろう。

（わしも、完全な証拠《しょうこ》を見ないまま、言ってしまったことではある……）

人殺しをなすりつけられそうになったのだから、今でも祐親の顔を見れば平静ではいられないだろう。しかし、西伊豆と東伊豆に離れて暮らせば、忘れていることはできる。河津三郎《かわづさぶろう》に免《めん》じて、下手人《げしゅにん》が祐親かどうかは留保してもいいとさえ考えた。

河津三郎が帰っていったあと、頼朝は気持ちが晴れていることに気がついた。これまでのことをしこりに思わず、彼やその仲間とつきあう自分に、今は自信が持てそうな気がしたのだ。

（……友人ができるかもしれない）

それは、戦《いくさ》が勃発《ぼっぱつ》する一年前に母が亡くなって以来、一度も考えていないことだった。父義朝《よしとも》に指示された年配の郎党《ろうとう》に、初陣《ういじん》の準備と称《しょう》してしごかれて過ごしたのだ。同年代の武家の若者とつきあう暇《ひま》などどこにもなかった。河津三郎が仲間をつれて訪れるときが、ずいぶん楽しみになった。

それから数日たってのことだ。

夕餉《ゆうげ》をともにした糸世《いとせ》と日満《にちまん》が村に帰る前に、草十郎《そうじゅうろう》と糸世が、改まった態度で頼朝《よりとも》の前に並んで座った。

「佐《すけ》どの、お話ししたいことがあります」

どうしたのかといぶかっていると、草十郎は告げた。

「これから何日後かはわかりませんが、近いうちに、佐どのの本当の乳母《めのと》どのとその娘夫婦がここへやってきます。おれたちの役割は終わりました。そのときを機に、入れ替《か》わって姿を消すつもりです」

「行ってしまうのか」

一気に胸が沈《しず》んだ。とはいえ、少し前から、こんなことを言われる予感がどこかにあったのだった。草十郎が「胸をなで下ろした」と口にしたとき、頼朝もかすかな気配を感じ始めていた。だから、寝耳《ねみみ》に水の衝撃《しょうげき》とは言えない。それでも、つらさやるせなさが軽くなるものではなかった。

「どうしても、行ってしまうのか」

草十郎はすまなそうな顔をした。

「お名残惜《なごりお》しいのは、おれも同じです。けれども、佐どのが力をふるってくださったおかげで、おれと糸世はようやく影から解放されました。これからは、所帯を持つこともかなうでしょう。まずはその場所を探したいと思うのです」

「伊豆ではだめなのか」

「伊豆は無理でしょう。真《しん》の藤九郎《とうくろう》どのにも気の毒です。今まで、なるべく村人に顔を知られないよう努めてはきましたが、このあたりに住めば、必ず人々のうわさになって広まります」

頼朝《よりとも》は、まだあきらめ切れずにいた。

「どこまで行くつもりなんだ。もう、わしは二度とそなたたちに会えないのか。べつべつの道を行ってしまうのか」

草十郎《そうじゅうろう》はなだめるように言った。

「これっきりではありません。どこに住むかが決まっていないので、しばらくあちこち旅をするかもしれません。けれども、また佐《すけ》どのにお目にかかるため、いつか必ず二人で伊豆を訪れますよ」

何も言えずにいると、糸世《いとせ》が口を開いた。

「お別れは悲しくて、今から泣いてしまいそうです。わたし、兵衛佐《ひょうえのすけ》さまと過ごせて本当によかった。救っていただいたことに何より感謝しておりますが、そればかりでなく、あなたはとても稀《まれ》なおかたです。おそばに住むことができれば一番よかったのに」

糸世が泣きかけるので、頼朝も涙《なみだ》ぐみそうになった。しかし、糸世が嘆《なげ》いているせいで、かえって言うことができた。

「そなたが悲しんではいけない。これからは、気がねなく草十郎といっしょにいられるんじゃないか。そなたたちにとっては、これはうれしい旅立ちだろう。わしも、つらいと思ってはいけないんだ、本当は」

濡《ぬ》れた目をぬぐって、糸世は言った。

「兵衛佐さまは、そのうちわたしたちのことをお忘れになります。わたしたちは影のように消えて、最初からいなかったもののようになるでしょう。あれは夢を見たのかとお思いになるでしょう」

「忘れるはずないだろう」

　頼朝は声を強めた。これほどの事情を分かちあった二人を、忘れると思うほうがどうかしている。糸世はそれを否定しなかったが、うなずきもしなかった。

「忘れてくださってかまわないんです。わたしは、そして草十郎は、けっして兵衛佐さまを忘れませんから。だから、安心してお忘れください。わたしたちがどこの空の下に暮らそうとも、伊豆にいらっしゃる兵衛佐さまを思いやっています。そうすれば、いつかは再会できますから」

　草十郎も口を添《そ》えた。

「佐どのは、もう十分お強くなられました。これからは地元の人々に慕《した》われて、新しいご自分の道を行くことができます。新しい人々と気持ちよく暮らすためにも、おれたちのことはいっときお忘れください。そして、また会えたときに思い出してください」

　そういうことかと、頼朝も納得した。二人が忘れていいと言う意味がのみこめた。別れが必然のなりゆきならば、後ろばかり見て、むやみに引きずってはならないのだ。

「わかったよ。それでも、この残念さを打ち消すのは無理だろうが、もう何も言わないことにするよ」

「ありがとうございます」

頼朝《よりとも》の言葉に、草十郎《そうじゅうろう》はかすかにほほえんだ。

「おれたちも何も言わないことにします。あと少しの日々を暗くしたくないので、お互いにいつもと変わりなく、これまでと同じ調子で暮らしましょう。そして、そのときが来たら、お別れを言わずに消えるつもりです。別れ際に改まると、つらくて行けなくなるので」


ある日の午後だった。涸《か》れ川の向こう岸に、馬に乗った人々が数名、荷馬が数頭、徒歩《かち》の従者や人足をそれぞれにつけて、一列になって足を止めた。

人声がするので、もしやと思って頼朝《よりとも》が前庭から出ていくと、人々が馬から下りて蛭《ひる》が小島《こじま》へ向かおうとしていた。勝手を知らないらしく、元の渡り場に来る前に歩きにくい川床に下りようとしている。

女人《にょにん》の姿も二人ほど見えたので、頼朝は自分から渡り場を渡って会いにいくことにした。

対岸に上がったとき、薄布《うすぬの》を垂らす市女笠《いちめがさ》を被《かぶ》った壺装束《つぼそうぞく》の女人が近づいてきた。裾《すそ》をたくし上げた旅姿だが、着物に京風《みやこふう》の匂《にお》いが感じられる。小柄《こがら》な丸い体つきをしており、すでに年配なのは柄《がら》や配色で見て取れた。

「兵衛佐《ひょうえのすけ》さまでいらっしゃいますか」

やはり、お宇野《うの》だった。尼僧《にそう》になってはいなかったのだ。

「お宇野。こんなところまで、よく」

「お会いしとうございました」

笠の中に見ても、お宇野の顔からは、かつての柔らかなほおの線が失せているのがわかった。年月がたったのだと思わせる。それでも、すぐに心によみがえる懐《なつ》かしい声と懐かしい目鼻立ちだった。

「兵衛佐さま、よくぞご無事なお姿で。こんなにお背も高くなられて。荒々しい辺境でお一人になられて、どのようにお過ごしかとどれほど案じたことか。夫が拝領した土地が武蔵国《むさしのくに》にあるので、思い切ってこちらに出向くことにしたのですよ」

本物のお宇野もすすり泣いた。尼御前《あまごぜ》の美しさは持っていないが、幼い頼朝をよく知っている者の流す涙は、負けずに強く心を打った。

「泣かないでくれ。わしはこの場所でなんとかやっているのだから。このごろは、土地の人にも親しくする者ができ始めたところだよ」

「なんとも健気《けなげ》なお言葉です。宇野にはお気の毒でなりません。あなたさまともあろうおかたが、このような粗末《そまつ》な暮らしをなさるとは」

頼朝は少し困った笑みを浮かべた。すっかり自分がかえりみなくなった光景を、乳母《めのと》はいまだに頼朝の周囲に見ているのだ。

「お宇野、健気とは言わないだろう、わしはもう元服《げんぷく》した男だよ。来てくれ、狭《せま》くて汚《きたな》い家ではあるが、足を休めることくらいできるから」

お宇野は家へ向かおうとしなかった。

「めっそうもないことでございます。このわたくしが、兵衛佐《ひょうえのすけ》さまからもてなしをお受けするなどとは。ここへ参ったのは、京《みやこ》から携《たずさ》えた荷を少しお届けしたかったのと、ともに下ってきた娘夫婦をご紹介《しょうかい》したかったからなのです」

涙をぬぐったお宇野《うの》が、ふり返って手招きすると、若い男女がつれ立ってそばに近づいてきた。

「わたくしの上の娘と、婿《むこ》の藤九郎盛長《とうくろうもりなが》です。今後は、この二人も東国《とうごく》で暮らそうと考えているのです。そして婿どのは、兵衛佐さまにお仕えしたいと申し出ております」

（藤九郎盛長……）

頼朝《よりとも》は、すでに草十郎《そうじゅうろう》が語っていた名の男を見やった。若いといっても、草十郎よりずっと年上だった。おそらく二十代後半、どちらかというと北条《ほうじょう》の領主くらいの年格好だ。頑丈《がんじょう》そうな体つきだが、京《みやこ》で長く暮らした者の匂《にお》いもあった。

「お初にお目にかかります、藤九郎と申します。なんなりとご身辺の用を申しつけていただきたく参上いたしました。下働きでもなんでもこなす所存です」

声はほがらかで、てきぱきとものごとを片づけそうな男だと感じた。お宇野の娘のほうは、消え入るように挨拶《あいさつ》し、言葉がほとんど聞き取れなかった。はにかんでしまうのか、笠《かさ》の垂れ布もほんの少ししかもたげない。これまた糸世《いとせ》とはまるでちがう娘だった。

お宇野は、宿をすでに決めてあると言って、とうとう最後まで立ったままですませた。荷を下ろしてしまうと、馬に乗って去っていく。義母と妻を確かな宿に落ち着かせるため、藤九郎も今はいっしょに戻《もど》り、翌日改めて会いにくることになった。

一人で家に入ると、嘉丙《かへい》が土間にたたずんでいた。新しい物資が来たというのに興奮も見せず、なんともしょげた姿だった。

頼朝ははっとしてたずねた。

「草十郎は」

嘉丙はかぶりを振《ふ》った。

「消えましてございます。糸世どのも、もう来ることはないでしょう」

（言葉のとおり、黙って立ち去ってしまったか……）

覚悟《かくご》していたとはいえ、喪失感《そうしつかん》はやはり大きかった。狭《せま》い屋内がいきなりがらんとして見え、空虚《くうきょ》さが漂った。

けれども、しいて嘉丙に言った。

「淋《さび》しがってはだめだよ。あの二人にとっては、幸せに向かうための出発なんだから。われわれも喜んで別れてやらなくては」

（……そして、ここには、新しく本物の藤九郎がやってくる）

心配したほど気の合わなそうな人物ではなかったと、頼朝は考えた。これからの頼朝は、藤九郎の人《ひと》柄《がら》になじみ、藤九郎になんでも打ち明けるようになり、分かちあうものを多く作りながら暮らしていくのだろう。それが元からの道筋だったのだ。

けれども、この場で嘉丙《かへい》に伝えるのはやめておくことにした。最初は不機嫌《ふきげん》になるのがわかり切っていたのだ。お互いがなじむまで、しばらくはごたごたも起きるだろうが、そのときはそのときだった。

この日の残りと翌朝、頼朝《よりとも》は、住みかのあちこちや空き地や丘を見まわって過ごした。

草十郎《そうじゅうろう》は、あきれるほど跡《あと》を残さずにいなくなっていた。草十郎の手作りの弓も道具も見当たらず、完全すぎて恨《うら》めしくなってくるほどだ。糸世《いとせ》が以前、草十郎を鳥のような人と評していたが、そのとおりだと思えた。最初からいなかったか、空に飛び去ってしまったかのようだ。

（わしに記念の品を一つくらい残そうと、考えてはくれなかったのか）

忘れてくださいと、口々に言ったほどの者たちなのだ、あえて残すはずがない。それでも、自分は何も持っていないと思うともの足りなかった。このままなしくずしに、彼らが夢になってしまうのはつらかった。

頼朝は虚《むな》しく家に戻ったが、けんめいに気を紛《まぎ》らせ、お宇野《うの》に礼の文《ふみ》の一つも書こうと思いついた。そして、新しい硯箱《すずりばこ》の蓋《ふた》を開けたとき、思わず笑みが広がった。

硯のわきに、柘植《つげ》の櫛《くし》が一つ潜《ひそ》ませてあった。

頼朝が懐《ふところ》に入れて歩き、草十郎が洞窟《どうくつ》で大蛇《だいじゃ》に投げつけた、糸世の櫛にとてもよく似ている。これがお守りになると同時に記念の品だとは、彼らと頼朝にしかわからないことだった。

（……ありがとう）

手に取った櫛の歯の向こうに、草十郎と糸世の笑顔が浮かんで見えた。

二人はきっと、伊豆で起きたことを忘れたりしない。二人はきっと、頼朝に会いにくる。そのときには、草十郎と糸世によく似た子どもをつれてくるかもしれない。

頼朝は大きく息をついた。心が軽くなった安堵《あんど》のため息だった。そして、柘植の櫛を大切に懐に収めると、お宇野のために墨《すみ》をすり始めた。

あとがき

この物語は、伊豆《いず》に流された源　頼朝《みなもとのよりとも》を主人公に、彼《かれ》が十五歳《さい》のときの話です。
そして『風神秘抄《ふうじんひしょう》』（徳間書店）の主役、草十郎《そうじゅうろう》と糸世《いとせ》が重要な役わりを果たすので、『風神秘抄』のその後の話にもなっています。

伊豆に在住していた豪族《ごうぞく》たちの姿は、『伊豆武将物語』（小野眞一著・文芸社）を参考にさせていただきました。大蛇《だいじゃ》が住む淵《ふち》や洞窟《どうくつ》の逸話《いつわ》も、この本の記載《きさい》にヒントをいただきました。

伊豆の土地柄《とちがら》を考える上では、『伊豆の大地の物語』（小山真人著・静岡新聞社）がたいへんおもしろかったです。地質学者さんの本です。

伊豆半島は、四千万年前に土台ができたとき、南に千キロ以上離《はな》れた火山島だったそうです。その火山島が、海底プレートの移動にのって北上して、本州と衝突《しょうとつ》して半島になったのだそうです。今の形になったのは、六十万年ほど前のことです。

伊豆半島には、衝突の激しさを示し、その後も続いた火山噴火《ふんか》の激しさを示す、稀《まれ》な岩や地層があちこち見られることを写真に載《の》せた本でした。伊豆の資料を探していて、一番興味がわきました。

また、熱海《あたみ》の伊豆山《いずさん》神社に伝わる二頭の竜《りゅう》の縁起《えんぎ》を、私が最初に知ったのは、研究者阿部美香さんからいただいた『走湯山秘訣《そうとうさんひけつ》絵巻』（文・阿部美香　絵・中村芳楽）です。ご紹介《しょうかい》くださったことを、深く感謝しています。

糸世《いとせ》が歌う今様《いまよう》は、すべて後白河法皇《ごしらかわほうおう》が編纂《へんさん》して現在に残る『梁塵秘抄《りょうじんひしょう》』（新潮日本古典集成・新潮社）に載《の》っているものです。この時代の東国を知る面で、『曽我《そが》物語』（新潮日本古典文学全集）も参考になりました。

主なものだけ挙げましたが、この他にもさまざまな本が参考になりました。

登場人物の中に、北条時政《ほうじょうときまさ》の小さな子ども、真奈《まな》と丹生丸《におまる》がいます。

真奈は、のちの頼朝の妻北条政子《まさこ》、丹生丸は、頼朝が三十四歳で平氏打倒《だとう》に旗揚《はたあ》げしたとき、参戦して「石橋山《いしばしやま》の戦い」で戦死した北条宗時《むねとき》を想定しました。幼名はわからないので、想像で呼んでいます。北条政子は頼朝の九〜十歳年下ですから、今はまだこんなに小さいのです。

河津三郎《かわづさぶろう》は、曽我のかたき討ちで有名な曽我十郎《じゅうろう》、五郎《ごろう》兄弟の、殺されたお父さんです。文武両道に優れ、美男で、相撲《すもう》がたいへん強かったことが『曽我物語』に語られています。この人の年を数えると、頼朝の同い年くらいになるのでした。

お宇野《うの》の呼び名も、私の想像です。頼朝を訪ねてきた乳母《めのと》は、歴史書では比企尼《ひきのあま》と記される女性です。比企尼が娘婿《むすめむこ》の安達藤九郎盛長《あだちとうくろうもりなが》をつれてきたのは史実であり、盛長はのちに鎌倉《かまくら》幕府重臣となりました。

嘉丙《かへい》は、私が創作した登場人物です。熱田神宮《あつたじんぐう》の母方の叔父《おじ》が、伊豆へ流される頼朝に付き人をつけてくれたことは、他本で見ましたが、たぶん、伊豆に送り届けたら帰っていったでしょうね。

嘉丙の人物像は、遊芸人《ゆうげいにん》や行商職人などが神社に居ついて下働きになった、神人《じにん》と呼ばれる人たちをイメージしています。根っこは遊芸人に近く、社会の最下層にいた人々なのです。


作品を仕上げるにあたって、徳間書店児童書局の上村令《うえむられい》さん、文章チェックの盛山典子《せいやまのりこ》さんにはたいへんお世話になりました。カバーイラストは「勾玉《まがたま》三部作」(徳間書店)と『風神秘抄』に引き続き、絵本作家いとうひろしさんが描《えが》いてくださいました。うれしかったです、どうもありがとうございました。

『あまねく神竜《しんりゅう》住まう国』というタイトルは、伊豆を意味するに限らず、日本全土に言えると思いながらつけました。私たちの国の大地には、地下に生きた竜《りゅう》がいる。だから、築いた何ものも持続しないと、思い知るのが国民性になっている。最近はそう思えてなりません。

二〇一五年一月

荻原規子《おぎわらのりこ》

【あまねく神竜《しんりゅう》住まう国】

荻原規子作

288p, 19cm, NDC910
あまねく神竜《しんりゅう》住まう国
2015年2月28日　初版発行

著者:荻原規子（おぎわらのりこ）
装丁:ムシカゴグラフィクス・百足屋ユウコ
フォーマット:前田浩志・横濱順美

発行人：平野健一
発行所:株式会社　徳間書店
〒105-8055 東京都港区芝大門2-2-1
Tel.(048)451-5960（販売）（03)5403-4347（児童書編集）　振替00140-0-44392番
印刷:日経印刷株式会社
製本:大口製本印刷株式会社
Published by TOKUMA SHOTEN PUBLISHING CO., LTD., Tokyo, Japan. Printed in Japan.
徳間書店の子どもの本のホームページ　http://www.tokuma.jp/kodomonohon/

ISBN978-4-19-863911-2

魔女と暮らせば

田中薫子 訳／佐竹美保 絵

両親をなくしたグウェンドリンとキャットの姉弟は、遠縁にあたるクレストマンシーの城にひきとられた。だが、将来有望な魔女グウェンドリンは、城の暮らしがきゅうくつで我慢できず、魔法でさまざまないやがらせをしたあげく姿を消してしまう。
代わりに現れた、姉にそっくりだが「別の世界から来た別人だ」と主張する少女を前に、キャットは頭を抱える。やがて、グウェンドリンの野望の大きさが明らかになる事件が…？　**ガーディアン賞受賞作。**

トニーノの歌う魔法

野口絵美 訳／佐竹美保 絵

魔法の呪文作りで名高い二つの家が、反目しあうカプローナの町。両家の魔法の力がなぜか弱まって、他国に侵略されそうな危機の中、活路は失われた「天使の歌」をふたたび見出すことしかない。だが大人たちは「危機は悪の大魔法使いのせいだ」というクレストマンシーの忠告にも耳を貸さず、互いに魔法合戦をくり広げている。

そのとき、両家の子どもたちトニーノとアンジェリカが、「呼び出しの魔法」に惑わされ、人形の家に囚われてしまい…？

魔法がいっぱい

シリーズ外伝

田中薫子・野口絵美 共訳／佐竹美保 絵

次代クレストマンシーのキャットは、イタリアからやってきた「興味深い魔法の力を持った少年」トニーノのことが気に入らない。でも、邪悪な大魔法使いにさらわれてしまった二人は、力をあわせ…？
クレストマンシーをめぐるおなじみの人々が大活躍する『キャットとトニーノと魂泥棒』をはじめ、『妖術使いの運命の車』『キャロル・オニールの百番目の夢』『見えないドラゴンにきけ』の計四編を収めた、クレストマンシーシリーズの外伝。

ダイアナ・ウィン・ジョーンズの代表連作

クレストマンシーとは、
あらゆる世界の魔法の使われ方を監督する、大魔法使いの称号。
魔法をめぐる事件あるところ、つねにクレストマンシーは現れる!

魔法使いはだれだ

野口絵美 訳／佐竹美保 絵

「このクラスに魔法使いがいる」なぞのメモに寄宿学校は大さわぎ。魔法は厳しく禁じられているのに…。続いて、魔法としか思えない事件が次々に起こりはじめる。突如襲う鳥の群れ、夜中に講堂にふりそそぐ靴の山、やがて「魔法使いにさらわれる」と書き残して失踪する子が出て、さわぎはエスカレート。

「魔法使いだ」と疑われた少女ナンたちは、古くから伝わる助けを呼ぶ呪文を、唱えてみることにした。「クレストマンシー!」すると…?

クリストファーの魔法の旅

田中薫子 訳／佐竹美保 絵

クリストファーは幼いころから、別世界へ旅する力を持っていた。クリストファーの強い魔力に気づいた伯父の魔術師ラルフは、それを利用し始める。
一方老クレストマンシーは、クリストファーが自分の跡を継ぐ者であることを見抜き、城に引き取る。だが、クリストファーが唯一心を許せるのは、別世界で出会った少女「女神」だけだった。やがてクリストファーの力をめぐり、城は悪の軍勢の攻撃を受け…?
クレストマンシーの少年時代を描く。

時空を元気よく駆け抜ける子どもたち

時の町の伝説

田中薫子 訳／佐竹美保 絵

歴史の流れから切り離されて存在する別世界〈時の町〉に、人ちがいでさらわれた11歳のヴィヴィアン。風変わりな少年たちとともに二十世紀へ戻ると、すでにそこは…？
アンドロイドに幽霊、〈時の門〉…不思議いっぱいの町と、さまざまな時代を行き来して華々しく展開する異色作。

英国の霧にかすむ湿原に脈うつ呪いとは?

呪われた首《くび》環《わ》の物語

野口絵美 訳／佐竹美保 絵

同じ湿原に暮らす〈人間〉と〈巨人〉、水に棲《す》む〈ドリグ〉。怖れ、憎みあっていた三種族の運命が、ひとつの呪われた首環をめぐって一つにあざなわれ、〈人間〉の長《おさ》の後継ぎゲイアは、巨人の少年と友だちになるが…？　妖精伝説・巨人伝説に取材した、独特の雰囲気ある物語。

魔法使いマーリンの恐るべき罠!

花の魔法、白のドラゴン

田中薫子 訳／佐竹美保 絵

魔法に満ちた世界〈ブレスト〉に住む、宮廷付き魔法使いの娘ロディは、国中の魔法を司る「マーリン」が陰謀を企てていることに気づいてしまう。一方、〈地球〉に住む少年ニックはある日、異世界に足を踏み入れ、ロディと出会うが…？　冥《めい》界《かい》の王、燃えあがるサラマンダー、古《いにしえ》の魔法に伝説の竜《ドラゴン》…多元世界を舞台に二つの視点から描かれた、波乱万丈のファンタジー巨編!

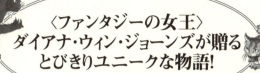

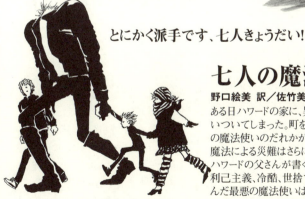

白《はく》鳥《ちょう》異《い》伝《でん》

双子のように育った遠子《とおこ》と小倶那《おぐな》。だが小倶那は〈大蛇《おろち》の剣《つるぎ》〉の主となり、勾玉《まがたま》を守る遠子の郷《さと》を滅ぼしてしまう。「小倶那はタケルじゃ。忌《い》むべきものじゃ」大巫女《おおみこ》の託宣に、遠子は彼を倒すため、勾玉を連ねた〈死〉の首飾りを求めて旅立つが……？　ヤマトタケル伝説を下敷きに織りあげられた壮大なファンタジー。シリーズ第二作。

薄《うす》紅《べに》天《てん》女《にょ》

「東から勾玉《まがたま》を持った天女が来て、滅びゆく都を救ってくれる」病んだ兄の夢語りに、胸を痛める皇女《ひめみこ》苑上《そのえ》。だが「東」の地坂東《ばんどう》で、いにしえから伝わる明《あか》の勾玉を輝かせたのは、蝦夷《えみし》の巫女《みこ》の血を引く少年阿高《あたか》だった。二人の出会いによって、神代《かみよ》から伝わる最後の「力」は……？　長岡京の時代を舞台に展開する、「最後の勾玉」の物語。三部作完結編！